光文社文庫

黄昏の光と影

柴田哲孝

光 文 社

目次

第一章　遺骸

1

午後の斜光は、確かに初冬の色を帯びていた。

ここ数日、朝夕は冷え込む日も多くなってきている。だが日中は、まだ汗ばむような陽気が続いていた。

杉村弘久（すぎむらひろひさ）は駅前の商店街から住宅地へと続く道を歩きながら、黄ばんだハンカチで額と首の汗を拭（ぬぐ）った。だがこの男が汗をかいている理由は、この狂った陽気のせいだけではなかった。いまも杉村は立ち止まり、脂肪が溜まったビア樽のような腹に折り目の消えた灰色のスーツのズボンを引き上げた。そしてベルトを締めなおし、また歩きはじめる。

杉村は歩きながら、くたびれたブリーフケースの中からA4サイズの青いファイルを取り出した。ファイルを開き、ページを捲る。次に処理する案件の書類を探し、居住者の名前と年齢、住所、物件の名称、その他の状況などをもう一度、確認する。

居住者の名前は小切間清。珍しい名前だ。契約年月日は平成二年六月一〇日。当時の書類によると生年月日は昭和八年三月二日になっているので、すでに七九歳ということになる。物件の住所、名称は東京都練馬区石神井町六丁目三六番の『ハイツ長谷川』一〇五号室。すでに築四〇年近くになる、二階建ての古いマンションだった。

物件を管理する池袋の大手不動産会社『直巳ホームズ』によると、契約者は四カ月前の七月末の支払い分から家賃を滞納している。その間、形式的に督促状を送っているが、月七万八〇〇〇円の家賃は一度も入金されていない。契約者は独り暮しで、保証人にも連絡が取れなくなっている。

七九歳か……。

汗を拭い、溜息をついた。

最近は、このような案件が多い。いつものように、嫌な予感がした。

杉村の仕事は、いわゆる賃貸物件専門の〝始末屋〟だ。大手不動産会社や弁護士事務所の下請として滞納した家賃を取立て、支払わない契約者には退去を迫り、時には強硬な手段による追い立てまで請け負う。

このようなご時世だ。マンションの家賃が払えなくなる奴は、いくらでもいる。あまり実入りはよくないし、相手によっては危険な目にもあう。嫌な思いをすることもある。それでもやる気にさえなれば、仕事に事欠くことはない。

だが、厄介なのは今回のような案件だ。入居した時はまだ働き盛りでも、一〇年、二〇年と経てばやがては誰もが老人になっていく。特に賃貸の独り暮しの老人は、身寄りや知り合いさえもいない場合が多い。もっとも、その末路を見越しての〝始末屋〟でもあるのだが。

杉村はそんなことを考えながら、ふと自分の人生に照らし合わせた。自分も五〇を過ぎて、独身の独り暮しだ。両親はすでに亡くなって久しく、兄弟もいない。郷里の福島に戻れば遠い親戚はいるのだろうが、盆暮の付き合いも途切れ、身寄りがないに等しい。

それに、この体だ。健康に悪いとわかってはいても、酒と食うこと以外には楽しみもない。自分の身にも、いつ何があってもおかしくはない。

やがて商店街を通り過ぎ、道は閑静な住宅街に入っていった。人通りもいつの間にか途絶えた。あたりは道が狭く、垣根やブロック塀に囲まれた古い家が軒を連ね、所々に低層のアパートやマンションが建っていた。

確か、このあたりのはずだが……。

杉村は〝マイソク〟——不動産業者向けのチラシ——の地図を見ながら、建物を探した。このあたりは、以前にも何度か来たことがある。当該物件も、初めてではなかったのだが。

さらに細い路地を、公園の方に向かって曲がった。この道だ。間もなく右手に、古く黄ばんだ外壁の、鉄筋コンクリートの建物が見えてきた。

杉村は息をつき、しばらくその建物を見上げた。マンションというよりも、何かの廃墟のようだ。何年か前に別件で来た時よりも、さらに寂れたように見えた。

一階と二階を合わせて、二DKの間取りの部屋が全一〇室。その中で現在入居しているのは、四世帯にすぎない。もちろん、正式な管理人などは常駐していない。一〇一号室に住んでいる加藤茂夫という古い入居者が、時折マンション内の共用部分を掃除するかわりに家賃を一万円ほど値引いてもらっていると聞いていた。

杉村は大きな体を揺すりながら、入口の三段ばかりの段差を上った。そこで荒い息を整え、また汗を拭う。

最初に、入口にある郵便受けを確かめた。小切間と名前の入った錆びた郵便受けの口からは、他の空部屋と同じように何カ月分かのチラシやダイレクトメールが溢れていた。人の気配が、まったく感じられなかった。

そのまま、マンションの裏に回る。枯れた夏草に埋もれた狭い裏庭に、コンクリートの通路が続いている。その左手に、赤茶色のペンキで塗られたドアが五つ並んでいた。

杉村は、最初のドアの呼び鈴のボタンを押した。何回か鳴らしたが、誰も出てこない。管理会社からは、何かわからないことがあれば一〇一号室の加藤に訊けといわれていたのだが、留守のようだ。

杉村は、コンクリートの通路をさらに奥へと進んだ。一〇二号室から一〇四号室までは、すべて空部屋になっていた。入口の郵便受けと同じように、ドアの新聞受けにもチラシが溢れていた。

通路の最後に、一〇五号室のドアがあった。この部屋だ。杉村はドアの前に立ち、ここでまた太った腹の上にズボンを引き上げた。

呼び鈴を鳴らしながら、あたりを観察する。ドアの横に、古い洗濯機が一台。蓋を開けてみると、ドラムの底に乾涸びた洗濯物が固まっていた。部屋の中ではチャイムが鳴っているが、誰も出てこない。

杉村は、建物の表に回った。窓は、すべて閉まっていた。表側のカーテンは開いていたが、レースのカーテンで室内の様子はわからない。

人気はない。だが、窓の下の狭いテラスの上で、古いエアコンの室外機だけが回っていた。それを見て、やはりな……と思う。

杉村は建物の裏に戻り、もう一度チャイムを鳴らした。ドアを叩き、小切間の名を呼ぶ。だが、何も反応はない。

杉村はその場に膝を突き、新聞受けの蓋を押して中の臭いを嗅いだ。魚の干物が腐ったような、かすかな臭い。どうやら、嫌な予感が当たったらしい。

ブリーフケースの中から、封筒に入った合鍵を取り出す。赤いプラスチックのキーホルダーに〈――ハイツ長谷川・一〇五号室――〉と書いてあることを確認し、それをドアノブの鍵穴に差し込む。

一度、息を吸い、鍵を回した。カムが解除される、かすかな金属音。その音が、現実とは別の世界の入口を開けたような気がした。

杉村は汚れたハンカチで鼻と口を押え、ドアを開けた。昼間だというのに、室内には明かりが灯っていた。玄関に、くたびれた茶の革靴とサンダルがあった。その横に靴を脱ぎ、スリッパを履いて部屋に上がった。

狭い廊下を抜けて、リビングに入る。エアコンの、冷たい空気が肌に触れた。食卓の上に、食べかけの食器がいくつか並んでいる。中身は腐り、乾涸びて何だかわからない。どこから入り込んだのか、部屋の中に季節外れのギンバエが舞っていた。

奥の襖が開いていた。表に面した、和室らしい。その襖の奥に、人間の足のようなものが見えた。

杉村は食卓を回り込み、和室に向かった。部屋の真ん中に、白髪の老人が仰向けに倒れていた。老人の周囲の畳には赤黒い染みが広がり、体はすでにミイラ化していた。

老人は大きく口を開き、落ちくぼんだ眼窩で何かを見つめていた。

杉村は携帯を開き、管理会社に電話を入れた。

「ああ、杉村です。いま石神井町の該当物件に来とるんですが、やはり亡くなってましたね……」

部屋の外に向かって歩きながら、冷静な声でいった。

2

嫌な〝仕事〟だった。

だが、考えてみれば警察官になって三五年以上……。

嫌だと思わなかった〝仕事〟など、一度もなかったような気がする。特に刑事課に配属されてからは、毎日が気が重い職務の連続だった。

片倉康孝はそんなことを考えながら、石神井町の住宅地の街を歩いていた。陰暦でいえばいまの一一月はすでに初冬のはずだが、風は汗ばむほどに生温(なまぬる)い。道の両側から枝を伸ばす樹木の葉も、まだ色付く気配さえ見せていない。だが警察官としての職務もこの季候の変化も、人間は異常なことには簡単に鈍感になれる特質を持っている。

サザンカの垣根のある家の角を、公園の方に曲がった。普段から、歩き馴れた道だ。なだらかな坂を下っていくと、道の右側の車寄せに鑑識課の白いバンが駐(と)まっていた。その横に男が二人、立っている。制服を着た駅前交番の原田(はらだ)という馴染(なじみ)の警官と、この秋に刑事課に配属になったばかりの柳井淳(やないあつし)という若い刑事だった。

「御苦労……」

片倉が小さく敬礼をして、鑑識がテープとビニールシートで現場保存したマンションの裏へと入っていく。原田と柳井の二人が、敬礼を返す。

「片倉警部補……御苦労様です。なぜ、歩いてきたんですか」

柳井が片倉の後を追いながら、訊いた。

「自分の足で歩くのは、刑事(デカ)の基本だ。それに、車に乗るような距離でもないだろう」

片倉が、柳井の顔を見ずに答える。

実際に遺体発見現場の石神井町六丁目三六番は、石神井警察から歩いて一〇分足らずの同じ町内だった。ここのところ、剣道の訓練からも遠ざかっている。運動不足の補塡(ほてん)にはちょうどいい。

「〝現着（ゲンチャク）〟は？」

歩きながら、原田に訊いた。

「自分です。一三〇六時に通報が入り、その五分後に駅前の交番から直接〝現着〟しました」

「通報者は？」

「管理会社から回された男で、いわゆる〝始末屋〟ですね。バンの中に待たしてありますが、会いますか」

「いや、後でいい。先に〝現場（ゲンジョウ）〟を見る」

「一番奥の、一〇五号室です。もう鑑識が入ってますよ」

一〇五号室は、ドアが開け放たれていた。入口はブルーシートで囲まれ、周囲にはロープが張られている。そのロープを跨（また）ぐ時に、片倉は初めて柳井の顔を見た。

「お前、〝死体（マンジュウ）〟を見たことあるのか」

柳井が一瞬、驚いたような顔をした。

「マンジュウ……あ、はい。祖父の葬式の時に。それに、警察学校で解剖を見学したこともあります……」

「そうじゃない。現場で腐った〝死体(マンジュウ)〟を見たことあるのかと訊いてるんだ」

「いえ、まだ……」

片倉はポケットからメンソレータムを出し、自分の鼻の下に塗った。それを柳井に放る。

「それならお前も、これを塗っておけ。晩飯をちゃんと食いたかったらな」

「はい……」

片倉は踵(かかと)の磨り減った靴を脱ぎ、部屋に上がった。腐った魚のような臭いが、つんと鼻を突く。だが、思ったほどひどくはない。

ハイプレスの白手袋をはめながら、奥へと進む。顔馴染の鑑識官が三人。その足元に、老人らしきミイラ化した遺体が横たわっていた。

「得(とく)さん、どんな感じだい」

片倉は遺体の横に屈(かが)みながら、鑑識の得丸和也(とくまるかずや)に声を掛けた。

「まあ、見た所は事件性はないね。署に持ち帰って検死してみなくちゃわからないけど、目立った外傷や血痕も見当たらないしな。だいたい、死後三カ月から四カ月というところだろう……」

片倉は遺体に顔を近付け、黒く変色した表情を覗(のぞ)き込んだ。口を大きく開いているのは、苦しみ、何かを叫びながら死んだということか。食卓の上に食べ残しの食器があるところを見ると、食事の途中で倒れたのかもしれない。

遺体の右手は頭上へと伸び、指は何かを摑もうとするかのように曲がっている。その先に、最近はあまり見かけなくなった緑色のプッシュホンの電話機があった。苦しみながら、電話機のところに這っていこうとして、ここで息絶えたのだろう。

「心筋梗塞かな……」

遺体の左手は、左胸を摑むようにその上に置かれている。

「かもしれないね。もしくは、脳内出血か。それも検死をすればはっきりするだろう」

片倉は、遺体の眼窩を見つめた。眼球はすでに溶けて黒いタール状になり、骨の周囲にこびりついていた。だが、それでもなおかつ、何かを見つめているように思えた。

片倉は振り向き、その視線の先にあるものを確かめた。安物のリビングボードの上に、様々なものが置かれていた。その中に、写真の入った小さなフォトスタンドがひとつ。

腰を上げ、片倉はその写真に歩み寄った。色褪せた、カラー写真だった。どこかの海辺の風景をバックに、中年の男女が笑いながら写っている。

二人の髪型や服装から、かなり古い写真であることがわかる。男は、死んだ小切間という老人の若かりし頃なのだろうか。端整な顔立ちをしているが、どこか素人離れした鯔背な雰囲気があった。

女は小切間の妻なのか。もしくは、恋人だったのか。美しいが、水商売の女独特の派手さを感じさせた。

片倉はもう一度、死んだ老人の眼窩を見た。そして、心の中で問いかける。

あんたの人生最後の風景は、この写真だったのか……。

「ところで、康(やす)さん」得丸がいった。「なんでまたこんな小さな〝事件(ヤマ)〟に、刑事課が出ばってきたんだい。本来なら、生活安全課の担当だろう」

片倉が、得丸を振り返る。

「生活安全課は、今日はストーカー対策の会議なんだよ。それで刑事課の方に回されてきたんだ……」

二〇一一年一二月、長崎県西海(さいかい)市で母と祖母が刺殺された長崎ストーカー殺人事件。そして二日前には、神奈川県逗子(ずし)市のアパートで男が女性を殺害後に自殺するという事件が起きていた。いまは石神井警察だけでなく、全国の警察署の生活安全課がストーカー対策にナーバスになっている。

だが、刑事課の刑事が暇なわけではない。石神井警察の所轄は比較的凶悪事件は少ないが、それでも一人が何件もの事件を抱えている。手が空いているのは引退が近いロートルか、現場で死体を見たこともない〝新入り(アンコ)〟だけだ。

「それじゃあ、遺体は写真を撮ったら運んじゃうよ」

「ああ、そうしてくれ。おれは第一発見者の男に話を聞いてくる」

出口に向かおうとすると、そこに柳井が立っていた。部屋の外から、遠目に遺体を見つめている。顔色が少し、青ざめていた。

片倉はすれ違い様に、柳井の肩を叩いた。

「そんなところから見てたって、何もわからんだろう」

「あ……はい……」

柳井が目を覚ましたように、返事をした。

「もっと近くで見るんだ。臭いを嗅いで、話し掛けてみろ。どんな小さなことでもいい。何かを見つけるんだ」

「はい……」

片倉は、部屋を出た。原田を呼び、通報者が待っているバンへと向かった。

遺体の第一発見者の杉村弘久は、体の大きな人相の悪い男だった。太り過ぎのためか、いつも苦しそうに息をしながら汗をかいていた。だが、人間としては小心らしく、片倉の質問にひとつひとつ真面目に答えた。

杉村の職業はいくつかの不動産業者や弁護士事務所から仕事を請け負う取立て屋で、毎日数カ所の滞納物件を回っている。太り過ぎの体と人相の悪さも、こうした商売では役に立つのかもしれない。このマンションの一〇五号室も、そうした滞納物件のひとつだった。持っていた大手不動産業者の依頼書によると、物件の契約者は小切間清。生年月日は昭和八年三月二日。年齢からすれば、おそらく遺体は契約者本人のものだろう。

契約者は七月の月末分から一〇月の月末分にかけて、すでに四カ月分の家賃を滞納していた。最近は家賃の取立てに向かい、契約者が死んでいたというケースはそれほど珍しいことではないらしい。杉村自身も過去に二回ほど経験しているし、同業者仲間からもよく耳にする。そのほとんどが病死などの自然死、特に老人の孤独死だという。

だが杉村は、小切間清という男について他に何も知らなかった。これまで一度も会ったことはないし、顔も見たことはない。遺体を見ても、本人かどうか確認することもできない。

もう一人、調書を取らなくてはならない人間がいた。一〇一号室に住む加藤茂夫という老人だった。

管理会社の『直巳ホームズ』によると、加藤はこのマンションで最も古い住人だということだった。入居は小切間よりも四年早い昭和六一年（一九八六年）の五月。昭和五年の生まれで、今年八二歳になる。やはり、身寄りのない独り暮らしだった。

杉村が小切間の遺体を発見した時には、加藤は部屋にいなかった。天気が良かったので、石神井公園に散歩に出掛けていた。ボート池を一周して戻ってくるとマンションの前に警察の車が駐まり、人集り(ひとだか)がしていたので、「何かあったな……」と思ったという。

「それにしても、まさか小切間さんが亡くなっていたとはね……私よりも、三つほど若かったはずなのに……。ここしばらく、顔を見ないなと思ってたんだけど……」

加藤がバンの後部座席で体を小さく丸めて座りながら、淋しそうにいった。

「小切間さんとは、あまり付き合いはなかったんですか」

片倉が訊いた。先に聴取した杉村から、加藤がこのマンションの管理人のようなことをやっていたと聞いていた。

「まあ、顔を合わせれば挨拶をする程度ですよ。あの人も、私も、あまり人付き合いのいい方じゃなかったからね……」

老人の独り暮しなどというのは、そんなものなのかもしれない。片倉は、自分の境遇と重ね合わせて考えてみた。五年前に妻と離婚してから、自分もいまはマンションの独り暮しだ。同じ棟に付き合いのある人間は、誰もいない。せいぜい顔を見たことがある、という程度だ。

「小切間さんの、顔はわかりますね」

「ああ、わかるよ。もう二〇年以上もの間、ずっと見てたんだからさ」

「それなら後で、遺体の身元確認をお願いできませんか。他に誰も、小切間さんの顔を知ってる人がいないんですよ」

「身元の確認て、死体を見るんだろう。嫌だなあ……。おれ、そういうの苦手なんだよ……。でも、仕方ないか……」

老人が背を丸め、小さな声でいった。

加藤は憂鬱そうな顔で、片倉に付いてきた。一〇五号室に入ると、ちょうど鑑識が写真を撮り終えて遺体を運び出すところだった。口と鼻を手で押え、加藤が顔を背けるようにしながら遺体を見た。体が少し、震えている。

「ああ……間違いないね。その白髪頭にも、着ている服にも見覚えがある。小切間さんだよ……」

やはり、そうか。

片倉はリビングボードの上の額を手に取り、もうひとつ訊いた。

「この写真はどうです。これも、小切間さんですか」

加藤が老眼鏡をずらし、写真に見入る。

「ああ……。男の方はそうだと思うよ。ずい分と若い時だけど、小切間さんの面影があるから……」

「この、女の方は？」

「いや、女の方は知らないね。だいたい小切間さんはずっと独り暮しだったし、女の人と一緒にいるところなんか見たことなかったからね……」

それだけで十分だった。遺体が小切間本人であることは、確認された。あとは検死を行ない、遺体の死因が特定され、事件性がないことが確定すればそれで終わりだ。

二階にも他に二世帯、三人の住人がいるらしいが、いまは留守だ。わざわざ聴取する必要もないだろう。報告書は、若い柳井に書かせればいい。死んだ小切間清の縁故者を捜し、遺体の引き渡しなどの雑務は生活安全課の仕事だ。

「おい、柳井君。あとは鑑識のガサを手伝って、何か身元を証明するものがないか探しておいてくれ」

「わかりました……」

「おれは先に、署の方に戻る」

マンションを出ると、どこから聞き付けたのかマスコミも集まりはじめていた。だが、単なる老人の孤独死だとわかれば、そのうち引き上げていくだろう。奴らだって、それほど暇なわけじゃない。

これで本当に、片倉の役割は終わったはずだった。あとは署に戻り、聴取の内容をまとめ、生活安全課に引き継ぐだけでいい。

だが、自分のデスクに戻った瞬間に、携帯が鳴った。柳井からだった。

「どうした。もう終わったのか」

最初は、ただの報告だと思った。だが、予想外の言葉が聞こえてきた。

――いえ……まだ終わってません。いまガサの途中なんですが、もうひとつ遺体が出てきたんです――。

片倉は最初、柳井が何をいっているのかわからなかった。言葉の意味を理解するまでに、少し時間が必要だった。

「どういうことだ。つまり、小切間以外にもう一人死んでいたということか?」

――そうです。同じ一〇五号室にもう一体、白骨化した遺体があったんです。かなり時間が経っているみたいなんですが――。

片倉は、何げなく窓の外を見た。街の風景は、黄昏に包まれはじめていた。

片倉は、黄昏の暗い、透明感のある光が嫌いだった。自分はいつの頃から、この光が嫌いになったのだろう……。

携帯電話を手にしたまま、ふとそんなことを考えていた。

3

もうひとつの白骨死体は、一〇五号室の西側の寝室から発見された。

寝室とはいっても安物の箪笥(たんす)などの最低限の家具が置かれ、その真ん中に万年床の蒲団が敷かれていただけだ。枕元にはスポーツ新聞や古い雑誌、文庫本などが散乱し、窓もカーテンも閉ざされていた。

白骨死体は、その寝室の箪笥の横に置かれた旅行用のスーツケースの中から出てきた。スーツケースはプラスチック製の赤い大きなもので、台湾で作られたかなり古いものだった。死体は体を丸めて膝を抱え、首を少し横に向けたまま、座るような恰好でスーツケースに入っていた。

遺体は、小柄だった。頭蓋骨には、長い黒髪が残っていた。面影すらまったくわからなくなったその顔が、なぜかかすかに笑っているように見えた。

片倉は白骨死体を見つめながら、小切間と一緒に写真に写っていた女の顔を思い浮かべた。髪の色は違うが、あの写真の女なのだろうか。それとも、別の女なのだろうか。

いずれにしても、不思議だった。普通、家の中に遺体を隠す者はいても、自分の近くや目に付く所には置かないものだ。それなのに小切間は、なぜこともあろうに寝室に遺体を置いていたのか……。

「なあ、得さん。これをどう思う」

スーツケースの鍵を開け、最初にこの遺体を発見したのは鑑識の得丸だった。

「そうだな……。かなり古いね。最低でも一〇年、もしかしたら二〇年以上経ってるかもしれないな……」

「女、だよな」

「だろうね。小柄だし、骨が細い。まあ、ちゃんと検死してみなくちゃ、わからんけどな……」

その日の内に、二体の遺体の検死が行なわれた。

小切間清の遺体に関しては、さほど問題はなかった。室内のエアコンが付けっぱなしになっていたために腐敗はあまり進んでいないが、死後およそ三カ月から五カ月。四カ月前の七月末の家賃から滞納している事実と照合しても、時間的な矛盾は生じない。

血液型は、B型。胃の内容物に、うどんらしき物が残っていた。これは食卓の上の食器の底に残っていたものと一致した。

さらに筋肉組織から、心筋トロポニン——心臓の筋肉の壊死(えし)を示す物質——が検出された。これで小切間の死因は、食事中の急性心臓死であることが明らかになった。つまり、少なくとも小切間の死に関しては、事件性はなかった。

問題は、もうひとつの白骨死体だった。性別は、出産歴のある女性。年齢は三〇歳から五〇歳くらい。血液型はO型。鑑識の得丸の初見どおり、死後少なくとも二〇年以上が経った古いものであることが判明した。つまり、小切間があのマンションに移り住んだ平成二年前後か、もしくはそれ以前に死亡した遺体だということになる。そうなれば当然、遺体は殺人の被害者であり、死んだ小切間清という男が被疑者の可能性もあるということだ。

だが、わかったのはそこまでだった。遺体が古すぎるために年齢を絞り込めないだけでなく、死因もまったく特定できなかった。自然死なのか。それとも、他殺なのか。少なくとも骨からは、ヒ素や青酸カリなどの毒物は検出されなかった。骨折の跡もない。

たったひとつだけ、骨の表面に奇妙な痕跡があった。刃物で表面を削ったような、小さな傷だ。この傷は白骨死体の顔以外の全身に、特に腕や足の骨の表面に多く残っていた。何者かが――おそらく小切間が――ナイフのようなもので遺体の肉を削ぎ落としたのだろうか。

だが、少なくともこれで、今回の〝事件(ヤマ)〟は生活安全課に引き継ぐわけにはいかなくなった。死体遺棄事件、最悪の場合には殺人事件として、正式に刑事課が担当することになるだろう。

片倉は、ぼんやりとそんなことを考えながら、いま上がってきたばかりの検死報告書に目を通していた。時計はすでに、午前〇時を回っている。刑事課の広い室内には、何人かの泊まり番の刑事が残っているだけだ。若い頃は何日徹夜しても平気だったし、それが刑事の職務だと信じていたこともあるのだが、最近は歳のせいかこの時間になると少々体が辛くなってくる。

ドアが開き、誰かが入ってきた。柳井だった。片倉のデスクに向かって歩いてきたが、何もいわない。

「何だ。まだいたのか」

片倉が椅子を回転させ、座ったまま柳井を見上げる。

「はい……。現場にいました……」

考えてみると、新人の柳井と直接話をするのは今日が初めてだったような気がする。たまたま通報があり、そこに手の空いたロートルがいて、近くに新人が座っていた。そんな偶然でもなければ、この自分の息子のような年齢の男とゆっくり話をする機会など引退するまでなかったのかもしれない。

「どうした。何かいいたいことがあるんじゃないのか」

「はい……。ちょっと……」

柳井は、どこか話しにくそうだった。

片倉はよく周囲の人間から、目つきがきついといわれる。人見知りする性格であることは自分でも理解しているし、少なくとも親しみやすい人間ではないこともわかっている。新人に疎(うと)ましがられるのも、いつものことだ。

「いいから、いってみろよ」

片倉は、笑顔を取り繕う。近くの空いている椅子に座るようにいうと、柳井の表情がやっと少し解(ほぐ)れたようだった。

「実は、ちょっと気になることがあったものですから……」

「何がだ」

「はい。あれから小切間清の身元を証明する書類を探してたんですが、ほとんど何も出てこないんです……」

柳井が、意を決したように話しはじめた。

遺体発見の通報があり、刑事課と鑑識の捜査班が〝現場(ゲンジョウ)〟に入ってから、まず最初に本人の身元確認に繋がる免許証、健康保険証、パスポートなどの書類を探した。だが夕刻、二つめの遺体が発見された時点では、何も見つかっていなかった。唯一、リビングボードの抽出しから出てきたのは、地元の『練馬信用金庫』石神井公園支店の預金通帳とマンションの契約書の控えだけだった。

柳井は、その後もいまし方まで一人で現場に残り、ガサを続けていた。だが、小切間のものは元より、もうひとつの遺体の身元を確認する書類も何ひとつ見つからなかった。それどころか、公共料金の郵便物以外、小切間宛の年賀状や個人的な書簡すら何も出てこなかった。

「つまり、どういうことだ……」片倉が、腕を組む。「あの小切間という男が、死ぬ前にすべて処分したのか。それとも、誰かがあの部屋に入って持ち去ったのか……」

「私は、そのどちらでもないと思います」

柳井の目が、初めて意志を持って片倉を正面から見たような気がした。

「それなら、お前はどう思う。考えてることをいってみろ」

「はい、実は片倉警部補にいわれて……」

「〝片倉さん〟でいい。それで」

〝警部補〟と呼ばれるのは好きじゃない。

「はい、片倉さんにいわれて、例の遺体をよく見てみたんです。それで気が付いたんですが……」

「ほう……。恐くなかったのか」

　片倉がいうと、柳井が照れたように笑った。

「すみません。先程は、あのような死体を見るのは初めてだったもので、少し動転してました。でも、あの後でよく観察してみたんです。それで、ちょっと変だと思ったんですが、あの遺体の口の中は虫歯だらけで、歯もあまり残っていませんでした」

　柳井の目が、片倉を見つめる。

　あの遺体は、何かを叫ぶように大きく口を開いていた。歯が悪かったことは、片倉も覚えている。

「しかしあの小切間という男は、マンションの契約書に書かれた生年月日が正しければもう七九歳だぞ。そのくらいの年齢になれば、誰だって歯は悪くなるだろう。おれだって奥歯はブリッジだ」

「そうなんです」柳井が頷く。「歯が悪いのは当然なんです。でも、歯がなくなれば普通は義歯を入れます。しかしあの口の中には、義歯は一本も入っていなかった。部屋じゅうを探しても、入れ歯も見つかりませんでした……」

　片倉は、顎に手を当てて考えた。

「しかし、歯医者の嫌いな奴はいるだろう」

「確かに、そうです。歯医者に行かない人間は、少なくないかもしれません。しかしあの小切間という老人が行かなかったのは、歯医者だけではないんです……」

「どういうことだ」

「探してみたんですが、医者や病院の診察カードのようなものは何も見つかりませんでした。薬も普通の売薬以外のものは、ひとつもありませんでした。つまり、あの小切間という老人は、医者にかかった形跡が何もないんです。七九歳の老人としては、有り得ないことだと思います……」

「つまり、あの老人には、医者にかかれないような特別な理由があったということか」

柳井が、頷く。

「そうです。保険証を持っていなかったからかもしれないし、他に理由があったのかもしれません。もしかしたら……」

「もしかしたら？」

「〝小切間清〟という人間は、最初から存在しなかったような気がするんです。あのマンションで死んでいたのは、まったく別の男なんじゃないかと……」

片倉は溜息をつき、何度か頷いた。

柳井のいいたいことは、理解できる。むしろ、的を射ているといってもいい。片倉が頭の中で想定していたことと、まったく同じだった。

今年の一月から六月にかけて、元オウム真理教の信者が立て続けに三人、逮捕された。彼らは全員が偽名を使いながら、借家に住み、一般人に紛れて一七年間も普通に市民生活を送っていた。日本という法治国家で、あれだけ注目された犯罪者でさえ、多少の不便さえ覚悟すればそれが可能なのだ。

最近は老人の孤独死やホームレスの行き倒れ、自殺者など、身元不明という例はけっして少なくない。二〇一一年には東京都の警視庁管内だけでも、一六〇体。そのような遺体は市町村役場の福祉担当部署——東京都の場合には『社会福祉法人東京福祉会』——に引き渡され、火葬される。遺骨はその後、五年間は保管されるが、大半は引き取り手もないままに各市町村の無縁納骨堂に合葬されて忘れられていく。

「まあ、仕方がない」片倉がそういって、体を伸ばした。「今日は、もう終わろう。明日、〝地取り〟をすれば何か引っ掛かってくるだろう」

「はい……」

片倉は席を立ち、ロッカーの中のコートを取った。

「飯を食っていくか。駅の方に行けば、牛丼屋くらいあるだろう」

片倉が肩を叩くと、柳井が力を抜いたように笑みを浮かべた。

4

練馬区の石神井町は、都内二三区内の外れにある私鉄沿線の古い町だ。

最寄りの石神井公園駅は、池袋から西武池袋線の準急で二つめ、約一五分。町内には石神井池（ボート池）、武蔵野三大湧水池のひとつとして知られる三宝寺池を囲む石神井公園があり、その周囲には静かな住宅地が広がっている。地名の由来はこの地で井戸を掘った折に石の剣が出土したことによるもので、現在その石剣は石神井神社に神体として祀られている。

六丁目にある石神井警察署は昭和三六年に練馬警察署から分離した比較的新しい警察署で、練馬区の西部一帯と西東京市の一部を管轄している。管轄区域は広いが、その中に大きな繁華街を持たないことから都内でも比較的平穏な所轄という印象がある。その管内の住宅地で身元不明の二体の遺体が発見されたという事件は、やはりそれほど大きなニュースにはならなかった。

近年、厚生労働省は正確な基準を設けてはいないが、いわゆる老人の孤独死は全国で年間に約一五〇〇人。身元不明の遺体は、全国で約一〇〇〇体。たまたまその二つが重なっただけで、特に話題性はなかったのだろう。

もしこれが新宿や六本木などの繁華街で発見されたとしたら、その裏の人間関係や事件性も含めてもう少し世間の興味を引いたのかもしれない。だが、平和な住宅街で老人と身元不明の二遺体が発見されたというありがちな出来事は、翌日の朝刊何紙かの三面記事と民放数社のニュース番組で報道されただけだった。午後にはまた兵庫県尼崎（あまがさき）市で起きた連続変死事件の続報などが入り、他のニュースの中に埋もれていくことになった。

署内では、事件発生の翌日に一応の捜査会議が招集された。この会議により、捜査方針も、マスコミや世間の反応を考慮した上でのものになることが確認された。二つめの女性の白骨死体に関しては〝殺人（コロシ）〟の線は捨てきれなかったが、これをあえて〝死体遺棄〟の扱いとし、捜査本部は立ち上げないことに決まった。もし〝殺人〟だとしても、犯人もすでに死んでいるのだ。今後は刑事課と生活安全課の協力の下に、〝地取り〟を中心に形式的な捜査を展開していくことになる。

だが実質的な〝地取り〟も、せいぜい一週間だろう。その間に、一定の成果——結論といってもいい——を出さなくてはならない。一応は捜査班が設定されたが、班長は最初からこの〝事件〟に関わった片倉。他に専任は新人の柳井の二人だけという、申し訳程度の捜査班だった。

だが、捜査は予想以上に難航した。

すでに遺体発見当日の段階で練馬区役所石神井出張所の戸籍課に照会し、石神井町六丁目三六番に小切間清という人物の本籍も住民票も存在していないことは確認してあった。片倉は次に、小切間が持っていた『練馬信用金庫』の口座を当たった。遺体が発見されたマンションの電気、ガス、水道などの公共料金は、すべてこの口座から引き落とされていた。

口座の開設は平成二年の六月。マンションの契約とほぼ同時期だった。口座名義人の住所は遺体が発見されたマンションになっていたが、信用金庫では身元の確認をしていなかった。当時はまだ、〝振り込め詐欺〟などが横行する以前で、預金口座の開設に身分証の呈示を求められない時代だった。

口座開設時の預り金は、一〇万円。だが、その後、半年間に二回に分けて小切間は計二二五〇万円を預金していた。平成二年——一九九〇年——といえば日本のバブル経済の最盛期だったが、それにしてもけっして小さな金額ではない。

口座の金額はその後一〇年はほとんど変動がなかったが、平成一二年頃から少しずつ目減りしはじめていた。その金額の動きから、小切間と名乗っていた男が老齢になり、預金で食い繋ごうとしていたことが手に取るようにわかる。預金残高は平成一七年以降は加速度的に減少し、現在は三〇万円を切っていた。

戸籍も、年金もない人間の悲哀を感じた。もしあの老人が心筋梗塞で死ななかったとしても、あと二カ月もすれば金は底を突いていたに違いない。そうなれば、やがて近い将来、あの同じ古いマンションの一室で餓死していたのかもしれなかった。

最後の望みは、マンションを管理する大手不動産会社だった。片倉は池袋の『直巳ホームズ』の担当者に連絡を取り、柳井と二人で向かった。

5

『直巳ホームズ』は、ごくありきたりな不動産会社だった。

関東周辺にチェーン展開する直巳ホームズグループの池袋店で、北口の古い雑居ビルの二階のワンフロアーが営業所になっていた。主に池袋周辺と東武東上線、西武池袋線の二本の私鉄沿線の賃貸物件を中心に扱っている。

営業所の所員は、約二〇名。だが、片倉は入口の受付に立って営業所内の様子を一瞥(いちべつ)しただけで、これは空振りかな……と思った。デスクの間を行き来し、来客の対応をしている所員は二十代から三十代の若者ばかりだった。小切間清という男が石神井公園のマンシヨンの一室に入居した平成二年六月当時、彼らはまだ子供だったか、せいぜい学生だったはずだ。

来客用のテーブルで柳井と共にしばらく待つ。応対に現れたのは、吉井和也というこの営業所の所長だった。ここ数年よく見かけるようなピンストライプの細身の背広を着て、他の所員よりも年齢は少し上に見えた。それでもせいぜい、四十代に手が届くかどうかというくらいだろう。

「平成二年ですか……」

吉井は小切間の賃貸契約書を見ながら、首を傾げ、まるで他人事のような口調でそういった。

「契約時のことを知っている方は、いませんか」片倉が訊いた。「たとえば、当時の担当者とか……」

だが、やはり吉井は首を傾げる。

「一人も残っていませんね。もう、二二年も前ですから。ここでは私が一番古いんですが、それでもこの営業所に移ってきてからまだ九年ですからね。この業界は、人の移り変わりが早いんですよ……」

「ここに、担当者の印がありますね」柳井が契約書を指さしながらいった。「田中さんというんですか。この方は、いまどこにいらっしゃいますか」

「わかりません。以前、この営業所に田中というのが何人かいたらしいですが、私が来た時には皆やめてましたから。だいたい、営業は正社員じゃなくて歩合(ぶあい)の人間が多いんですよ。もちろん、雇用記録も何も残っていませんし……」

やはり、片倉の予想したとおりだった。

吉井の説明によると、この営業所は昭和六三年頃に地元の個人不動産業者が直巳ホームズグループとフランチャイズ契約したもので、しばらくはその経営者が営業所長を兼務していた。だが、平成五年にその経営者が亡くなり、直巳ホームズグループの直営店となった。その時に前経営者の契約もすべて直巳ホームズが受け継いだが、小切間清の物件もその中のひとつだったという。

「そのようなわけで、平成二年当時からは店舗も移ってますし、当時の事情を知る者は一人もいないんですよ……」

吉井が、申し訳なさそうにいった。

「この契約書によると、二年ごとの更新になっていますが、その時には?」

「基本的には更新料に家賃一カ月分をいただいて、送付した契約書に署名捺印して返送してもらいます。それだけです。この小切間さんはそれまで家賃は必ず月末までに入れてくれてましたので、何も問題はなかったものですから……」

「保証人は？」

保証人の欄には同じ練馬区内の中村橋に住む〝木崎幸太郎〟という人物の名前が書いてあった。

「それが、今回のことがあって督促状を送ってみたんですが……。戻ってきてしまいましてね。やはりこの住所には、何年も前から住んでないみたいですね。連絡が取れないんですよ……」

片倉は仕方なく、契約書を預かっただけで営業所を後にした。あのマンションには小切間が書いた文字がほとんど残されていなかったので、筆跡鑑定をする時には役立つかもしれない。収穫は、その程度だった。

すべてが、こんな調子だった。

小切間が住んでいた『ハイツ長谷川』の二階の住民にも、一応は事情聴取を行なった。一人は四年ほど前からこのマンションに住む四五歳の独身の建設作業員で、戸川康夫といった。小切間の真上の二〇五号室に住んでいたが、地方の現場に入ると長期間部屋を留守にすることも多く、マンションの他の住人のことはほとんど知らなかった。白髪の老人を何度か見かけたことは記憶にあるが、それが一人なのか二人だったのか。部屋番号も名前もわからないという。

もうひと組は、駅の近くで中華料理屋をやっている中国人の中年の夫婦だった。このマンションに引っ越してきてからまだ一年と少しで、一階に老人が二人住んでいたことくらいは知っていた。だが、どちらが一〇一号室の加藤で、どちらが一〇五号室の小切間だったのか。その区別もつかないほどの認識しか持っていなかった。もちろん小切間とは直接話したことはないし、顔も正確には覚えていなかった。

人間の記憶などというものは、所詮はその程度のものだ。刑事という職業を三〇年以上もやっていると、嫌というほど現実を思い知らされている。そもそもその刑事である片倉でさえ、同じマンションに住む住人の顔を何人識別できるだろうか。おそらく、数人に違いない。

近隣の住人や駅前の商店街、踏切を渡った先のスーパーなどへの聞き込みは、他の刑事課の刑事や生活安全課の捜査員が行なった。だが、ハイツ長谷川の一〇五号室に住む〝小切間清〟という老人を正確に認識している者は、この石神井町の界隈には一人も存在しなかった。

何しろ小切間は、自分の最近の顔写真を一枚も残していなかったのだ。これでは、もし小切間の顔を知っている者がいたとしても、それが当人であるかどうかを確認しようがなかった。

唯一、小切間らしき人物を見覚えていると証言した人物がいた。駅前のロータリーにある『つばき』という小さな寿司屋の店主だった。その店主は以前に何回か、七十代の後半くらいの白髪の老人が二人で寿司を食べに来ていたことを覚えていた。老人は必ず二人掛けの小さなテーブルに座り、ビール一本と銚子を数本飲みながら小声で話し込んでいたという。

もし小切間が老人二人で寿司屋に入ったとすれば、相手は一〇一号室の加藤だろうか。だが加藤は、一人でその寿司屋に入ったことはあるが、小切間と一緒に飲んだことは一度もなかったという。結局、二人で寿司屋に来ていた老人の内の一人が小切間だったのかどうかは、確かめようもなかった。

〝事件〟が発覚してから一週間後の一一月一五日、小切間の遺体は所定の保管期間を終えて東京福祉会の手によって火葬されることになった。夕刻、杉並区の堀ノ内(ほりのうち)斎場に遺体が運び込まれ、近くの寺から呼ばれた孫ほどの年齢の若い僧侶が簡単な読経(どきよう)を行なった。立会(たちあい)は福祉会の職員と片倉、他に柳井がいただけの淋しい葬儀だった。

片倉は最後にもう一度、小切間という名前で死んだ老人の遺体を見た。棺の中のミイラ化した老人の顔はあの日と同じように、何かを訴えたいかのように大きく口を開いていた。

だが、老人の叫び声は、いくら耳をすましてみても聞こえることはなかった。

棺に釘が打たれ、炉の中に入れられて鉄の厚い扉が閉じられた。炉に点火されたことを確認して、火葬場の外に出た。見上げると、黄昏に染まった空に、小切間と名乗った男の人生が煙になって流れていた。

「淋しい葬式でしたね……」

柳井が、小さな声でいった。

「そうだな……」

片倉はコートの襟を立て、木枯しの中に歩き出した。

6

定時に帰宅するのは、久し振りだった。

片倉の〝家〟は、同じ西武池袋線のひとつ先の駅、大泉学園(おおいずみがくえん)から歩いて数分の距離にある。まだ比較的新しい、賃貸のマンションの一室だった。

五年前に妻の智子(ともこ)と離婚した時に、前のマンションを売ってここに引っ越してきた。早く帰ったからといって、誰が待っているわけでもない。

片倉は暗い部屋に明かりを点け、靴を脱いだ。二ＬＤＫの、それほど広くない部屋だ。そういえばあの小切間という老人も、同じような間取りの部屋に住んでいた。

そろそろ人生の峠を越えた独り暮しの男には、ちょうどいい広さだということか……。

コートと背広をハンガーに掛け、ネクタイを外す。三日間着ていたワイシャツは、風呂場の洗濯籠の中に放り込む。そんなことをすべて自分でやるのも、いつの間にか馴れたような気がする。

安物のソファーに座り、テレビのスイッチを入れた。ちょうど、ＮＨＫの夜七時からのニュースをやっていた。

ユーロ圏、二期連続でマイナス成長――。

中国共産党の新しい中央委員会総書記に、習近平（しゅうきんぺい）が就任――。

一方で中国の海洋調査船が、尖閣諸島沖の日本のＥＥＺ（排他的経済水域）に侵入――。

尼崎連続変死死体遺棄事件の続報――。

だが、石神井警察署の管内で身元不明の二遺体が発見された事件に関しては、何もやらなかった。いまの時代、そんな小さなニュースは、次から次へと時の流れの中に忘れ去られていく。その人間が、どのような生き方をして、どのようにして死んでいったとしても。

〝無縁死〟という言葉がある。何年か前にＮＨＫが〝無縁社会〟という番組を放送し、そのタイトルから生まれた言葉だと聞いている。その番組によると現在、日本における身元不明の自殺、ホームレスなどの行き倒れ、生活保護を切られたことによる餓死や凍死、そして今回のような老人の孤独死などの無縁死は、年間に三万二〇〇〇人にもなることが明らかになったという。

現在、日本の人口は約一億二八〇〇万人。年間死者数は、約一二五万人。つまり、計算上は、約三九人に一人が無縁死という形で人生の幕を閉じることになる。そしてその比率は、これからも年々増加していくことになるだろう。

それが〝日本〟という世界第三位のＧＤＰを誇る先進国の現実なのだ。あの、小切間という名で死んだ老人が特別な例外であったわけではない。近年では、有名女優や若いテレビタレントが孤独死した例もあった。現代社会では、誰の身にも起こり得ることでもある。

そして、自分にも……。

気が付くと、いつの間にかニュースは終わっていた。テレビの画面をぼんやりと見ていても、何も頭の中には入ってこない。そういえば、腹も減っていた。

だからといって、自分で料理を作るほどには独り暮しに馴れてもいなかった。男とは、そういう仕方のない動物だ。片倉は少し迷った末に、また普段着に着替えてマンションの部屋を出た。

行く所は、いつも決まっていた。片倉の住むマンションから駅まで歩く道筋に、何軒か居酒屋や小料理屋などの店がある。その中でこの一年ほどは、中年の夫婦らしき主人と女将（おかみ）がやっている『吉岡（よしおか）』という小料理屋に通っていた。

カウンターに七人と、小上がりに二つ席があるだけの小さな店だ。このあたりの他の店よりも少し値が張るが、その分だけ料理も美味（うま）く、客筋もいい。刑事が週に一度くらい分相応の食事をするには手頃な店だった。

暖簾（のれん）を潜って店に入っていくと、和服を着た女将が驚いたような顔をした。

「いらっしゃいませ……。あら片倉さん、お久し振り」

カウンターには、顔見知りの先客が二人いた。その間の席に、腰を降ろす。

「そんなに久し振りだったかな」

お絞りを受け取りながら、片倉が訊いた。

「ええ……。確か先々週はいらしてるから、一〇日振りくらいかしら」

そのくらいは、いつものことだ。

「店に入ってきた時、ちょっと驚いたような顔をしただろう。なぜだい」

「この前、テレビで見ちゃった……」

女将が、片倉の耳元でいった。

「テレビ？」

「ええ、先週のニュースで。ほら、石神井町の一件で。あの日の夕方のニュースに、白い手袋をした片倉さんが映ってましたよ」

カウンターの中で、主人が刺身を引きながら小さく頷く。そういえばあの時、マンションの外に、民放のテレビカメラが一台来ていたことを思い出した。この店の夫婦には、自分が刑事であることを以前に話したような覚えもある。

何も注文しなくても、突き出しからお造り、焼き物、炊き物など五品ほどの小料理が出てくる店だ。あとは腹具合によって、飯物などを注文すればいい。〝仕事〟以外には無精な片倉には、ちょうどよい店だった。

ビールを注文し、突き出しに箸を付けながら、ふと息を抜く。この店に限らず、他でもそうだが、片倉はあまり他の客や店の人間と話さない。ただぼんやりと、考え事をしていることが多い。

自然と、あの小切間と名乗って死んだ老人のことが頭に浮かんだ。あの老人は、何者だったのか。〝小切間清〟という名前は、本名だったのか。いったいどこから来て、あのマンションに住むようになったのか——。

そしてあの部屋にあったもうひとつの白骨死体は、誰だったのか。白骨死体の女と小切間は、どのような関係だったのか。小切間はなぜあの女の遺体を、自分の部屋に置いていたのか――。

片倉はポケットから、スマートフォンを出した。最近は引退が近い刑事でも、こんなものを使うようになった。馴れない手つきでアイコンを操作しながら、小切間という老人は携帯電話も持っていなかったことを思い出した。

アルバムを開き、カメラロールの中から小切間の部屋にあった写真のコピーを拡大する。もう、何度も見ている。何の変哲もない、海辺で撮られた写真だ。

どこかの漁港だろうか。堤防の先に小さな漁船用の灯台らしきものが立っていて、その前に中年の男女二人が体を寄せて並んでいる。背後の彼方には丸いお椀を伏せたような島影が二つ、写っている。左側の島の上には白い建物があるが、それが何かはわからない。海辺の町にならどこにでもあるような、それでいて特徴的な風景でもあった。二人の足元に見えるのは、何か網かブイのような漁具だろうか。だが、そんなものは漁港ならばどこにでもある。

季節は、春か初夏だろう。背後の島影の緑が、まだ淡いように見える。男は髪を七三に整え、茶のストライプのスーツを着ているが、コートは持っていない。この男が本当に、若い頃の小切間なのだろうか。

女も、タイトスカートの白っぽいスーツ姿だった。襟の大きな古いデザインからすると、昭和の終わり頃だろうか。色を赤っぽく染め、パーマを掛けた髪型もやはり時代を感じさせる。

小切間の遺体は、身長が約一七〇センチだった。もし男が小切間ならば、この女はかなり小柄だった。おそらく、身長一五〇センチくらいだろう。それも、あの部屋から出てきたもうひとつの古い白骨死体と一致する。

服装や髪型からして、どこか水商売の匂いがした。それは最初にこの写真を見た時からの、刑事としての直感だった。少なくとも、〝素人〟ではないような気がした。

年齢は、三〇を少し超えているかもしれない。だが、女は美しかった。まるで少女のように、輝く目をしていた。

男は女の肩を抱き寄せ、女は男の腰に腕を回していた。二人共、色褪せた写真の中で幸せそうに笑っていた。まるでこの一瞬こそが、人生のすべてであるかのように。

片倉はビールを口に含み、溜息をついた。この二人が何十年か経った後に、あの淋しい部屋で無縁死の遺体となって発見された。もしそれが事実だったとしても、写真の印象を遺体の姿に結び付けることはできなかった。

そしてもうひとつ、確かなことがある。この写真が撮られた時に、この場にカメラを持っていた他の誰かがいたという事実だ。二人の様子からして、その第三者も親しい人間であったことがわかる。それは、いったい誰だったのか……。

あの小切間という老人は、この一枚の写真以外に身元の手懸りになるようなものを何も残していかなかった。手紙や葉書だけでなく、誰かの名刺やその他の写真に至るまで、まるで死を予期してすべて整理したかのように何も出てこなかった。それなのに、この写真だけは捨てられなかったということか。

「片倉さん、また考え事ですか」

女将に声を掛けられ、我に返った。

「いや、ちょっとね……」

スマートフォンの写真を消し、上着のポケットに仕舞う。いつの間にか先客の二人も帰り、客は片倉一人になっていた。温まったビールを飲み干し、いつもの日本酒を熱燗で注文した。

女将の酌を受けながら、ふと思った。いま、この世の中で、自分の顔と名前を認識している人間が何人いるだろう。職場の警察関係者以外には、法事などで何年かに一度顔を合わす親戚くらいしかほとんど思いつかない。普段の生活の中では、この店の夫婦くらいかもしれない。

「つかぬことをお訊きしますが……」

片倉が、カウンターの中の主人にいった。

「何でしょう」

「御主人の名前は、吉岡さんというんですか」

考えてみるとこの店に通うようになって一年以上にもなるのに、夫婦の名前も聞いた覚えがなかった。

「いえ、〝吉岡〟というのは屋号なんですよ。私が以前、新潟にいた時に吉岡という料理屋で修業してましてね。それで、暖簾を分けてもらったんです」

「すると、本名は」

「近藤(こんどう)といいます……」

主人がそういって、〝近藤信久(のぶひさ)〟と書いた名刺を差し出した。

「失礼ですが、奥さんのお名前は」

片倉が訊くと二人が顔を見合わせ、おかしそうに笑った。

「私たち、姉弟なんですよ」女将がいった。「この人、弟なんです。私がいい歳して離婚しちゃったんで、雇ってもらってるんです。でもお店では、面倒だから夫婦で通しちゃうこともありますけどね」

わからないものだ。いまの世の中、日常の顔見知りの人間に関しても何も知らない。孤独なのは、あの小切間という老人だけではないのだ。

片倉は、猪口の中の澄んだ日本酒を見つめた。何かが映ったような気がしたが、それを確かめる前に口に含んだ。

7

小切間清の遺体が火葬された翌日、鑑識の得丸が上機嫌で刑事課に入ってきた。近くの空いている椅子を引き、片倉のデスクの横に座った。

「どうしたんだい。何かいいことでもあったのか」

片倉が、訊いた。

「いや、別に〝いいこと〟ってわけでもないんだけどさ。実は例の女の方の仏さん、〝復顔〟とインポーズをやってみようかと思ってさ」

〝復顔〟とは、身元不明の白骨死体の頭蓋骨から生前の形状を再現する鑑定技法だ。以前は頭蓋骨に粘土などで直接、肉付けする方法しかなかった。だが最近はコンピューター支援型のスーパーインポーズ法が開発され、二つを組み合わせることによってより高い精度で個人識別が可能になっている。

女の方の白骨死体は、まだ死因が病死や自然死であるとは確定していない。つまり、刑事訴訟法上は変死体に分類される。小切間の場合とは違い、まだ当分は火葬せずに保管されることになる。

「しかし、〝キンギョ〟の奴がうんというかな……」

片倉がそういって、部屋の奥をちらりと見た。〝キンギョ〟というのは、刑事課長の今(いま)井国正(くにまさ)警部の渾名(あだな)だ。家で土佐金という高価な金魚を何十匹も飼っていて、何かにつけてその自慢をするので誰からともなくそう呼ぶようになった。

「ああ、あいつならだいじょうぶだ。昨日の夕方、康さんがいない時に話をつけておいた」

署内ではほとんどの者が、片倉を〝康さん〟と呼ぶ。

「よく、承知したな」

復顔やスーパーインポーズ法による個人識別は現在、千葉県にある警察庁の『科学警察研究所』の生物第二研究室内でのみ行なわれている。これに対し、日本全国で一年間に発見される身元不明の白骨死体や腐乱死体は約一〇〇〇体。事件性のないものまで研究所に個人識別を依頼するわけにはいかない。

「ほら、あの仏さんの腕や足の骨には刃物で表面を削ったような傷があっただろう。だからキンギョにいってやったのさ。あれは絶対に〝殺し〟だって。もしいい加減な捜査をやっておいてあの仏さんが犯罪死だとわかったら、後で責任問題になるってよ」

今井は、とにかく自分のミスを嫌う人間だった。常に安全な道を選び、冒険はしない。そのやり方が功を奏して、ここまで出世してきた男だ。〝責任問題〟という言葉を、最も恐れている。

得丸の背後では、若い柳井がデスクに向かっていた。何か書類を作っているようだが、手は止まっている。こちらの話が、気になっているようだ。

「それで、いつやるんだ」

「明後日の朝に、仏さんを千葉に運ぶ。もう先方の了解も取り付けてある」

片倉にも、得丸の狙いは明らかだった。あの二つの遺体の身元を特定する手懸りは、ほとんど存在しない。だが、スーパーインポーズ法で解析した顔が例の写真の女と一致すれば、少なくとも大きな前進になる。

「よし、やってみよう。おれも、一緒に行くよ」

「そうこなくっちゃ。それじゃあ、明後日にな」

得丸が部屋の奥の〝キンギョ〟を一瞥し、片倉に親指を立てて歩き去った。

「おい、柳井」

「あ、はい」

柳井が驚いたように片倉を見た。

「いまの話、聞こえてたか」

「はい、あの、大体は……」

「お前も、行くか」

「はい」

柳井の顔に、笑みが浮かんだ。


二日後、警察署の白いバンの荷台に遺体を積み、千葉に向かった。

黒い髪の小柄な女の白骨死体は、長さ九〇センチ、幅六〇センチ、深さ三五センチの小さなジュラルミンの箱の中で胎児のように体を丸めて凍っていた。それをさらに木箱に入れ、ドライアイスで保冷する。遺体というよりも、何かの荷物のような扱いだった。

『科学警察研究所』は、千葉県柏(かしわ)市にある。石神井警察署からは大泉インターで外環自動車道に乗り、常盤(じょうばん)自動車道の柏インターで降りれば一時間と少しだ。同乗者は片倉と得丸、柳井、もう一人鑑識の坂上(さかがみ)という若手の計四人。車は柳井が運転した。

身元不明の遺体を運ぶ時にはいつも感じることだが、背後の席にもう一人、誰かが乗っているようで妙に落ち着かない。他の四人の話に、何もいわずに耳を傾けている。そんな姿が、影のようにバックミラーの中を掠める瞬間がある。

錯覚であることはわかっているのだが。

だが、片倉は思う。身元不明の遺体となるような死に方をした者は、おそらく、こういいたいのだ。自分が誰なのかを、知ってほしいと。その思いが、事件に関わるすべての者に伝わるのかもしれない。

「いったい、どんな女なのかな……」

得丸が、独り言のようにいった。

「あの写真の女ですかね……」

「もし違ったとしても、美人のような気がするんですけどね……」

片倉は三人の言葉に耳を傾け、一方で別のもう一人の女の声を聞きながら、無言で目を閉じた。

朝九時に署を出発し、一〇時少し過ぎに柏インターを降りた。『科学警察研究所』は、広大な柏の葉公園の前に建つ八階建ての近代的な建物だった。この明るく、整然とした環境の中に日本の犯罪研究の中枢があるという事実は、一度でも研究所を訪れた者でなければば想像できないだろう。

建物の裏の搬入口に車を付けると、担当の有本昌彦（ありもとまさひこ）と部下の前島（まえしま）という二人の男が迎えに出てきた。この研究所は警察庁の一部門だが、二人共、普通の警察官とはまったく違うタイプの人間だった。あえてたとえれば、大学教授とその助手といった印象だろうか。

おそらく、この男たちは、柔道や剣道はやったこともないに違いない。暴力に対して、武力をもって制するという発想すらないだろう。だが、自分たちとはまったく異なる次元で、信頼感と安心感を与えてくれる男たちでもあった。

「さて、早くすませましょう。今日はもう一件入っているので、忙しいんですよ」

有本がにこやかに笑いながら、穏やかな口調でいった。

遺体の入った木箱を台車に乗せ、建物の三階の法科学第一部生物第二研究室に運び込む。木箱からジュラルミンのケースを取り出し、蓋を開けた。小柄な女の白骨死体は東京を出た時と同じように、体を丸めて凍ったまま眠っていた。ケースの中に敷かれた布と共に、ゆっくりと施術台の上に移す。

「かなり古いね……」

有本が、呟（つぶや）くようにいった。

「ええ。我々の検死では死後二〇年以上。血液型はO型。身長は約一五〇センチ。おそらく出産経験のある中年の女性というところまではわかってるんですが……」

得丸が応じる。

「まあ、そんなところだろうね。それで、写真は？」

「これです。だいじょうぶですか」

片倉が、小切間と写っている写真から女の顔だけをアップにしたプリントを見せた。

「写真も古いな。あまり鮮明じゃないけど、まあ、何とかなるだろう。それじゃあまず、インポーズの方から始めようか。頭を外しちゃうよ」

有本が合図をすると、助手の前島が電動のディスクグラインダーを手にした。スイッチを入れる。ダイヤモンドカッターの刃が、高速で回転する。

遺体の後方から、刃をＣ１（第一頸椎）とＣ２（第二頸椎）の間に当てる。かん高い音と共に、白い骨粉が飛散する。その骨を削る音が、時空を超えた女の悲鳴のように聞こえた。

ものの十数秒で、女の頭蓋骨が体から切り離された。それを別の台の上に移し、僅かに残った頭皮と黒髪、皮膚の一部をステンレスのヘラのような器具で削ぎ落としていく。最初に見た時にはかすかに笑っているようだった女の顔が、いまは涙を流して泣いているように見えた。

残留皮膚を剝がした頭蓋骨を、さらに高圧洗浄器の中に入れる。そのまま一時間ほど待てば、頭蓋骨の洗浄が終わる。

「さて。お客さんがシャワーを浴びてる間に、我々は昼飯をすませますか。少し早いけど、食堂に行きましょう」

有本が、おっとりといった。

『科学警察研究所』の生物第二研究室は、遺体の骨や歯などの人体硬組織と顔画像等による法科学的な研究を行なう専門の部署である。具体的には、白骨死体などの個人識別や鑑定を行なう。

スーパーインポーズ法は、現在個人識別に最も有力な検査方法として活用されている。白骨死体の頭蓋骨と該当者と思われる人物の顔写真をコンピューターで重ね合わせ、両者の輪郭や目、鼻、口、耳などの顔面各部の位置関係を解剖学的に解析。同一人物であるかどうかを識別する。これに対して復顔法とは、頭顔部の二十数カ所の筋肉組織の厚さの平均値を元に、粘土などで肉付けして生前の顔を復元する方法を指す。

二〇〇八年六月、栃木県塩谷町の山林で旅行用のトランクに入った若い女性の白骨化した遺体が発見された事件があった。この遺体も後に復顔法とスーパーインポーズ法を用いて個人識別が行なわれ、大阪府守口市の二五歳（失踪当時）の女性であることが判明。後にＤＮＡ鑑定によって本人であることが確認された。それ以外にも毎年、何十件もの犯罪や災害の被害者が、復顔やスーパーインポーズ法によって個人識別がなされている。

昼食を終え、研究室に戻った。洗浄の終わった頭蓋骨を、スーパーインポーズ・システム専用の台座に固定する。一方で用意してきた女の写真を、コンピューターに取り込んで解像度を上げる。写真の角度に合わせて、頭蓋骨を撮影。二つの画像を、既定の定点を合わせながらコンピューターが自動的に重ねていく。すべての定点が完全に一致した瞬間に、コンピューターが個人識別を確認した。

「同一人物だね……」

有本が、頷く。

「やはり、この写真の女の人だったんですね……」

柳井が、呟くようにいった。

その時、台座の上の頭蓋骨が、かすかに微笑んだように見えた。

8

二つの遺体が発見されてから二週間が経ち、〝地取り〟を中心とした実地捜査は事実上、打ち切られた。

これで本件は死体遺棄事件として、被疑者死亡のまま時効として終息することになる。だが、被疑者とはいっても、現段階では小切間清と名乗っていた老人の身元さえも明らかになっていない。

いくら〝地取り〟で足を使ってみても、小切間の顔と名前を一致して認識している人間はまったくといっていいほど出てこなかった。正確には同じマンションの一〇一号室に住む加藤茂夫という老人と、小切間が口座を持っていた『練馬信用金庫』の村山直子という窓口業務員の二人だけだ。

小切間は、二二年間もあの古いマンションの一室でひっそりと暮らしていた。町内の誰にも、顔も名前も知られることなく。あの女の白骨死体と一緒に。

だが片倉は、まだ捜査を諦めてはいなかった。他の担当事案の合間に、一人でも捜査を続けるつもりだった。もしあの白骨死体の女の死因が犯罪死——殺人——だとしても、二〇一〇年四月の改正刑事訴訟法には時間的に間に合っていない。つまり、公訴時効が成立している可能性が高い。そうなれば警察は〝事故〟扱いとして、犯罪があった記録も残らなくなる。それでは被害者が、浮かばれない。

手懸りは少ない。もしあるとすれば、あの小切間と名乗る老人が住んでいた僅か四〇平方メートル程の部屋の中だけだ。

部屋には至る所に、指紋が残っていた。だが、ドアノブに杉村弘久という〝始末屋〟の指紋があった以外は、ほとんどが一人の人間のものだった。おそらくその指紋が、小切間のものだろう。

他には、様々な遺留品があった。身元を特定するものは何もなかったが、一人の人間が二二年間も生活していればいろいろな生活用具や品物が溜まる。片倉は柳井と二人で、もう一度すべての遺留品を洗いなおしてみることにした。

まず注意を引いたのが、女の白骨死体が入っていた台湾製の古い旅行用スーツケースだった。大きいが、色が赤いところをみると女のものだったのだろう。調べてみるとこのスーツケースは一九七八年頃から八〇年頃にかけて台湾のメーカーによって製造され、日本にもかなりの数が輸入されていたことがわかった。輸入していたのは大手のスーパーのチェーン店で、主に関西圏で多く売られていた。

「柳井、どう思う。このスーツケースを見て、何か気が付くことがあるか。あったら、いってみろ」

署の証拠品保管室でスーツケースを前にしながら、片倉が訊いた。この事件に関わるようになってから、片倉は何かにつけて柳井に意見をいわせるようにしている。

「そうですね……」柳井が真剣な目でスーツケースを見つめる。「一九八〇年頃までに製造されたということは、女の死体を入れるためにわざわざ買ったものではないですね。もし女が死んだ時期があの老人があのマンションに住む直前だとすれば、一九九〇年六月以前ですからね。一〇年以上の時差がありますから……」

片倉が、頷く。柳井の〝読み〟は、いつも論理的だ。

「それなら、誰が何のために買った」

「色やデザインからすると、女のものだったように思います。しかし、小柄な女の持ち物としてはかなり大きいですね。それに使い込んだ跡があるし……」

ここまでは片倉の読みと同じだ。

「日常的に海外旅行に行くような、裕福な女だったのかもしれないな」

だが、柳井が首を傾げた。

「ぼくは、そう思えないんですよね……」

「なぜだ。理由は」

柳井が少し考え、話しはじめる。

「あの写真が、気になるんです。写真に写っている女は、着ている物も髪型も妙に派手でした。確かに美人ですが、化粧も濃い。どこか水商売っぽい匂いがするんです……」

「しかし、あの小切間という老人は、最大で口座に二〇〇〇万以上の金が入ってたじゃないか」

「わかってます。しかしぼくは、どうしてもあの二人のイメージが海外旅行とは結び付かないんです。だとすれば、あの部屋にたった一枚残っていた写真が海外のものでなかったのも不自然だし……」

「それならば、この大きなスーツケースとあの女をどう結び付ける」

柳井が、自分を納得させるように頷く。

「何か、特別な事情があったような気がするんです。どこからか逃げるために買ったのか。もしくは、あの女が旅の多い特殊な職業に就いていたのか……」

すべてが、こんな具合だった。スーツケースだけでなく、男の着古したジャケット一着。底の磨り減った靴一足。ジーンズ、下着、老眼鏡、食器、家電製品、マンガ、雑誌、書棚に残っていた本の一冊ずつに至るまですべて調べ、二人で議論を交わした。

だからといって、二人の身元や素性がわかるわけではなかった。だが、しばらくすると、その山のような遺留品の中に一定の方向性のようなものが見えてくる。これだけの物品を残した、小切間と名乗った老人の素顔といってもいいかもしれない。

おそらくこの男は、若い頃は身嗜(みだしな)みにこだわる性格だった。その傾向はたった一枚残った写真でもわかるし、服や靴などの持ち物にも現れている。

特にあのマンションに住む前の時代の物に、高級品が多かった。ジャケットや古いデザインのブルゾン、たった一足残っていた革靴はイタリア製だった。以前はタバコを吸ったのか、ダンヒルのライターもひとつ出てきた。これはダンヒル・ローラーというタイプの一九八〇年代に製造されたものだったが、生産数も多く、身元を特定するための決定的な手懸りとはならなかった。

時計は、ロレックスがひとつ。現在も売られているサブマリーナーというタイプだが、製造番号などからやはり一九八〇年代に生産された古いものであることがわかった。ダンヒルにもロレックスにも表面に無数の傷が入り、かなり使い込まれている。その傷のひとつひとつが、男の人生の軌跡であるように感じられた。いずれも製造番号から輸入元に修理記録を照会してみたが、何も出てこなかった。

時計やライターなどの高級品はリビングボードの抽出しの奥に仕舞い込まれ、最近はまったく使われた形跡がなかった。歳を取り、自分の人生の輝かしい時代に興味を失ってしまったのか。実際に、ここ数年の内に男が買ったと思われる服や靴は、近所のスーパーで売っているような安物ばかりだった。

書棚に残っていた計一〇〇冊あまりの書籍とマンガの単行本は、ほとんどが駅前の商店街の古本屋で買ったものであることがわかった。店の主人や店員は、小切間らしき老人を何となく記憶していた。だが、名前まで認識し、本人であることを識別することはできなかった。

読んでいた本からも、小切間と名乗っていた男の嗜好(しこう)の一端が窺える。多くの老人がそうであるように、やはりこの男も古い時代に関することに興味があったらしい。戦争物や、時代物、昭和時代の災害物のノンフィクションが多かった。その他には警察物や、殺人事件を題材とした推理小説。まだ男としての火が完全に消えていなかったのか、古い官能小説のようなものも何冊かあった。

死者の遺留品を調べているといつものことだが、相手の人生を丸裸にし、人格を冒瀆(ぼうとく)しているのではないかという罪の意識を感じる瞬間がある。それは相手が被害者であれ、被疑者であれまったく変わらない。そして、さらに思う。自分が死ぬ時にも、誰かに同じことをされるのかと——。

「こんなものがありましたよ」

隣で遺留品を整理していた柳井がいった。

「何があったんだ」

「これです……」柳井が、マッチをひとつ差し出した。「セカンドバッグの内張りの中から出てきたんですが……」

小切間の遺留品の中に、グッチのイミテーションのセカンドバッグがあった。これもかなり使い込まれていて、内張りの布が破れていた。マッチは、その破れ目の中に挟まっていたらしい。

何の変哲もない、ブック型と呼ばれる古いマッチだった。開くと中に未使用のマッチが四本残っていたが、頭薬の部分はすでに崩れて無くなっていた。何かの店の宣伝用らしく、表に店名と住所、電話番号が印刷してあった。

〈――スナック・ミモザ
〒５００―８８７５
岐阜市柳ケ瀬レンガ通り×××
電話・０５８―３６１２―××××――〉

岐阜市内のスナックのマッチだった。

小切間と名乗る老人の遺留品の中には、住所や電話番号の書かれたものはほとんど残っていなかった。特に石神井町のマンションに移る以前のものは、買物の領収書なども含めて皆無だった。身元を隠すために、あえて整理したとしか思えない。もし、このマッチが偶然、捨てられずに残ったとしたら。何か重要な意味があるのかもしれない……。

時計は、午後七時を過ぎていた。片倉は部屋の電話を取り、マッチに書かれている番号に掛けた。呼び出し音が鳴る前に電話が繋がり、コンピューターの無機質な音声が流れてきた。

——お客様のお掛けになった番号は、現在使われておりません。もう一度、番号をお確かめの上……——。

片倉は静かに、受話器を置いた。

9

彼女は初冬の午後の斜光を背に受け、片倉の正面から歩いてきた。髪の輪郭が、淡く光っていた。影になった顔の口元が、かすかに笑っているように見えた。

二人が立ち止まり、お互いに俯(うつむ)いたまま、しばらく黙っていた。気まずさがあり、気恥かしさもあって、すぐには言葉が出てこなかった。ボート池から流れてくる若者たちの燥(はしや)ぐ声だけが、乾いた空気の中に響いていた。

「元気だったか……」

最初にいったのは、片倉だった。

「ええ……。元気よ……。〝あなた〟はどうでしたか」

彼女がいった。

「おれは元気さ。いつものとおりだ」

「ごめんなさいね。せっかくのお休みなのに、呼び出したりして……」

「いいんだ。別に休みだからといって、何かやることがあるわけじゃない。それより、話があるんだろう。ベンチにでも座るか」

「ええ……」

公園の小高い丘の上の広場まで歩き、ベンチの落葉を払って座った。正面に見えるコンクリートの屋外舞台の上で、学生たちがギターを弾きながら歌っていた。初冬の日曜日の公園はどこか長閑(のどか)で、片倉には目映(まばゆ)すぎるほどの光に溢れていた。

「私たちにも、あんな時代があったのかしら……」

舞台の上の学生たちを眺めながら、彼女がぽつりといった。

智子と会うのは、久し振りだった。五年前に離婚し、その後に財産分与やら何やらで顔を合わせて以来だから、もう四年振り以上にはなるだろう。その間は年賀状のやり取りと、たまにメールで近況を知らせ合う程度だった。久し振りに会う彼女はどこか輝き、あの頃よりもむしろ若々しく見えた。

「お義父さんとお義母さんは」

「父も母も元気ですよ。弟は上海に転勤になって、しばらくは向こうで暮らすみたいですけれど……」

「そうか。商社マンという仕事も大変だな……」

しばらくは、世間話が続いた。お互いの肉親や、共通の知人。そして、友人。離婚するということは、それまでの暮らしや財産だけでなく、お互いの人間関係も含めて整理分割するということでもある。

「ところで、話って何なんだい」

片倉が、訊いた。突然、メールがあり、会って話がしたいといいだしたのは智子の方だった。

「ええ……」

何か、いいにくいような雰囲気だった。

「もし良かったら、蕎麦屋にでも入るか。その方が落ち着くだろう」

公園の中をしばらく歩き、バス通りの『なかやしき』という蕎麦屋に入った。以前は民家のような古い店構えだったが、改築されて建物が新しくなっていた。日曜だが昼をだいぶ過ぎていることもあり、待たずに窓際の席に座ることができた。

「少し、お酒をいただきませんか」

智子が、品書きを見ながらいった。

「珍しいな。お前からいうなんて」

片倉はまだ、智子を〝お前〟と呼ぶ癖が抜けない。

「いいじゃありませんか。久し振りなんだし……」

智子が、はにかむように笑った。そういえば、結婚していた頃には何度かこの店で二人で蕎麦を食ったことがあった。

澤乃井の冷やと、天ぷらや蕎麦がき、揚げ茄子などの肴を何品か注文した。昼間から酒を飲むのも、智子に酌をされるのも久し振りだった。遠い昔にそんなことが幾度かあったような気がするのだが、それがいつ、どこでのことだったのかが思い出せなかった。

酒を飲みながらも、世間話が続いた。そろそろ酒も終わり、蕎麦を注文しようかという段になっても智子は本題に入ろうとしなかった。仕方なく、もう一度、片倉の方から訊いた。

「それで、話って何なんだ。話があったから、おれに会ったんだろう」

「ええ……」

智子はそういったまま、手元のグラスに視線を落とした。どこか、話し辛そうだった。

だが、そのうち、意を決したようにいった。

「私、結婚しようと思って……」

〝結婚〟という言葉を聞いて、箸を持つ片倉の手が止まった。それは決して、予期せぬ言葉ではなかったのだが。それでも一瞬、目の前が真っ白になったような気がした。

「結婚……。そうか……結婚か……」

何を話せばいいのか、わからなかった。自分が何を話しているのかも、聞こえなかった。心の動揺が表情に出ていないか、それだけが心配だった。

察したように、智子がいった。

「もう、私も五〇を過ぎたし、これが最後の機会だと思って……」

「そうだな。それで、先方はどんな人なんだい」

素直に、そう訊けたことが不思議だった。

「歳は、私よりもひと回り以上も上なんです。お医者さんで、いい人ですよ……」

「相手は、再婚？」

「ええ。息子さんと娘さんがいるんですけど、どちらも成人して社会人だし……」

「いつ、結婚するんだ」

「結婚式はしません。でも、年内には籍を入れようかと思って……」

それから何を話したのか。智子から何を聞いたのか。片倉はあまり覚えていなかった。

ただ、相手が、自分とはまったく違うタイプの男だということはわかったような気がした。

だが、それはけっして不愉快なことではなく、智子のこれからのことを思えばむしろ安心だった。


結局、もう一本酒を追加し、夕刻になって店を出た。すでに黄昏も終わり、街は夜の帳に包まれはじめていた。

智子をバス停まで送り、片倉は一人で公園の中を歩いて帰った。

歩きながら、ふと思う。智子はなぜ、結婚することを片倉に話すために、わざわざ会ったのだろう……。

もう離婚して五年も経ったのだから、事後報告でもかまわなかったはずなのだ。それに彼女は、結婚しようと〝思っている〟といういい方をした。

彼女は、迷っているのかもしれない。片倉に、結婚を止めてもらいたかったのかもしれない。いまからでも、メールをすれば……。

片倉は、ポケットから携帯を出した。しばらく、それを見つめていた。だが、いまさらそんなことができるような男なら、最初から智子とは別れなくてもすんだはずだ。

ちょっとした行動や言葉から、相手の心を読み取ろうとする刑事という職業が悲しかった。

片倉は携帯をポケットに入れ、また夜の公園を歩きだした。

酔い覚ましに、初冬の冷たい風が心地好かった。

10

事件が動いたのは、発生から三週目に入ってからだった。

一一月二六日、月曜日――。

休み明けで定刻の朝八時三〇分に出署すると、柳井が片倉を待ち構えていた。

「見つけました……」

まだコートも脱いでいない片倉の前に立ち、柳井がいった。

「見つけたって、何をだ」

片倉がブリーフケースをデスクの上に置き、椅子に座る。

「木崎幸太郎です。中村橋に住んでいた、例の小切間のマンションの保証人になっていた男です」

片倉が、柳井を見た。

「生きてたのか」

「いえ、死んでました。でも、木崎幸太郎をよく知っていた人間を押えています」

柳井はこの週末も、一人で地取りを続けていたらしい。

二二年前、マンションの契約書の保証人欄に書いてあった住所――練馬区中村二丁目――に木崎幸太郎という人物が住んでいたことは、区役所の住民課でも確認が取れなかった。つまり、住民票も戸籍の附票も存在しない。そうなると、〝木崎幸太郎〟という男が実在の人物であったかどうかもわからなくなる。

「よく見つけたな」

片倉がいった。

「いえ、そうでもないです。実は、駄目元で、所轄の練馬署に照会してみたんです。そうしたら、管内でちょっとした〝前〟がありまして……」

所轄の練馬警察署に、木崎幸太郎と同姓同名の男が傷害事件を起こした記録が二件残っていた。一度目は平成二年の一二月。木崎が小切間のマンションの保証人になった半年後だ。もう一度は翌平成三年の四月。いずれも当時同居していた前原律子という女に暴力を振るい、通報により警察沙汰になるという騒ぎを起こしていた。

「そこから、住所を洗い出したんです。調書に残っていた木崎の住所は、練馬区練馬の四丁目になっていました。豊島園の近くのアパートです。そこから住民票を辿って調べていったのですが、木崎は二〇〇八年の八月に死亡していることがわかりました。これも練馬署の生活安全課に記録が残っていて、やはり小切間と同じような孤独死だったようです……」

柳井がそういって、当時の住民票の除票の写しを差し出した。それによると、木崎は昭和一〇年七月一九日、愛知県海部郡飛島村に出生。同地に戸籍の附票があり、昭和六三年四月に同地から移転となっていた。二〇〇八年に死亡した当時は、七三歳だったということになる。

「それで、木崎をよく知っていた人間というのは」

片倉が訊いた。

「木崎と同居していた、前原律子という女です。この女の住所が、木崎がマンションの契約書に書いていた中村二丁目の住所と一致しています」

柳井の話を聞きながら、片倉の頭の中が目まぐるしく動く。つまり、木崎という男は、女の家にころがり込んで同居していたということなのか。保証人の欄に自分の本当の住所を書かなかったのは、何か事情があったのか——。

「女とは、連絡が取れてるのか」

「ええ、取れてます。いまは中村橋の、別のアパートに住んでます。木崎のことを話してもいいといっていますが、どうしますか」

「もちろん、会うさ。行ってみよう」

片倉が、脱いだばかりのコートに袖を通した。

前原律子は中村公園から道を一本隔てた東側のブロックの、まだ割と新しいアパートの一Kの部屋に住んでいた。以前に住んでいた中村二丁目のマンションからは、歩いて数分しか離れていない。

「一人で住むんなら、このくらいの広さがあれば十分でね……」

いい訳をするように、女がいった。住民票では今年で六五歳になったはずだが、色白で肉付きがいいせいか五十代そこそこにしか見えなかった。だが、染め残しの髪の根元には、白髪が目立っていた。

女が狭い部屋に片倉と柳井を入れたがらなかったので、駅前のファミレスまで歩いた。店に入ると、女は店員に喫煙席を指定し、すぐにメンソールのタバコに火をつけた。

「それで、木崎幸太郎だって？　また、ずい分と古い話ですね……」

女は柳井が運んできたドリンクバーのコーヒーを口に含み、タバコの煙を吐き出した。

「前原さんと木崎さんは、どのようなお知り合いだったんですか」

片倉はコーヒーカップをテーブルに置いたまま、訊いた。

「どういう関係って……。たいした関係じゃないですよ。あの頃、私が練馬駅の南口の方でスナックをやっててさ。木崎はそこの、客の一人だったんですよ。それ以上のことは、刑事さんたちもわかってるからここに来たんでしょう」

「ええ、まあ……」

「それで、今度はあの男、いったい何をやったんですか」

女が、訊いた。

「別に、木崎さんが何かをやったわけではありません。彼は、亡くなりました。もう、四年前です。知らなかったんですか」

「そうですか……。あの男、死んだんですか……。ちっとも知りませんでしたよ……」

女はタバコを消し、コーヒーを飲んだ。しばらく何かを考えていたが、またタバコに火をつけ、記憶を拾い集めるように話しはじめた。

木崎幸太郎が最初に前原律子が経営する『RUBY』という店に飲みに来たのは、昭和六三年か平成元年頃だった。これは、木崎が愛知県から上京してきた年月日とほぼ一致している。それが二度目か三度目かにはウイスキーのボトルを入れ、いつの間にか店に通うようになっていた。

律子は、木崎の目的が自分であることを察していた。だが、律子自身も満更でもなかった。当時の木崎は表向きの羽振りも良かったし、男振りも悪くはなかった。お互いに独り者だったこともあり、男と女の仲になるのにそう長い時間は掛からなかった。

「当時は私もまだ女盛りだったし、いまほど太ってもなかったですからねぇ……」

律子が、そういって笑った。

「それで、一緒に暮らすようになったんですか」

片倉が訊く。

「いえ、一緒に暮らしていたわけじゃないんですよ……。私も、子供がいましたからね。ただ、あの男が私の家に居ついちゃって、しばらく入り浸ってただけなんですよ……」

深夜に店が終わると一緒に食事をし、そのまま木崎が律子の部屋に泊まっていく。午後になると帰っていき、夜になるとまた店に現れる。そしてまた、泊まっていく。そんなことの繰り返しだった。

「当時、木崎は何度か暴力沙汰を起こしてますね。前原さんに、暴力を振るった」

「そんなことまで調べてるんですか……。たいしたことじゃないんですよ。最初は羽振りが良い振りをしてたんですが、そのうちに私に金をせびるようになって。断ると、殴られて……」

律子が、嫌なことを思い出したように溜息をついた。

「ところで、木崎という男は、どんな仕事をしていたんですか」

毎晩のようにスナックで飲み、女の家に寝泊まりしていたのでは、どうせまともな勤め人ではない。

「私は、よく知らないんですよ。何かの、ブローカーのようなことをやってたんじゃないですかね。私にも何度か、真珠や宝石なんかを買わないかって持ってきたことがあったし……」

奇妙な男だ。愛知県から上京してきた時は、もう五〇歳を過ぎていたはずだ。それなのに定職も持たず、何をやって食っていたのか。

木崎が律子の店や部屋に出入りしていたのは、平成四年頃までだった。その後、他に女でもできたのか、ぷっつりと姿を現さなくなった。以来、練馬駅の周辺で何度か姿を見掛けたが、どこに住んでいるのかも知らなかったという。

「それで、木崎の何を調べているんですか。私は本当に、あの男のことはほとんど知らないんですよ……」

律子が、不安げにいった。

「先程申し上げたように、我々は木崎さんのことを直接調べているわけじゃないんですよ。実は先日、我々石神井警察の管内である老人が亡くなりましてね。その方の身元を調べているんですが、ちょうど平成二年頃、木崎さんと交流があったことがわかりましてね」

「その方、何ていう人ですか」

「〝小切間清〟という方で、木崎さんと同年輩くらいの方なんですが。御存知ありませんか」

だが、律子は首を傾げた。

「知らないなあ……。〝小切間〟なんていう名前、聞いたことないなあ……」

片倉は、さらに訊いた。

「木崎さんは、いつも一人で店にいらしてたんですか。誰か、他の人と来るようなことはありませんでしたか」

律子が、ちょっと考えた。

「ほとんど一人でしたよ。誰かを連れてきたとしても、数えるほどだと思ったけど……」

「〝小切間〟というのは、この人なんですけどね。見覚えないですか」

片倉が、律子の前に写真を出した。小切間の部屋に残っていた古い写真の、男の部分だけをトリミングしてアップにしたものだ。もし律子が小切間と会っていれば、この写真と数年の時間差しかないはずだ。

律子が老眼鏡を掛け、写真に見入る。やはり、反応があった。そして、いった。

「この人、見たことあるわ……。木崎が一度か二度、店に連れてきたことがあるような気がする……。でも、〝小切間〟という名前じゃなかったと思うけど……」

「この男の名前、思い出せませんか」

片倉が、訊いた。律子が首を傾げて、考える。だが、諦めたように息を吐いた。

「だめだわ。思い出せない。木崎が名前で呼んでいたと思うけど……。もっと、平凡な名前だったような……」

その時、それまで黙ってメモを取っていた柳井が、律子に訊いた。

「前原さん……先程、今度はあの男、いったい何をやったのかって、そういいましたよね。それ、どういう意味なんですか」

「ああ、あれね。別に、たいしたことじゃないのよ。木崎は名古屋の方から東京に出てきたんだけど、向こうで何かやって、それでいられなくなったとか聞いてたから。たぶん、地元のヤクザか何かと揉めてたんでしょう。そういえば……」

律子はそういったまま、また記憶を辿るように考え込んだ。

「何か、思い出しましたか」

「そういえば、木崎がいってたような気がするわ。この人、地元の友達だって。木崎と二人で、名古屋弁みたいな言葉で話していたような気がするけど……」

小切間は、名古屋の人間だったのか。その時、柳井がまた別のことを訊いた。

「〝柳ケ瀬〟という地名、聞いたことはありませんか。二人の会話の中に、出てきたりとか……」

例の小切間のセカンドバッグに入っていた、スナックのマッチに書いてあった住所だ。柳ケ瀬は岐阜県だが、名古屋からはそう遠くない。

〝柳ケ瀬〟と聞いて、律子が不思議そうな顔をした。

「刑事さん、どうして〝柳ケ瀬〟のことを知ってるんですか」

「いや、知ってるわけじゃないんです」片倉がいった。「ただ、小切間の持ち物の中からスナックのマッチがひとつ出てきましてね。〝ミモザ〟という店なんですが、その住所が柳ケ瀬だったものですから」

律子が、首を傾げた。

「そんな店、聞いたことないですね……。木崎が、柳ケ瀬に行ったという話も……。ただ、よく歌を歌ってたんですよ。木崎が……」

「歌……ですか？」

片倉と柳井が、顔を見合わせた。

「ええ、歌です。美川憲一の〝柳ヶ瀬ブルース〟ってあるでしょう。あの歌、木崎が好きだったんですよ。酔うと必ず、カラオケで歌っていて……」

律子が知っていることは、それだけだった。二時間ほど話し、店を出た。帰りにもう一度、律子の部屋により、木崎の写真を一枚借りた。スナックのカウンターで飲んでいる写真だったが、確かに律子のいうように玄人っぽい男振りの良さが見て取れた。小切間の写真と、どこか同じ匂いがした。

「例の小切間と女が写った写真、あれを撮ったのは木崎だったような気がするんですよね……」

歩きながら、柳井がいった。

「なぜ、そう思う」

片倉が訊いた。

「別に、根拠があるわけじゃないんです。ただ、あの二人の前でカメラを構えているのは、絶対に男だというような……」

確かに、いわれてみれば、そう思えなくもない。女は傍らの男の腰に腕を回し、幸せそうに笑っているが、カメラの方に向かっても媚びるような目差を送っているように見える。

「つまり、刑事の〝勘〟というわけか」

片倉がいった。

「いえ、それほどたいしたものじゃないんですが……」

「まあ、いい。つまりお前も、一人前の刑事になってきたということだよ」

片倉が柳井の肩を、軽く叩いた。

11

翌日、事件にもうひとつの動きがあった。

千葉の『科学警察研究所』の有本から、復顔法による女の顔が仕上がった、という連絡が入った。

片倉は得丸と柳井と共に、さっそく車で柏市に向かった。

有本と製作を担当した足立理子(あだちさとこ)という復顔技師と共に、作業室に入る。照明のスイッチを入れると、部屋の中央のスポットライトの中に、色白の人間の頭部の造形が浮かび上がった。まるで生きているような瞳で、正面を見つめている。

片倉は一瞬、その神秘的な光景に息を呑(の)んだ。

「どうだい。〝彼女〟が、生き返ったよ。やっぱり、美人だったじゃないか」

有本が、自慢げにいった。

「やはり、あの写真に似てるな」得丸がいった。「だけど、やはり〝本物〟の方が臨場感があるね」

「だろう。でも製作の足立君には、先入観を与えないために例の写真は見せてないんだよ。つまり、純粋にあの仏さんの本来の顔だというわけさ。あとは、足立君の方から説明を聞いてくれ」

白衣を着た足立が挨拶をし、説明をはじめた。

「私はまず〝彼女〟に、〝K〟という名前を付けました。それが本当の名前かどうかは、どうでもいいんです。ただ、名前で呼んで話し掛けながら作業を進めないと、命を吹き込めないものですから。復顔に入る時は、いつもそうしてるんです……。

〝K〟は、少し気の強い、それでいて女としての可愛さを持った女性だったように思います。誰かに依存しないと生きていけないような、脆(もろ)さのような部分もあったかもしれません。これは、〝彼女〟に初めて会った時の同じ女性としての直感です。もしくは、〝K〟が私に話し掛けてくれたのかもしれませんが……。

そのようなことを念頭に置いて、作業に入りました。亡くなった時の年齢を考えて、三十代の半ばから四〇歳くらいを想定して復顔を進めていきました。作業自体は、それほど難しいものではありませんでした。〝彼女〟は二〇年以上の時間が経っていましたが、保存状態はきわめて良好だったので、規定どおりに粘土で肉付けしていくだけである程度の造形は可能です。これをさらにCGを用いて修整し、表情と命を吹き込んでいくわけです……」

片倉は黙って、足立の説明に耳を傾けていた。だが、やがて、その足立の声も聞こえなくなっていった。

片倉は、〝K〟と名付けられた女の顔を見つめた。無意識の内に、〝彼女〟に話し掛けていた。

――〝K〟……。君は、誰なんだ――。

不思議なことに、粘土でできた〝K〟が微笑む。そして片倉の心の中に、囁(ささや)きかけてくる。

――〝私〟を……捜して……。〝私〟が誰だか……見付けて――。

〝彼女〟はまるで生身の女のように、片倉を誘惑する。

「片倉さん」

有本の声に、片倉は我に返った。

「はい……。何です」

「それで、どうしますか」

「どうするかというと……」

「ほら、足立君のいうことを何も聞いてない」

有本と足立が笑った。

「つまりこの復顔を画像に取り込んで、CGでいろんなことができるということさ。化粧もできるし、髪型を変えることもできる。やってみますか」

「ええ……。お願いします……」

「どのようにしましょうか。片倉さんのイメージをいってもらえますか」

足立がそういって、コンピューターの前に座った。

「それじゃあまず、髪型はこの写真のように……」片倉は、スマートフォンに入れてある女の写真を足立に見せた。「化粧は水商売っぽく、ちょっと派手目に……」

「わかりました。やってみます」

足立が、コンピューターのキーボードを操作する。ディスプレイの中で、復顔された女の顔の画像がゆっくりと回転する。そこにパーマをかけ、赤っぽく染めた髪が被さり、濃い化粧が乗っていく。

写真の中の女が、CGの中に生き返った。

「こんな感じですか」

足立が訊いた。だが、片倉は、どこか違うと感じた。自分のイメージしていた〝彼女〟は、こうじゃない。

「もうひとつ、お願いできますか。これをキープして、別のやつを……」

「いいですよ。次は、どうしますか」

「化粧は、薄目にしてください。髪は黒のロングで……」

〝彼女〟はスーツケースの中で体を丸めて発見された時、長い黒髪だった。

「わかりました。こんな感じかな……」

足立がまた、キーボードを操作した。化粧の色彩が、段階的に抜かれていく。それに伴い、表情が少しずつ和らぎ、自然になっていくような気がした。赤く染められた髪型が取り去られ、ストレートの、前髪を切り揃えた髪に変わった。

だが、これも片倉が考えていたイメージとは違った。清楚なのだが、冷たすぎるような気がした。

「もう少し、柔らかくなりませんか。その……私は女性の髪型のことはよくわからないのですが……たとえば足立さん、あなたのように額を出すとか……」

足立理子も、少しウェーブの掛かった黒髪だった。

「わかりました。こんな感じですかね……」

ディスプレイの中の黒髪が少し短くなり、ウェーブが掛かる。前髪が横分けになり、自然と額が現れた。そうだ。これでいい。片倉がイメージしたとおりの女が、ディスプレイの中で微笑んでいる。

片倉は、女の顔を見つめた。その時、奇妙なことに気が付いた。

まだ名前も知らぬ〝K〟は、結婚していた頃の智子にどこか面影が似ていた。

12

翌朝、片倉は〝キンギョ〟——今井国正刑事課長——のデスクの前に立った。

今井は呆れた顔で片倉を見上げながら、小さな鼻の上に乗った銀縁の眼鏡を指先で持ち上げた。

「康さん……そりゃあ、めちゃくちゃな話だぜ……」

歳下の今井は刑事課長になったいまも、部下の片倉を〝さん〟付けで呼ぶ。片倉が休みもろくに取らずに現場を奔走している隙に、昇進試験の勉強に精を出していつの間にか警部になった男だ。警察とは、働いた者よりも、働かなかった奴が出世する奇妙な組織でもある。

「いや、ちっともめちゃくちゃじゃない。根拠はあるといっただろう」

片倉が、強い口調でいった。

「根拠があることは、いま聞いたよ。身元不明の仏さんの持ち物から、柳ケ瀬の住所が書かれた〝マッチ〟が出てきた。その仏さんのマンションの保証人になっていた男が、カラオケで〝柳ヶ瀬ブルース〟を歌ってた。それだけだろう。そんなことを手懸りに柳ケ瀬に〝出張〟させろだなんて、誰が聞いたってめちゃくちゃだぜ……」

「なあ、今井よ」片倉はいまでも元部下だった今井を、呼び捨てにする。「あの仏さんは、住所の書かれているものはすべて処分していた。たったひとつ残ったのが、あの〝テッカリ〟なんだ。小さな手懸りから〝ヤマ〟が割れることくらい、お前だって元刑事なんだから経験があるだろう」

片倉は、引き下がらなかった。一度、確立された人間関係は、階級が変わったくらいでは簡単に逆転しない。だが、〝お前〟といわれてさすがに今井もむっとした顔をした。

「だけど康さん。〝ヤマ〟ったって、この件はただの〝遺棄〟じゃないか。最初に捜査方針を、そう決めただろう。もう、〝ガサ〟も〝地取り〟もひととおり終わってるんだ。あとは康さんが報告書をまとめて、あの女の復顔の写真を全国の所轄に回して情報提供を求めれば……」

「そうはいかないんだよ」片倉は、両手で今井のデスクを叩いた。「あの女は、犯罪死だ。〝殺し〟なんだよ。わかんねえのか」

「何を根拠に〝殺し〟なんだよ。それにもし〝殺し〟だとしたって、もう時効だろう。何で康さんは、この件に関してそんなに執着するんだよ……」

今井が苛立(いらだ)たしげに、溜息をついた。

「私も、〝殺し〟だと思います……」

片倉が振り向くと、背後に柳井が立っていた。

「何だよお前まで。〝アンコ〟の出る幕じゃねぇ」

今井が、鬱憤を晴らすように怒鳴った。

「お前はいい。下がってろ」

片倉も止めた。だが、柳井は引き下がらなかった。

「いえ、私にもいわせてください。あれは、〝殺し〟です。課長だって、わかっているはずです。なぜ〝殺し〟だとわかっているのに、〝遺棄〟で片付けようとするんですか。納得がいきません」

今井が柳井を睨(にら)みつけた。だが、言葉が出てこない。

当然だ。警察は殺人事件の検挙率を下げないために、〝殺し〟とわかっていながら〝遺棄〟で処理する。暗黙の了解として、それが慣例化している。

現場の刑事はそれを理解した上で、真実に触れようとはしない。触れれば、面倒なことになる。だが新人の柳井は、まだ何もわかっていない。

「〝殺し〟だとしても、時効だ……」

今井は、同じことを繰り返すだけだ。

「時効でも、関係ありません。犯人を検挙、送検するだけが警察官としての職務ではありません。被害者の身元を特定し、身内の元に返すことも義務です。私は警察学校で、そう教わりました」

柳井が、理路整然といった。聞きながら、片倉は笑いたくなった。誰が聞いても、柳井のいってることは正論だ。これでは今井も、何もいい返せないだろう。

「二人共、それで気がすむなら勝手にしてくれ。〝探費（捜査費用）〟を出せばいいんだろう……」

今井が諦めたように、息を吐いた。

月が明けて一二月三日の月曜日、片倉は岐阜県の柳ケ瀬に向かった。

柳井とは、東京駅で落ち合った。約束の時間より少し早目に行くと、柳井は新幹線の中央改札口の前にスーツケースとコートを手にして立っていた。

「どうした、二泊三日の〝出張〟にそんな大きな荷物を持って」

片倉は、コートと小さなブリーフケースがひとつだけだ。

「すみません。パソコンや捜査資料が入ってるもので……」

そうだった。柳井にパソコンを持っていくようにいったのは、片倉だった。

片倉も署内ではパソコンを使うが、〝出張〟にまで持っていったことはない。ノートが一冊と、地図や写真などの紙の資料だけだ。刑事がどこに行くにもパソコンを持ち歩く姿を見ると、時代も変わったものだと思う。

「まだ少し早いが、弁当を買っていこう。〝鳥めし〟でいいか」

「あ、はい……。でも、何で〝鳥めし〟なんですか」

弁当屋に向かう片倉を追いながら、柳井が訊いた。

「〝鳥めし〟を逆にいってみろ」

片倉が、歩きながら答える。

「逆……ですか。シメリト……シメリトですよね……」

片倉は、真剣に考える柳井を見ておかしくなった。

「そうじゃない。〝鳥〟と〝めし〟を逆にしてみろ。〝めしとり〟つまり〝召し捕る〟だよ」

「あ……そうか……」

昔から、そうだった。

片倉が初めて東京駅で鳥めし弁当を買ったのは、まだ柳井くらいの歳の新人の頃だった。やはり先輩の刑事に連れられて、管内で〝押し込み（強盗）〟をやった犯人を郷里の尼崎まで追った〝出張〟の時だ。その時に先輩の刑事に教わって鳥めし弁当を食い、その翌日に犯人を挙げた。

以来、地方への〝出張〟の時には必ず、東京駅で鳥めし弁当を買うようになった。片倉だけでなく、他の刑事たちも申し合わせたようにそうしていたものだ。だが最近は、そんなげん担ぎをする刑事も、あまりいなくなった。

予定どおり、一一時〇三分発の岡山行き〝ひかり469号〟に乗った。名古屋までは、約二時間。そこから在来線に乗れば、一三時半過ぎには岐阜駅に着ける。

新幹線に乗ってしまえば、しばらくのんびりできる。早目に、弁当を開く。昔と変わらない、懐かしい味だ。

「この鳥めし……旨いですね……」

弁当を食いながら、柳井がいった。

「初めて食うのか。なかなか、いけるだろう」

別に、げんを担ぐだけで食うわけじゃない。刑事には分相応の、〝出張〟の楽しみでもある。

「ところで、片倉さん……なぜ、こんな遅い時間の新幹線にしたんですか。もう少し早く出た方が……」

少しは生意気をいうようにもなってきた。

「おれたちが行くのは、柳ケ瀬だぞ。朝ッぱらからあの街に行って、お前は何をやる気なんだ」

「はあ……」

こういうところは、まだ〝アンコ〟だ。

「まあ、いい。行けばわかるさ」

昼飯を食い終えた時には、まだ熱海の手前だった。弁当を片付けると、柳井はさっそくパソコンを広げた。だが片倉は椅子の背もたれを倒し、体を伸ばした。

「名古屋に着く前に、起こしてくれ」

「はい……」

どうせ今夜は、遅くなる。いまのうちに、少し寝ておいた方がいい。

疲れが溜まっていたのかもしれない。目を閉じると、片倉はいつの間にか眠っていた。

新幹線の音と震動を感じながら、現実と夢の狭間がわからなくなっていた。

夢の中に、女が一人、現れた。それが誰だか、片倉は考えなくてもわかっていた。あの黒い髪の女だった。

女は、裸だった。自分の肩を抱くようにして、闇の中に立っていた。真っすぐに、澄んだ目で片倉を見つめている。

女の口が、かすかに動く。何かを話そうとしている。

——何ていったんだ？——。

——おれに、何かいいたいのか？——。

だが女の声は、片倉には聞こえない。

女が、かすかに微笑む。まるで片倉を、誘うように。

片倉は、誘われるがままに足を踏み出す。

一歩……二歩……。

女へと歩み寄る。だが女は、片倉が近付いた分だけ闇の中に遠ざかっていく。

片倉は、闇に手を伸ばす。

——待ってくれ——。

心の中で叫ぶ。だが、女は止まらない。片倉に背を向け、立ち去っていく。

——待ってくれ……いったい、どこに行くんだ——。

片倉は、懸命に女を追った。だが、足が縺れ、前に進めない。やがて、その場に跪く。

そして闇に手を伸ばし、虚空を掻き毟るように摑む。

——行くな……こっちを向いてくれ——。

女が、ふと立ち止まった。ゆっくりと、振り向く。だが、いつの間にか、その顔が別人に変わっていた。

——智子……なぜお前が、ここに——。

智子が、微笑む。口元がかすかに動き、片倉に何かをいった。だが、聞こえない。聞き取ることができない。

そして智子は、片倉に背を向ける。少しずつ遠ざかり、闇の中に消えていく。

――智子……行くな……おれを、置いていかないでくれ――。

「片倉さん、だいじょうぶですか。もうすぐ、名古屋ですよ」

誰かに肩を揺すられ、夢から覚めた。一瞬、自分がどこにいるのかわからなかった。柳井が、心配そうに片倉の顔を覗き込んでいた。

「もう……着くのか……」

「ええ、あと一〇分程で着きます」

「それじゃあ、起きるか……」

片倉は腕を上げ、体を伸ばした。

新幹線の窓の外に、冷雨に煙る名古屋市街の風景が流れていた。

第二章　忘れられた街

1

東海道本線の岐阜駅に下りると、雨は本格的な降りになった。

コートの隙間から、霧のように、体の芯まで染み込む冷たい雨だった。

ホームに落ちる雨粒に、いつの間にか霙(みぞれ)がまざっていた。

駅の二階から、北口に出る。まだ午後も早い時間なのに、薄暗く沈むような大気に吐く息が白かった。バスターミナルのロータリーに下りる階段には、もうクリスマスのイルミネーションが飾り付けられていた。

「冷えますね……」

横を歩く柳井が、呟くようにいった。

バスターミナルの上を周回するように架かる歩道橋で、ロータリーを渡る。正面には、四三階建の『岐阜シティ・タワー43』が聳えていた。片倉には、まったく見覚えのない風景だった。

岐阜の街を歩くのは、何年振りだろう。以前に一度、別の事件の捜査で来たことはあるが、あれから二五年は経っているはずだ。あの頃にはこんなに大きな歩道橋や高層ビルはなかったし、駅も古い駅舎のままだった。見覚えがあるのは北のどんよりとした雲間に霞む、飛騨山脈の山影だけだ。

だが、ロータリーから国道を渡って問屋町の商店街に入ると、風景が一変した。金華橋通りの歩道にはアーケードが続き、昔と同じ街並が残っていた。店は古くなり、冷雨のせいか何もかもがくすんでいたが、片倉の記憶を呼び覚ます懐かしい風景だった。

県道沿いにある『岐阜中警察署』も、真新しい建物に変わっていた。まず最初に受付を通し、刑事課に用件がある旨を伝える。刑事課の人間が他の都道府県で捜査を行なう場合には、現地の所轄の同じ課に挨拶をして話を通すのが儀礼だ。

二階の小さな応接室に通され、これだけは日本全国どこの所轄でも共通の薄い日本茶を飲みながらしばらく待つ。東京からも何度か連絡を入れていたのだが、なかなか思うようにいかないのもこの手の捜査の常だ。他の所轄の者に自分の〝縄張り〟を嗅ぎ回られて、いい顔をする刑事などどこにもいない。

一〇分ほど待ったところで、担当者が一人部屋に入ってきた。東京からの〝客〟を迎える前に、用件を再確認でもしていたのだろう。片倉よりも少し若い、短軀だが恰幅のいい男だった。

名刺を交換した。名前は平谷幹夫。肩書は刑事課の警部補だった。奇妙なもので、警察関係者は階級が同じだとそれだけで親近感が湧く。

「今日はまた、寒くてえらい日ですな。それで、用件は人捜しやったかね」

東京から来た刑事二人を前にして警戒はしているようだが、人の好さそうな男だった。

「ええ。先日も用件を電話で申し上げましたが、うちの署の管内で老人の孤独死の仏さんが出ましてね。それに関連して、三人の身元を洗ってまして……」片倉が、柳井の方を向く。「写真を出してくれないか」

「はい……。この三人なんですが……」

柳井が小切間清の若いころと思われる写真、木崎幸太郎の写真、そして身元不明の女とその復顔の写真を数枚、平谷の前に並べた。

「この写真は？」

平谷がその中から写真を一枚、手に取った。

「その孤独死した老人の部屋の中から、女性の白骨死体がひとつ出てきましてね。それから復顔したものなんですが……」

片倉が、説明する。平谷が頷き、別の写真を手に取った。

「これが、その孤独死した老人ですか」

「おそらく、そうです。先日お送りした資料にある小切間清ですね」

平谷が手元にあるプリントアウトした書類を見て、頷く。

「それで、これが……」

「小切間と唯一、交友関係があった人物として確認されている、木崎幸太郎ですね。いずれも、かなり前の写真ですが……」

平谷が写真をテーブルに戻し、溜息をついた。

「これは、ちいと難しいなも。写真が良くねえし、ひとつは復顔だからね。一応、連絡をいただいて小切間と木崎という男の記録を当たってはみたんだけどね」

「どうでしたか」

「少なくともうちの管内では、この二人の〝前〟はないですな。とはいっても平成になってからの記録で、それより以前となると小さいのは出てこんかもしれんですが……」

やはり、といったところだった。どこの所轄でもそうだが、数十年も前の小さな事件まですべてコンピューターに入力して整理しているわけではない。紙の資料をひっくり返せば何か出てくることはあるが、それには途方もない時間が掛かる。

「例の、スナックの件はどうでしたか」

片倉が訊いた。

「ああ……確か〝ミモザ〟でしたかね」平谷がそういって資料を捲る。「確かに柳ケ瀬のレンガ通りに、ミモザというスナックはあったようですな。しかし、もう二〇年近く前に店を閉めて、いまは空店舗になっとるみたいですよ。店をやってたのは花岡よし子というママさんですが、この方も五～六年前に亡くなったとか聞いてますな……」

結局、岐阜中署でわかったのはそれだけだった。もっとも、それも想定の範囲内のことだ。所轄に顔を出したのは挨拶が目的であって、最初から有力な手懸りが得られるなどとは考えていない。今回の、〝地取り〟の〝本丸〟は、あくまでも柳ケ瀬だ。

夜は生活安全課の担当者を一人案内に付けるといわれ──本来の役割は東京から来た二人の〝見張り役〟だろう──岐阜中署を後にした。そこから歩いて数分の、今沢町にある市役所に向かった。

岐阜市役所は、昔のままの古い建物だった。入口に噴水池があり、その中央の石の上でカワウの銅像が羽を広げ、霙まじりの冷雨に濡れていた。

「この鳥……何ですかね……」

柳井が不思議そうに、首を傾げた。

「カワウだよ。岐阜の長良川は、鵜飼の本場だ。知らないのか」

池の前を通る時に、片倉が教えた。

「鵜飼ですか……。あれは岐阜だったんだ……」

柳井が感心したように、カワウの銅像を振り返る。

そういえば片倉も、以前に岐阜に来た時に、同行した年輩の刑事にそう教えられたことを思い出した。その時はちょうど夏場で、夜はちょっと贅沢をして長良川のアユを食べたことも覚えている。

市役所に入り、一階の市民課に向かう。本庁舎の中はどこか薄暗く、冷えびえとして、大気が澱んでいた。古い建物独特の臭いが籠っていた。

だが、ここでの用件は、警察署よりも円滑に進んだ。市民課の窓口で、過去に小切間清、木崎幸太郎のいずれかの名前で市内に住民登録があったかどうかを確認する。住民台帳はすべてコンピューターに入力されているので、作業は簡単だった。

若い女性の担当者が、二人の名前で検索する。結果は、一瞬で出た。過去三〇年間に、二人に該当する人物は岐阜市内に存在していない――。

「空振りでしたね……」

庁舎を出て、傘をさしながら柳井がいった。

「まあ、そんなもんさ。最初から、そう簡単に結果が出るとは思っちゃいない」

確かに、刑事の仕事なんて、〝そんなもん〟だ。歩いて歩いて歩き倒し、塵（ちり）や砂の中からひと粒の種を拾う。その種に水をやっても、育って実が生（な）るのは十にひとつもない。それが刑事の仕事だ。

「これからどうしますか。夜の街に出るには、まだ時間が早いですね……」

時計はまだ、四時にもなっていない。

「もう一カ所、寄りたい所がある」

片倉は、古い商店街の前の石畳の歩道を歩いていく。歩道に掛かった塩ビの波板の屋根から、錆びた支柱に雨が滴（したた）っていた。そのアーケードの切れ目から、『岐阜新聞』と書かれた青い看板が見えた。

「なるほど……」

片倉の後を追う柳井がいった。

「そうだ。まずは地元の新聞社。それがだめなら図書館。地方の〝地取り〟のイロハの〝イ〟だ」

新聞社の受付で警察手帳を出し、三階の社会部に上がる。この時間は翌日の朝刊の入稿の時間帯で、フロアにも熱気が籠っていた。それでも応対に出てきた湯浅という中年の記者は、片倉の話に親身に耳を傾けてくれた。

「雲を摑むような話だなあ……。小切間清に、木崎幸太郎ですか……。しかもこの女の人の方は、名前もわかっていないわけですよね……」

小さな鼻の上の眼鏡を指先で上げ、湯浅が三人の写真を交互に眺めながらいった。〝ブンヤ〟さんらしくいかにも無愛想だが、人の好さそうな男だ。

「それで……」湯浅が続けた。「岐阜中署の方には？」

「もちろん、挨拶はしてます」

「それなら、県警の記者クラブを通した方が話が早いんじゃないですかね」

「いや、できれば所轄にはあまり面倒を掛けたくないんですが……」

面倒だけでなく、こちらの動きを逐一知られたくないという意味もある。

だが、湯浅という記者は、それだけで片倉の意図を察してくれたようだった。

「わかりました。こちらで当たってみましょう。もしあったとしても小さな記事だと難しいと思いますが、とりあえず検索してみますか……」

片倉が頼んだことは、きわめて明確だった。昭和六三年（一九八八年）から平成二年

（一九九〇年）――小切間清と木崎幸太郎が上京するまでの三年間――に、二人の名前が出てくる新聞記事が存在するかどうか。もちろん、新聞社が自社の記事をデータベース化する際に、すべてが関連する人名によって整理されているわけではない。殺人事件の主犯格といったような人名ならともかく、小さな事例だとまず引っ掛かってはこない。

「やはり、何もヒットしませんね……」

湯浅が、手元のコンピューターの画面を片倉に見せていった。

「小さな事件でもいいんですが、何か方法はありませんか」

最終的な手段としては地元の図書館でマイクロフィルム化された新聞紙面を片っ端から閲覧するという方法もあるが、とてつもない時間が掛かる。

「それなら、資料室の方に行ってみましょう。その手のことなら、専門の男がいるんです。まだ社にいるかどうか、いま確認してみます」

湯浅がそういって、内線の受話器を取った。

資料室は、四階の北側の奥にあった。部屋は広いはずなのだが、何層ものスチール製の棚で仕切られ、厖大な量の新聞やその他の資料で埋めつくされていた。窓からは、ほとんど光も差し込まない。その中央の僅かな空間にデスクが四つ置かれ、そこに男が一人と女が二人、向き合うように座っていた。

「山科(やましな)さん、いま電話で話した件なんですが……」

湯浅が、部屋に入るなりいった。

〝山科〟と呼ばれた男がゆっくりと椅子を立ち、歩いてくる。歳は、片倉よりも少し上だろうか。白くなりはじめた薄い髪を横に分け、厚い眼鏡を掛けた小柄な男だった。

「あんた……東京から来た刑事さんだって？」

片倉の前で立ち止まり、眼鏡を少しずらす。顔を近付け、覗き込むように片倉を見た。

「はい、忙しいところ、すみません……」

「いや、ちっとも忙しくなんかない。それで、何かの記事を探してるんだってな」

湯浅は山科を紹介すると、三階に戻っていった。

「実は、貴社の過去の新聞にこの男女三人に関連する記事がないかと思いまして……」

つい先程、社会部の湯浅という記者に説明したのと同じことを繰り返す。そうだ。同じことを、何度もだ。無駄だと思えることを何度も繰り返すうちに、何かが引っ掛かってくることもある。それが捜査の基本だ。

「小切間清に……木崎幸太郎か……。こっちの美人のお姉さんは、名無しのお人形さんか……。しかも、二〇年以上も前の話だろう。厄介だね……」

山科が眉間に皺を寄せ、写真とその下に書かれた名前を間近で見つめながら呟く。

「先程、湯浅さんにコンピューターで検索してもらったんですが……」

「何も出てこなかったろう。うちのデータベースで、この二人の名前を見た覚えはないね。他の方法でやってみるか……」

奇妙ないい方だった。山科が、自社の記事に出ている人名をすべて記憶しているというようにも受け取れる。

山科は三人の写真を持って、デスクに座る二人の女性の方に向かった。写真を見せ、何かを小声で話し掛けている。しばらくすると二人が頷き、席を立った。壁のようなスチールの棚の裏の資料の山の中に入っていく。

「まあ、少し時間をくれないかな。この三人が何かやったとわかってるなら、調べやすいんだがね……。ただ、この〝小切間〟という名字はどこかで見たような気がするんだよな……」

山科が写真を見ながら、首を傾げる。

「見た、というのは、記事の中でですか」

「いや、それが思い出せないんだ。まったく別の所だったかもしれない。だけど、この小切間というのは岐阜の人間じゃないね。いずれにしても、余所者じゃないかな……」

片倉が、隣の柳井と顔を見合わせた。

「余所者……というと？」

「ああ、小切間というのは元々、三重県の方に多い名前なんだよ。特に、伊勢神宮のあたりだね。岐阜県内には、あまりいないはずだよ」

三重県か……。

そういえば市役所の住民課で調べた時に、〝小切間〟という名字の家は市内に一軒も存在しなかった。

「もうひとつ、お願いがあるんですが」その時、柳井がいった。「昔、柳ケ瀬に〝ミモザ〟というスナックがあったはずなんですが……」

山科が、柳井の顔を見た。

「ああ、〝ミモザ〟ね。レンガ通りのミモザだろう。知ってるよ」

「そのミモザが出てくる記事は、ありませんか」

「ああ、それならあると思うよ。もう二〇年以上前だったかな。あの店じゃ、大きな事件が起きてるからね」

「事件、ですか」

今度は、片倉が訊いた。

「そうだよ。岐阜中署で聞かなかったのかね。あの店の前で、客が殺される事件があったんだよ。いま記事を探してくるから、待っててくれ……」

　山科が口の中で何かを呟きながら、資料の山の中に入っていった。

2

　外はいつの間にか、日も落ちていた。

　冷雨は止むのでもなく、強くなるでもなく、日の暮れた街並を静かに濡らしていた。

　時計は午後五時を過ぎている。時間は、ちょうどいい。片倉は柳井を連れ、昔の記憶を頼りに柳ケ瀬へと向かった。

　西柳ケ瀬から柳ケ瀬、神田町（かんだまち）四丁目にかけての通称〝柳ケ瀬地区〟は、かつて岐阜県下随一の歓楽街だった。西に忠節橋（ちゅうせつばし）通り、中央に金華橋通り、東に長良橋通りに仕切られた約五〇〇メートル四方の一角に柳ケ瀬通りが横切り、その中に数千軒もの商店や飲食店、遊興施設や風俗店などがひしめき合っていた。日中は静かなアーケード街だったが、日没を待ってネオンが咲き乱れ、路地裏の隅々にまで呑屋の看板の灯が灯るような夜の街だった。昭和四十年代の最盛期には、近隣の名古屋あたりからも客が押し寄せるほどに栄えていた。

だが、久し振りに訪れる柳ケ瀬は見る影もないほどに変わっていた。街の入口の徹明通の角、旧メルサ百貨店の跡地には、巨大なドン・キホーテのビルが聳えていた。以前は地方都市の歓楽街ならではの情緒に満ちた街だった印象があるが、この黄色い建物の異相はあまりにも不釣合だった。

建物の脇から、アーケード街へと入っていく。このあたりも、変わっていた。以前ならば人や看板の光で賑わっている時間なのに、ほとんどの店のシャッターが閉まり、閑散としていた。

「寂しい街ですね……」

横を歩く柳井がいった。

「昔は、こんなじゃなかったんだが……」

そうだ。昔は確かに、こんなじゃなかった。商店や飲食店だけでなく、小さな劇場やライブハウス、映画館なども軒を連ねていて、活気のある街だった。だがいまは、すべてが暗く色褪せていた。

レンガ通りのアーケードを越えて、日ノ出町通りも渡る。さらに柳ケ瀬本通りを越えると、左手に岐阜中警察署の柳ケ瀬地区特別警戒所が見えてきた。ここで五時半に、刑事課の平谷に紹介された生活安全課の担当者と待ち合わせていた。

待っていたのは、市江良子という若い婦警だった。私服を着ていても、ひと目で婦警だとわかるタイプだ。市江はもう一人、地元の不動産業者の男を連れていた。ミモザの店舗を管理していた不動産会社の社長、押村茂善という男だった。

「平谷の方から、ミモザに案内するようにいわれてましたので……」

市江がいった。

「助かります。店の中も見てみたかったので……」

「これ、お預けしときますわ」押村が鍵を市江に手渡した。「あとはお三方でゆっくり見てください。何年も人が入ってないので、店の中は汚れてると思いますけど。鍵は明日にでも戻してもらえたらかまいませんので……」

押村はそういって、帰っていった。

市江と三人で、柳ケ瀬の街を歩く。本通りの広いアーケードに出て、それを右に曲がる。人通りの少ない石畳の路面に、磨り減った靴の踵の音が響いた。

「柳ケ瀬は、初めてですか」

歩きながら、市江が訊いた。

「いえ、二度目です。以前にも一度、来たことがあります。もう二五年以上前になりますが」

「この街もずい分、寂しくなっちゃったでしょう。地方都市の中心街空洞化とかいうらしいんですけど……。名鉄の市内線が廃線になってから、本当に店や人が少なくなっちゃって……」

しばらく行くと、石畳の上に大理石で円形状のサークルのような紋様が描かれている場所に出た。その両側に、二枚の四角い石碑が埋め込まれていた。片倉は、その前で足を止めた。

一枚の石碑には「柳ヶ瀬ブルース発祥の地」と刻まれ、もう一枚には〝柳ヶ瀬ブルース〟の歌詞が書かれていた。

〈柳ヶ瀬ブルース

宇佐英雄　作詞作曲
小杉仁三　編曲
美川憲一　唄

雨の降る夜は
心もぬれる
まして一人じゃ

　なお淋し
　憎い仕打ちと
　　うらんでみても
　　戻っちゃこない
　　　あの人は
　　あゝ柳ヶ瀬の
　　　夜に泣いている〉

「どうしました」

　市江が振り返って訊いた。

「いや、何でもありません。行きましょう」

　片倉がまた、歩きだした。

　間もなく弥生町（やよいちょう）の角を左に折れて、アーケードの上に〝劇場通り〟と書かれた道に入る。昭和四十年代から六十年代にかけて、この通り沿いに大小何軒もの芝居小屋や劇場が並んでいたことから、そう呼ばれるようになった。片倉が以前にこの通りを歩いた時にも、様々な劇場の看板や幟（のぼり）、芝居や公演のポスターなどが貼られていたのを見た覚えがある。

開演が近付くと役者たちが舞台化粧に衣裳を着たままチラシを配り、人気のある小屋の前には客の列ができていたものだった。

いまは、この劇場通りも当時の賑わいが嘘のように静かだった。華やかな舞台化粧の役者も、芝居小屋や劇場も、すべて幻のように消えてしまっていた。だが、しばらく行くと、右手前方に片倉も見覚えのある大きな建物が見えてきた。

「あれが〝髙島屋〟です……」市江がいった。「二〇〇五年にリニューアルして、これでも少しはこの街に、人が戻ってくるようになったんですよ……」

日ノ出町通りを越え、髙島屋の前を通り過ぎる。間もなくまたレンガ通りを渡ると、市江はその先の人がやっとすれ違えるほどの細い路地に入っていった。

このあたりの一角には、まだ昔の柳ケ瀬の大気が澱むように残っていた。路地を被うトタン板の屋根からは雨水の滴がしたたり、迷路のような空間に小料理屋やスナックが軒を並べていた。だが、暗い路地裏に、看板に明かりの灯る店は少なかった。

路地を何度か曲がった所で、市江が立ち止まった。

「ここが、ミモザです……」

片倉と柳井が、店の前に立った。

間口が三間ほどの、狭い店だった。ミモザの花の色を真似たのか、黄色く塗られた外壁

——おそらく昔は黄色だった——に汚れたステンドグラスの小さな窓がひとつ。その横に、腐りかけ、表面が剝がれ落ちたアーチ状のドアがあった。ドアは、錆びた鎖と南京錠で閉じられていた。

片倉は、壁を見上げた。トタン屋根の下に小さな看板があって、かすかに〈——スナック・ミモザ——〉という文字が残っていた。

「店に入ってみますか」

市江が、ハンドバッグの中から鍵を取り出しながらいった。

「ええ、入りましょう。鍵を貸してください」

片倉と柳井が、ベルトのホルダーからLEDライトを抜いた。鍵を受け取り、南京錠と鎖を外す。壊れたドアノブを回し、軋むドアを開けると、二〇年間閉ざされ続けていた大気が眠りから覚めたように流れ出てきた。

下水と黴の臭いが、つんと鼻を突いた。LEDライトの光軸の中に、中の風景が浮かび上がった。右側にカウンターがあり、左手にL字型のボックス席がひとつ。間口よりも奥行きが広いが、客は一〇人も入れないような小さな店だった。

店の中に、足を踏み入れる。足元から、まるで生き物のように埃が舞い上がった。カウンターの中の棚には、すでに銘柄もわからなくなったウイスキーや焼酎のボトルが残っていた。カウンターやテーブル、床の上には、天井から剥がれ落ちたモルタルやグラスの破片が散乱していた。そのすべてが長年の塵に埋もれ、色彩を失っていた。

片倉は店の奥へと入っていき、店内の様子を探った。ＬＥＤライトの光軸の中に、ドブネズミが走る。

カウンターの奥に、８トラック式の古いカラオケが一台。機械には、まだテープが一本挿入されたままになっていた。テープの背の部分の埃を手で拭うと、光の中に〈柳ヶ瀬ブルース〉の文字が浮かび上がった。

「片倉さん……ありましたよ。同じマッチが……」

振り返ると、柳井がブック型のマッチを手にしていた。光を、当てる。小切間清のセカンドバッグから出てきたマッチと、まったく同じだった。

「保存しておいてくれ」

視線を、店の中に戻す。カウンターのスツールに、一瞬、肩を並べて座る小切間と木崎の後ろ姿が幻のように浮かび上がった。それがいつのことだったのかはわからない。だが、彼らは確かに、この店の時空の中に存在していたのだ。

平成二年二月一二日——。

小切間清と名乗る男が東京都練馬区石神井町に移り住む四カ月前。まだ飛驒山脈からの山颪(やまおろし)が吹き下ろす季節に、夜の柳ケ瀬である事件が起きた。

翌一三日付の『岐阜新聞』の夕刊によると、事件が起きたのは一二日の午後一一時半頃。岐阜市柳ケ瀬レンガ通りのスナック・ミモザで飲食中の客が、店の外に出たところ、何者かに刺殺された。殺されたのは劇場通りにあった小劇場『アポロ座』に出演していた檜山(ひやま)京ノ介(きょうのすけ)という旅芸人一座の役者で、当時四六歳。ミモザの店主の花岡よし子をはじめ近隣の店の客など何人かがいい争う声を聞いているが、犯人の顔は誰も見ていない。男だったのか、女だったのかもわからない。

「この店で昔、殺人事件があったらしいですね」

片倉が、背後にいた市江良子に訊いた。

「そうなんですか。私はよく知りませんけども、いつ頃の話なんですか」

「平成二年の二月ですから、もう二〇年以上も前ですね。旅芸人一座の役者が一人、この店の外で刺されたそうです」

「平成二年といったら、私はまだ小学生でしたから。それにその頃は、名古屋に住んでいたので……」

市江は、本当に知らなかったようだった。

「その役者は、劇場通りの〝アポロ座〟という小劇場に出ていたそうです。いまは、その劇場はどうなっていますか」

「さあ……どうでしょう……。私がこの地区を担当してもう四年になりますが、〝アポロ座〟というのは見たことも聞いたこともありませんね……」

「他の劇場や芝居小屋はどうですか。どこかに残っていませんか」

「劇場通りには、一軒も劇場はないと思います……。先程通ってきた所にシネックスという映画館があって、他に日ノ出町通りのロイヤルビルにも、貸ホールや映画館が入っていますが、柳ケ瀬には芝居をやるような劇場は残っていないはずです……」

一〇年も経てば、人も時代も変わる。二〇年も過ぎれば、記憶も薄れていく。そしていつの間にか、何もかもが時の流れの中に埋もれて消えていく。

だが、このミモザというスナックはいまも残っていた。そして二三年近く前に、このスナックで飲んでいた一人の役者が殺された。劇場通りには、その男が出ていた『アポロ座』という芝居小屋があった。それはすべて、事実なのだ。

そしてその僅か四カ月後に、このミモザに出入りしていた小切間清という男が東京に現れた――。

この二つの事例には、何か関連があるのだろうか。四カ月という時差は、何かを意味するようでもあり、まったくの偶然のようでもある。小切間清、もしくは木崎幸太郎が事件に関わっていたとしても、いまとなってはそれを証明することは不可能に近い。

それとも、あの女か……。

「行きましょうか」

片倉は踵を返し、店を出た。外の空気を吸うと、二〇年以上の時空を超えて、現在に戻ってきたような錯覚があった。

3

古い店に何軒か案内され、商店会の人間も紹介された。

片倉はその度に、小切間と木崎、そして復顔された女の写真を見せた。だが、三人を知っている者、もしくは少しでも心当りのある人間は一人もいなかった。

二十数年前といえば、まだ柳ケ瀬に歓楽街としての名残があった頃だ。劇場通りにも何軒か小劇場が残っていたし、他府県からの客も多かった。地元の人間ならまだしも、余所から流れてきてまた別の土地に去っていく者の顔など、いちいち誰も覚えてはいない。

市江良子は生活安全課の担当としての最低限の役目を終え、署に戻っていった。午後、七時半。だが夜の街、柳ケ瀬の素顔が見えるのは、まだこれからだ。

片倉はまず、映画館や貸ホールが入っているという日ノ出町通りの『ロイヤルビル』に足を向けた。特に、目的があるわけではなかった。ただ、いまは捜査の基本に立ち返り、歩くことしか思いつかなかっただけだ。

だが、柳ケ瀬には何かがあるような気がした。理屈ではない。あえていうなら、刑事としての〝勘〟だ。

それでも片倉は、これまでの経験から、刑事の〝勘〟が多くの〝事件〟を解決してきたことを知っている。歩いてさえいれば、何かに当たることも理解している。それにいまは、他に方法はない。

『ロイヤルビル』は、時代から取り残されたような奇妙な空間だった。一階に書店や宝石店、二階が飲食店街、三階がホール、四階に『ロイヤル劇場』という映画館が入っていた。古いビルの入口には映画のポスターが貼られ、エレベーターまでの通路には一面に看板絵が描かれていた。だが、どれも昭和の頃の古い時代劇や、任侠映画のものばかりだった。

「お前、こういう映画、知ってるか」

ポスターを興味深げに見つめる柳井に、片倉が訊いた。

「いえ、ぜんぜん……。でも、高倉健(たかくらけん)は知ってます。それにあの和服を着た女の人、綺麗ですね……」

柳井が、通路の天井の看板絵を指していった。

「あれは〝藤純子(ふじじゅんこ)〟だよ。歌舞伎の菊五郎(きくごろう)と結婚した〝寺島純子〟といったら、わかるだろう」

だが、柳井は不思議そうに首を傾げた。

そしてまた歩く。

片倉は日ノ出町通りを、金華橋通りの方に向かう。やはり、当てはない。自分が、どこに行こうとしているのかもわからない。だが、柳ケ瀬にはもうひとつの顔があったはずだ。以前に来た時に見た覚えのあるその印象深い風景が、いまどうなっているのかを確かめてみたかった。

ちょうど、劇場通りのあたりまで戻ってきた時だった。それまで何かを考えていた柳井が、片倉にいった。

「例の、旅芸人が刺されて殺されたという話、どうも気になるんですよね……」

やはり、そうか。旅芸人……役者……小劇場……。それまで心のどこかに痼(しこり)のように残っていた謎のひとつが、三つのキーワードと結び付いたような気がしていた。

「例の、旅行用のスーツケースか」

女の白骨遺体が入っていた、あの赤いスーツケースだ。色やデザインからすれば女の持ち物だった可能性が高いが、それにしてはサイズが大きすぎる。

「やはり、片倉さんもそう思いますか。もしあの白骨遺体の女性……〝K〟が旅芸人一座の女優だとしたら……。あの使い込まれた大きなスーツケースを持っていたとしても、不思議じゃないような気がするんですけどね……」

以前、柳井は、あのスーツケースに特別な事情があったのではないかと推理した。そして、あの女が旅の多い、特殊な職業に就いていたのではないかと。もし彼女が旅芸人一座の女優だとしたら、あのスーツケースのことも玄人っぽい美しさにも説明が付く。

まだ、あまりにも漠然とした、根拠なき推論にすぎない。もしあの三人が小劇場を渡り歩く旅芸人一座だとしたら、なぜ小切間が二〇〇〇万円以上もの現金を持っていたのか。その説明も思いつかない。だが、少しでも的を絞り込むことができれば、捜査がやりやすくなることは事実だった。

「ところで、ぼくたちはどこに向かっているんですか」

柳井が訊いた。

「いいから、ついて来い。そう遠くに行くわけじゃない」

中央の金華橋通りに出ると、ここでアーケードが途切れた。冷雨は、まだ降り続いていた。片倉は折り畳みの傘を広げ、目の前の信号が青に変わるのを待った。

道を渡ると、周囲の風景が一変した。街並がさらに暗くなり、閑散とする。雨の闇の中に、飲食店の看板の灯がぽつりぽつりと浮かび上がる。

ここは柳ケ瀬でも、西柳ケ瀬と呼ばれる一角だ。かつては柳ケ瀬が、歓楽街として知られた時代の象徴的な地区でもある。以前はこの暗い道の両側に、ピンクサロンやクラブのネオンが不夜城のように光り輝いていたものだ。

だが、いまは長い宴の後のように、火が消えていた。夜になるとこの通りを埋めつくしていたタクシーも、派手なドレスを着て歩く女も、女に群がる客もほとんどいなくなってしまった。いま残っているのは古い大箱のクラブが数軒と、ピンクサロンの後にできたキャバクラ、他にはホストクラブらしき店が目立つくらいだ。

「腹が減ったな……」

片倉が、歩きながらいった。

「そうですね。もう、八時半になります」

「何か食うか。ちょっと、行ってみたい店がある」

片倉は、その先の道を右に折れた。確か、このあたりだったはずだ。やはり、思ったとおり、暗い道筋の左手に『飛騨』と書かれた小さな提灯の灯が灯っていた。

店の前に立つ。店構えにも見覚えがあった。間違いない。この店だ。

暖簾をくぐると、店内の様子は変わっていた。右手に小さなカウンターがあり、奥の小上がりにはテーブルが二つばかり並んでいる。カウンターの中には、この店の主人らしき老人と女将らしき女が立っていた。他に客は、誰もいない。

「いらっしゃいませ……」

女の方がいった。

「この店は、二〇年以上前からここにあるのかな」

片倉が訊くと、二人が怪訝（けげん）そうに首を傾げた。

「ええ……うちは、三〇年以上前からここにありますが……」

「それならいいんだ。ちょっと、邪魔させてもらうよ」

片倉がそういって、柳井と共にカウンターの縄椅子に座った。

「この店に、前にも来たことがあるんですか」

柳井が訊いた。

「ああ……もう二五年前だ」

「よく覚えてましたね」

「刑事というのは、一度来た所は忘れないものだ。お前も、いまにわかる」

片倉が、店の二人に聞こえないように小さな声でいった。

飛騨牛の朴葉焼きに、ころ煮、紅カブのしな漬けなど適当に肴を取った。生ビールのジョッキを傾けながら、店の主人に話し掛ける。

「このあたりも、変わっちゃったね……」

「そうでしょう。すっかり人が少なくなっちまって。昔の賑わってた頃が、懐かしいですよ……」

胡麻塩頭の主人が、朴葉焼きの仕度をしながら愛想よく答える。

「いま日ノ出町通りから金華橋通りを渡って歩いてきたんだけど、昔はあれだけあったピンサロやクラブも無くなっちゃったね」

「そうなんですよ……。昔からの大箱のクラブでいまも残ってるのは、通りに出た所の〝ムーランルージュ〟と、はす向かいの〝イスタンブール〟くらいですかね。まあ、クラブとはいっても中身はキャバクラみたいになっちまったらしいけど……」

カウンターに、肴が並びはじめる。料理はすべて素朴な味で、どこか懐かしく、郷土料理ならではの温もりがあった。若い柳井には物足りないかもしれないが。

「お客さん、こちらへはお仕事ですか」

カウンターの中から、女将が訊いた。

「ええ……。仕事といえば仕事なんですが、人捜しなんですよ」

「人捜し、ですか」

「そうです。こんな人たちを、見たことありませんか。みんな二〇年以上前の写真なんですが……」

片倉は柳井から写真を受け取り、店の主人と女将に見せた。男二人と、女の写真。もちろん女の写真は、小切間の部屋にあったものを引き伸ばしたものだ。

二人が、写真に見入る。首を傾げ、次を捲る。そのうち女将の方が、女の写真に目を止めた。

「この人、よく似てる子を知ってるわ。ほら、〝ムーランルージュ〟の……」

女将がそういって、主人に写真を見せる。

片倉と柳井が、顔を見合わせた。

「お前、何いってんだよ。〝ムーランルージュ〟の、アリサのことといってんだろう。あの子はまだ三〇そこそこだぞ。この写真は、二〇年以上も前のもんだぜ」

「あ、そうか……。人違いか……」

女将が、照れたように笑う。片倉と柳井が、力が抜けたように息を吐いた。

腹が落ち着いた所で、店を出た。冷雨に濡れながら、また歩く。日ノ出町通りに出た所で、その一角だけが目映いネオンの光で明るくなっていた。クラブ『ムーランルージュ』

だった。

何げなく、その前を通り過ぎる。入口のドアの前で客引きの男が二人、片倉と柳井を見ていた。だが、声を掛けてはこなかった。

道を渡ろうとした時だった。クラブの入口から、誰かが出てきた。ブルーのドレスの上に毛皮のコートを羽織った女と、客らしいスーツの男だった。

女が傘を広げ、その中に男が入る。男が、女の肩を抱き寄せる。雨の中を、片倉とは反対の方向に歩きだした。

一瞬、ネオンの光の中に、女の横顔が浮かび上がった。

あの女……まさか……。

片倉は立ち止まり、女の後ろ姿を見つめた。女が、雨の中に歩き去っていく。だが、片倉の気配に気付いたのか、女がゆっくりと振り返った。

君は……誰なんだ……。

まさかあの〝K〟なのか……。

女と、目が合った。片倉を、見つめている。口元が、かすかに笑ったように見えた。

だが、一瞬だった。女はまた男に肩を抱かれ、歩きはじめた。男が走ってきたタクシーを止め、女もそれに乗り込むと、冷雨の降る夜の街に走り去っていった。

「片倉さん、どうしたんですか」

ふと、我に返った。

「雨の降る夜は……心もぬれる、か……。いや、何でもない。行こうか……」

傘をさしなおし、歩きはじめた。

夜空を見上げると、冷雨にまた霙がまざりはじめていた。

4

夢に、また彼女が出てきた。

片倉はすでに自分の意識の中でも、彼女を〝K〟と呼んでいた。

〝K〟はいつも、澄んだ目で片倉を見つめている。口元がかすかに動き、何かを話し掛けてくる。だがその声は、片倉には聞こえない。

〝K〟……。

片倉は、彼女の名を呼ぶ。だがその声も、彼女には届かない。そして彼女は悲しそうに微笑み、遠ざかっていく。

〝K〟……。

彼女が、振り向く。その顔が、変わっていた。あのブルーのドレスを着た、柳ケ瀬のナイトクラブの女だった。

なぜだ……。

彼女が、微笑む。そしてまた、何かを囁く。だが、その声は、やはり片倉には聞こえなかった。

彼女が背を向け、去っていく。片倉は、その後を追った。

だが、だめだ。金縛りにあったように、体が動かない。そして彼女は、闇の中に消えていく。

〝K〟……行くな……行かないでくれ……。

叫んだ時に、夢が覚めた。

暗く狭い部屋。洗剤の匂いのする柔らかいベッド。壁にはフットライトの光がぼんやりと映っていた。ここが柳ケ瀬のビジネスホテルの一室であることを思い出すのに、しばらく時間が掛かった。

背中にべっとりと汗をかき、体が重かった。昨夜は少し、飲み過ぎたらしい。食事をした後も何軒か古い店を回り、その度に何杯か酒を飲んだ。

喉(のど)が渇いていた。片倉はベッドから出て、冷蔵庫を開けた。昨夜、コンビニで買ったミネラルウォーターの残りを飲み干した。

時計を見ると、午前五時半を過ぎたばかりだった。日付は、一二月四日。カーテンの外は、まだ暗い。もう少し寝ようと思ったが、眠れそうもなかった。

ベッドに座り、テレビのスイッチを入れた。ぼんやりと、朝の情報番組の画面を眺める。内容のほとんどは、この日に公示される予定の第四六回衆議院議員総選挙の動向に終始していた。

これまでの民主党政権に対し、野党第一党の自民党による政権交代が実現するのか。この二大政党という局面に対し、日本維新の会や日本未来の党といった第三極がどの程度喰い込んでくるのか。これからの日本は、どうなるのか。

だが片倉は、他人事のように聞き流していた。どうでもいい。日本に何十年も住んでいれば誰でもそうだが、政治に対して期待など持てなくなる。

シャワーを浴び、七時を過ぎるのを待って別室の柳井を起こし、一階の食堂で待ち合わせた。朝食はどこのビジネスホテルにも有りがちな和定食だった。

「よく眠れたか」

まだ完全に目が覚めていない柳井に、訊いた。

「はい……。起こしてもらうまで気付かないで、すみません……」

それでも柳井は、黙々と飯を口に運ぶ。

「よく食ってよく眠るのは、いいことだ。別に謝ることはないさ」

「はあ……」

人間は誰でも歳と共に眠れなくなり、飯も食えなくなる。どちらもいまのうちに、楽しんでおくことだ。

ホテルを出ると、昨夜の雨が嘘のような好天だった。風は冷たい。北の空の下には、すでに雪化粧をすませた飛騨山脈の稜線が霞んでいた。

前日と同じように、まず『岐阜中警察署』に顔を出した。他人の〝縄張り（シマ）〟を嗅ぎ回る以上は、筋を通さなくてはならない。滞在中、一日に一度は所轄に挨拶するのもこの世界の為来り（しきたり）だ。

「それで、捜査の方はどうでしたかいの」

前日と同じ部屋で、薄い日本茶をすすりながら、刑事課の担当の平谷という刑事が訊いた。

「いまのところは、何も。有力な情報は引っ掛かってこないですね。まあ、二〇年以上も前の古い話ですから……」

片倉も、差障り（さしさわ）りなく応じる。

「生活安全課の市江君から聞いたんですが、例の〝ミモザ〟も見たそうですの。どうでしたか」

昨夜、市江という婦警と別れたのは一九時半頃だった。今日はまだ、八時半を過ぎたばかりだ。つまり、平谷は、昨夜は市江が戻るのを待って報告を受けたということか。だが、こちらとしてもその方が話が早い。

「市江さんに案内してもらいました。東京の仏さんが持っていたものと同じマッチが店内にありましたね。それと……」

片倉がゆっくりと、冷めた茶をすする。平谷が何もいわずに、片倉が言葉を続けるのを待っていた。

「二〇年以上前にあの店で、いや正確には店の外でですが、客の男が一人刺殺された〝事件(ヤマ)〟があったそうですね……」

片倉が、平谷の顔色を見た。一瞬、平谷が視線を逸らしたように思えた。

「そんなことがあったようにも聞いてるけんどね。わっちが刑事課に入る前の〝事件〟じゃなかったかの……」

昨夜の婦警から報告を受けているのなら、片倉がこの〝事件〟を気にしていたことも耳に入っているはずだが。

「平成二年の二月一二日ですね。古い新聞記事を見付けたんですが、殺されたのは檜山京ノ介という旅芸人一座の役者で、当時四六歳……」

片倉が手帳を見ながらいった。

「それが、今回捜してる老人の身元と何か関係が……」

「いや、関係があるというわけじゃないんです。ただ、その孤独死した小切間清という男が東京に移り住む四カ月前に起きた〝事件〟ですからね。ちょっと気になるんですよ。当時の捜査資料か何か、もし見られるものがあれば拝見できませんか」

ひと口に〝捜査資料〟とはいっても、一件の殺人事件に関するものだけでも厖大な量にのぼる。だいたい所轄の担当者以外の者が、簡単に閲覧できる性質のものでもない。見るのなら、それなりの手続きも必要だ。

だが平谷は腕を組み、しばらく考えていた。そして、いった。

「ほうしたら、ちぃと待ってください。上の者に訊いてみるんで……」

席を立ち、部屋を出ていった。

「何か変ですね……。別に、事件のことを隠そうとしているわけでもないんだろうけども……」

柳井が、平谷がいなくなるのを待って小声でいった。

「どこの所轄だって、昔の〝事件〟を掘り起こされるのは嫌なもんさ」

たとえ解決した〝事件〟でも、落度のない捜査などは絶対に有り得ない。まして未解決の〝事件〟なら、なおさらだ。

しばらくして、平谷がプリント数枚の書類を持って部屋に戻ってきた。

「いまお見せできるのは、これだけですかの。当時の捜査資料となると、もう倉庫の方に保管されてますんで……」

そう言い訳をして、書類を片倉と柳井の前に置いた。

書類はA4のプリント用紙に四枚。所轄の者が過去の事件について照合するための、基礎データのようなものだった。おそらく署内のコンピューターに入力されているデータを、そのままプリントアウトしてきたのだろう。だが、それでも新聞記事には書かれていない情報もかなり入っていた。

まず、被害者の身元だ。記事には〈――檜山京ノ介――〉という芸名がそのまま載っていたが、本名は野呂正浩、三重県鳥羽市の出身。一九四三年――昭和一八年――五月六日生まれの当時四六歳。アポロ座には事件が起きた平成二年の一月一五日から、『劇団華屋』（滋賀県大津市本拠）の公演に役者の一人として出演していた。

一点、気になることがあった。殺された檜山京ノ介という役者の出身地が、三重県の鳥羽市になっていることだ。

岐阜新聞の資料室にいた、山科という男がいっていた。〝小切間〟という名字は、元々は三重県の伊勢神宮のあたりに多い名前だと。三重県に土地鑑のない片倉には、鳥羽と伊勢神宮がどのくらい離れているのかもわからないのだが。

偶然なのか……。

「この〝劇団華屋〟というのは、まだ存在するんですか」

片倉が訊いた。

「どうだかね。そこに書いてある住所には、もうないようだがね……」

そうだろう。もう、二〇年以上も前の話だ。大衆演劇が斜陽の一途を辿るこの時代に、小さな旅芸人一座が残っていると期待する方がどうかしている。

片倉は、さらに資料を捲った。二枚目から、事件の概要と現場の見取図。四枚目には、証人の名前と聴取の要点。その中にはすでに死んでいるスナック・ミモザの経営者の花岡よし子の名もあった。

「この方はどうですか。まだ柳ケ瀬に住んでいますかね」

片倉が資料の中の名前を指さし、平谷に示した。

〈――今井田圭次・(有)アポロ座代表・岐阜市今沢町×××――〉

事件当時、ミモザで酒を飲んでいた客の一人だ。悲鳴を聞き、最初に店を飛び出し、倒れている檜山を発見したのが今井田だった。最初は誰も目撃者がいなかったことから、今井田も重要参考人として聴取を受けていた。

「どうですかね……。さっきいったように、これは私が刑事課に配属される前の事件なんでね……」

「ちょっと調べてもらえませんか。もし連絡が取れたら、話を聞いてみたいんですけどね」

「いったいあんたらは、何を調べに来やったかね」

平谷が、困惑したような顔で溜息をついた。

5

今井田圭次は、市役所に近い古い雑居ビルの三階に住んでいた。

以前は、事務所だったのだろう。臙脂色のペンキで塗られた鉄のドアには、まだ『(有)

アポロ座』と書かれたプラスチックの表札が貼られていた。

「もう、ずい分と前の話だな……」

『劇団華屋』と聞くと今井田はどこか懐かしそうに、反面、あまり思い出したくはないというように表情を曇らせた。資料によると、年齢は七一歳になるはずだ。

「あの頃は年に一度くらい、華屋の芝居を掛けてたんだよ。まあ剣劇なんかもやったけど、遊郭物の人情話なんかも得意とする劇団でね。女座長が仕切ってる一〇人くらいの小さな一座だったんだが、うちみたいな一〇〇席もない小屋にはちょうどよくてさ。座長の華村さゆりってのが寡の色っぽい女で、見せ場になると諸肌脱ぐってんで、けっこう客入りも良かったんだよ……」

今井田がアポロ座を閉めたのが平成三年の春、事件の一年後だった。劇団華屋ともそれっきりで、その後しばらくして廃業したという噂を聞いたという。

「檜山京ノ介とは、親しかったんですか。当日は、一緒に飲んでいたようですが」

片倉が訊いた。

岐阜中署の資料によると、今井田も事件当時ミモザで飲んでいたことになっている。当り前に考えて、檜山という役者とは個人的に付き合いがあったと見るべきだ。

「ああ……親しかったというほどでもないけどさ。うちで芝居が掛かってる時には、よく飲みに連れ歩いてやった覚えはあるね。役者だから女受けもいいし、飲んでるとなかなか面白い男でさ……。けっこう客も付いてたんだけどね……」

警察に何度も聴取を受けたこともあって、今井田は事件当日のことを割と細かく覚えていた。その日は連休の最終日で、華屋の公演の千秋楽でもあった。公演の後で打ち上げがあり、その中の何人かがミモザに流れた。ミモザを使ったのは、休日で開いている店が少なかったからだった。

「それで、ふと気が付いたら檜山がいなかったのさ。タバコでも買いに行ったのかと思ってたら、外からすげえ悲鳴が聞こえてよ。気になって店を出てみたら、路地裏に檜山が倒れてたんだよ。その時にはもう、息がなかったような気がしたけどね……」

檜山は、後ろから心臓を鋭い刃物でひと突きにされていた。資料にも、ほぼ即死だったという記述がある。凶器は刺身包丁のようなものであることがわかっているが、現物は発見されていない。

しばらくすると、今井田の妻らしき女がレジ袋を提げて戻ってきた。歳は六〇を超えていそうだが、どこかに艶のようなものが残っていた。やはり、演劇関係の人間だったのかもしれない。

女は黙って頭を下げ、コーヒーを淹れてくれた。インスタントだったが、警察の官給品の日本茶よりはましだった。

「その檜山というのは、どんな男だったんですか。何か、人から怨みを買うようなことでもあったんですかね」

「さてなあ……。あの時はおれたちも警察にいろいろ訊かれたけど、何であんなことになったのか誰も思い当たる節がなくてさ。ちょっと筋者っぽい恰好してたもんで、地回りの誰かと間違われて殺られたんじゃないかって噂もあったくらいだからね……」

殺害の理由に関しては、所轄の資料にも何も書かれていない。ただ、檜山の上着のポケットに財布が手付かずで残っていたことから、〝物盗り〟の線ではないことがわかっているだけだ。

「女関係はどうでしたか。先程、檜山は女受けが良かったといってましたね」

「ああ、女にはもてたよ。一時は座長の華村さゆりともデキてたんじゃねえかな。だけど、役者ってのは金がないからね。もてるったって……」今井田はそこまでいって、背後の女に声を掛けた。「おい、里子。お前、檜山京ノ介のことを覚えてるか」

女が手を拭いながら、台所から出てきた。

「ええ……覚えてますよ。殺された人でしょう」

「お前、奴の女関係のこと何かいってたよな」

女が、今井田の横に座った。

「女関係っていっても……たいしたあれじゃないですよ。若い女優や、うちの子や私にだってちょっかい出してきたし。まあ、役者なんてそんなのばっかりだから……」

「そんなことがあったのか……」

「だけど、あの男の問題は〝女〟の方じゃなくて、〝お金〟の方でしょう。座長からもかなり前借りしてたし、あなただって貸してたでしょう」

「そうだったかな……」

元来、地方巡業を生業（なりわい）とする旅役者の一座は、家族や身内で構成される場合が多い。夫婦を中心としてその親兄弟や親類縁者、幼少の子供までが役者として舞台に上がる。一家の座長も、世襲によって代々受け継がれていく。

だが、劇団華屋の場合には、少し複雑な事情があった。先代の座長が早く亡くなり、後妻だったさゆりが一座を引き継いだ。幼い子供二人を抱え、最初はかなり苦労をしたようだ。そこに迷い込んできて居着いてしまったのが、旅役者の檜山京ノ介だった。

「私は、お金が目当てだったんだと思いますよ」女がいった。「さゆりさんは歳上だったし、騙（だま）されてたんですよ。お金にだらしない男だったから……」

「あんな食うや食わずの小さな一座をかい。馬鹿ばかしい。それに檜山はあの日、おれが貸してた金を半分返したんだぜ。また金が入るから、街を出る前にきれいにしていくっていってたんだ」

「また、嘘に決まってますよ。あんたも人が好いから……」

片倉は、二人のやり取りを黙って聞いていた。だが、金の貸し借りの話が小さな棘(とげ)に触れたように気に掛かった。

「檜山には、いくらくらい貸してたんですか」

片倉が訊いた。

「いくらだったかな……。もう二〇年以上も前の話だからよく覚えていないが、笠松(かさまつ)競馬で負けたとかなんとかで少し用立ててやったんだよ。だけど、たいした金じゃないぜ。せいぜい一〇万かそこいらの金だよ」

一〇万か……。

事件に関係あるとは思えない程の、小さな金だ。劇団からはもっと前借りしていたのかもしれないが、華村さゆりという女座長は当時の捜査でもまったく疑われていない。やはり、思い過ごしか。

「ところで、どうしてまたいま頃になって檜山のことなんか調べてるんだい」今井田が訊いた。「あの事件はもう何年も前に、時効になったと聞いてるけどな」

「いや、この事件の捜査をしているわけじゃないんです。実は、人を捜しているんです。これなんですが……」

柳井が出した三人の写真を、二人に見せた。

「ずい分と古い写真みたいだね」

今井田が眼鏡を掛け、写真を手に取った。

「ええ、もう二〇年以上、もしかしたら三〇年近く前の写真かもしれません。この男は小切間清、こちらは木崎幸太郎。そしてこの女の方は、まだ名前もわかっていないのですが……」

二人が、写真に見入る。片倉と柳井が、その様子を見守る。もう何度、同じことを繰り返したことだろう。

だが今回は、反応があった。

「この男は、知ってるな……。確か、ミモザの客だよ。店で、何度か見掛けたことがあるね……」

「木崎ですね」

だが、今井田は首を傾げる。

「いや、そんな名前じゃなかったな……。あまり聞かないような、もっと珍しい名字だったように思うね……」

片倉は、横にいる柳井と顔を見合わせた。この件を調べはじめて、これで二度目だ。練馬でRUBYという店をやっていた前原律子も、おなじようなことをいっていた。小切間の写真を見て顔は知っているが、まったく違う名前だったと――。

いったいこの男たちは、いくつ名前を持っていたのか。

「名前を、思い出せませんか」

片倉が訊いた。

「いや……覚えてないね。その頃は、店で普通に話していたんだが……。もうずい分と昔のことだからね……」

そうだろう。何十年も前にスナックの止り木でたまたま顔を合わせた男の名前など、覚えている方が不思議だ。

「この男を見掛けたのは、いつ頃のことですか。それだけでも、思い出せませんか」

「ああ、それなら覚えてるよ。だからちょうど、檜山が殺された事件の頃さ。あの事件のちょっと前まで、ミモザや他の店でもよく見掛けたんだけどね……」

今井田が知っているのは、それだけだった。古い公演の写真を探し出してもらい、檜山京ノ介の顔も確認したが、浪人風情の濃い舞台化粧のために人相はわからなかった。仕方なく、当時の地元の演劇関係者の連絡先を何人か教えてもらい、外に出た。

空はよく晴れていたが、飛騨山脈から吹き下ろす風は冷たかった。片倉はコートを羽織り、襟を立てた。

「退屈だろう」

風に向かって歩きながら、片倉がいった。

「何がですか」

柳井が、不思議そうに訊き返す。

「だから、〝刑事(デカ)〟という仕事がだよ。署にいれば書類や会議に追い回されるだけだし、外に出れば歩き回るだけだ。同じことを何度も人に訊いて、だからったって何が出るわけじゃない。いくら歩いても、ほとんど前に進まない」

「そうでしょうか。ぼくは、面白いです。いや、面白いなんていっちゃいけないのかもしれないですが……」

柳井が歩きながら、何かに納得したように小さく頷く。

「ほう……。どうしてだい」

「確かに、劇的な進展はしませんけど。でも、一歩ずつ確実に目的地に向かっているような充実感はあります。いまだって、今井田が木崎を見たことがあるといっていましたし。

あの瞬間……いつもそうなんですけど……何か心が高揚するような感覚があったんです。ジグソーパズルのピースが、ぴたりと当てはまった時のような……」

いつもは無口な柳井が、なぜか饒舌（じょうぜつ）だった。

確かに、柳井のいうとおりなのかもしれない。片倉にも昔は、小さな事実の符合に一喜一憂できた時代があったような気がする。それが刑事の本分だとも信じていたし、充実感などという言葉も信じていた。

だが、いまは、固定観念を捨てて物事を冷静に見つめる目しか残っていない。今井田が二〇年以上も前にスナック・ミモザで見掛けた男は、本当に木崎だったのか。もしくは、別の人間だったのか。それとも、今井田の想像力が生み出した架空の人間ではなかったのか。

人間の心は、不思議だ。悪意はなくとも、人の期待に応えたいと思う善意で、つい作り話をしてしまうこともある。記憶にもないことを、つい覚えていると嘘をついてしまうこともある。

それからも何人か、今井田に紹介された地元の演劇関係の人間に会って話を聞いた。若くても五十代、中には七十代以上という者もいた。元役者だったり、劇場の関係者だったり、演出家だったりと立場は様々だったが、すでに全員が演劇という仕事からは足を洗っていた。そして〝劇場通り〟と聞くと、一様に懐かしそうに目を細めた。

だが、三人の写真を見せた時の反応は様々だった。一瞥しただけで「知らない……」という者もいたし、「見たことがあるような気もする……」という者もいた。中にはこと細かに、まるで親しい友人の一人だったかのように証言した上で、「思い違いかもしれないが……」と最後に弁解する者もいた。

人の心はその記憶以上に曖昧(あいまい)で、あてにならないものだ。まして、二〇年以上もの時が過ぎている。結局、手懸りに繋がるような確実な証言は、何ひとつ得られなかった。

ゆっくりと、とりとめもなく一日が過ぎていく。やがて街は黄昏の光に包まれ、暗い影の中に沈んでいく。

そしてそれを待っていたかのように、柳ケ瀬にひとつ、またひとつと夜の明かりが灯りはじめる。

6

『二番館』という古いバーは、劇場通りよりも一本西側の路地にあった。

柳ケ瀬の中心地から少し外れた飲み屋横町の一角で、周囲には弥生小路や柳ケ瀬小路、松竹小路(しょうちく)などが迷路のように入り組んでいる。

特に目立つこともない店構えの中央に、チーク材のくすんだドアが一枚。壁にはウイスキー樽を輪切りにした、木製の丸い看板が埋め込まれていた。

「この店ですね……」

看板に書かれた〝二番館〟の文字を見て、柳井がいった。

「そうらしいな……」

「入ってみますか」

片倉が、腕の時計を見た。もう、夜の九時を回っていた。

「そうだな。入ってみるか」

重い木のドアを開け、中に入る。店内は、意外と広かった。沈むような落ち着いた照明の中に、長いカウンターが続いている。

カウンターの中に、バーテンと、年輩の女が一人。客が数人。片倉と柳井は店の奥へと進み、カウンターの隅に座った。目の前に、無数のウイスキーやジン、ブランディ、ラムなどのボトルが並んでいる。

この『二番館』という店を教えてくれたのは、今井田の紹介で会った地元の古い演劇関係者の一人だった。その長岡詠一(ながおかえいいち)という元照明係の男は、こういっていた。この街で昔のことを知りたかったら、弥生町の二番館という古いバーに行くのが一番早い――。

だが、カウンターの止り木に腰を降ろした瞬間に、片倉は期待を捨てていた。五〇年近い歴史のあるバーだと聞いてきたのだが、目の前に立つバーテンの年齢がそれに釣り合わないほど若かった。この店の先代なのか、カウンターの片隅に、蝶ネクタイを締めた老人の写真が飾られていた。

「お飲み物は、何にしますか」

バーテンが、片倉の前に立って訊いた。

「そうだな……。何か、手頃なウイスキーをもらえないか」

勧められるままに、ウイスキーの水割りを注文した。銘柄はありふれたスコッチだったが、軟らかい水と酒が調和して喉を滑るように落ちていく。周囲を高い山々と長良川の清流に囲まれた岐阜は、名水の里としても知られている。特に、飛騨山脈の雪解け水を水源とする湧水や地下水は、普通のウイスキーを魔法のように名酒に変えると聞いたことがある。

「結局、無駄足だったな……」

片倉が、グラスの中の水を見つめながらいった。

「そうでしょうか……。ぼくは、一定の収穫はあったと思ってますけど。彼らがこの街にいたことはほぼ確認できたし、おそらく旅芸人か演劇関係者だったことも……」

柳井も、自分の手の中にあるウイスキーのグラスを見つめていた。

収穫……とはいっても、微々たるものだ。彼らがミモザというスナックに出入りしていたことは確認できたが、それだけだ。小切間や木崎らしい男を知っていたという証言はあったが、どれも曖昧で確証はない。白骨死体で発見された〝K〟という女に関しては、影すらも摑めなかった。

「あの三人は、本当に旅芸人の一座の人間だったのかな……」

ウイスキーを口に含み、ぼんやりと店内を眺める。この空間にも、昭和という時代の空気が漂っているような気がした。

「ぼくはそう思えるんです。二十数年前に、この店のカウンターにも、いまの私たちと同じように彼らが並んで飲んでいたような気がします……」

確かに、そうなのかもしれない。いまもこうしてウイスキーのグラスを手にしていると、カウンターで笑いながら酒を飲む彼らの姿が暗い照明の中に浮かび上がってくるようだった。

だが、それは錯覚だ。彼らの姿は、幻にすぎない。気が付けば、いつの間にか消えてしまっている。

「明日は、どうしますか」

柳井が、ウイスキーを口に含みながら訊いた。

「そうだな。朝、起きて、もう一度あの新聞社に寄ってみよう。最後にこっちの〝会社〟に挨拶をして、午後の新幹線で東京に戻ろう……」

〝会社〟というのは、岐阜中署のことだ。バーのカウンターで他の客の耳もあるのに、素性のわかるようなことは安易に口には出せない。

いずれにしても、今夜が最後だ。もう、ゲームは終わりだ。小切間清と名乗っていた男と謎の女の白骨死体の一件は、未解決のまま幕が引かれる。だが、いまの日本では、特に珍しいことじゃない。

片倉は、グラスを空けた。バーテンに、同じものを注文する。一介の刑事が〝出張〟の最後の夜に自らを労う(ねぎらう)には、分相応の酒だった。

バーテンが、新しいグラスを片倉の前に置きながら訊いた。

「柳ケ瀬は、初めてですか」

古いバーのバーテンは、人を見る目のプロでもある。やはり片倉と柳井は、どう見ても地元の人間ではないらしい。

「いや、初めてじゃない。二度目なんです。前に……二五年くらい前に、一度来たことがあるんですよ……」

「このあたりも、変わったでしょう。お仕事ですか」

「変わりましたね。このあたりも、淋しくなっちゃったな。まあ、仕事といえば仕事なんですが……」

そんな世間話のやりとりも、地方都市のバーで飲む束の間の楽しみのひとつだ。

「でも、普通の会社員の方ではないでしょう。何か、訳ありのようですね」

鋭いな、と思った。先程からの柳井とのやり取りが聞こえていたわけではないだろうが、どこか込み入った雰囲気でも感じたのかもしれない。だが、それでこちらも、かえって話を持ち出しやすくなった。

「実は、人を捜してるんですよ。この写真の三人なんですが……。二〇年以上も前に、この街にいたはずなんです……」

片倉は、柳井がポケットから出した三枚の写真をカウンターに並べた。バーテンが写真に見入り、溜息をつく。

「二〇年以上も前ですか……。私がこの店を引き継いでまだ五年程ですから、わかりませんね……。先代が生きていてくれたら、何か知ってたんでしょうけど……」

バーテンがそういって、カウンターの隅の老人の写真に視線を向けた。

カウンターの反対側から、もう一人の年輩の女性が歩いてきた。バーテンが、写真を見せる。この女性が、先代の妻なのだろうか。

「名前はわかるの？」

女が、訊いた。

「背広を着ている男が小切間清、もう一人が木崎幸太郎です……」

柳井が、説明する。だが、女は首を傾げた。

「見たことあるような気もするけど、わからないわね……」

見たことあるような気もする——。

正直な答え方だと思った。人間、誰でも写真を見せられれば、往々にして見覚えがあるような気がするものだ。

「おそらく、旅巡業の役者か何か、ほとんどの場合は、演劇関係者だと思うんですが……」

柳井がいった。

「この街には、劇場が多かったからねえ。昔は、よくこの店にもそんな人たちが集まってたから。その中の誰かだったのかもしれないね……」

「この店にも、旅芸人一座の演劇関係者がよく来てたんですか」

片倉が訊いた。

「もう、ずい分と前の話ですよ。まだこの先の劇場通りに、小さな劇場がたくさんあった頃だから。でもうちの店に来るのは普通の新劇をやるような旅芸人さんたちじゃなくて、ちょっと変わった役者さんなんかが多かったけど……」

〝ちょっと変わった〟というひと言が、妙に気に掛かった。

「普通の演劇関係者ではないとすると、どんな人たちが集まっていたんでしょう」

「そうですね……」女が写真をカウンターに置き、少し考えた。「いわゆる〝アングラ〟というんですかね……。ちょっとエロチックな、奇妙なお芝居なんかをやる劇団や役者さんなんかが多かったですけどね……」

〝アングラ〟とは、〝アンダーグラウンド〟の略語だ。本来の意味は〝地下〟だが、「地下に潜る」ということから、非合法な地下運動を指す。特に一九六〇年代にアメリカの反ベトナム戦争の運動が西側諸国に広がった反体制活動、前衛運動などを意味し、その後の演劇などにも〝実験芸術〟として大きな影響を与えた。日本では寺山修司、佐藤信、串田和美などの公演が〝アングラ演劇〟として知られていた。

死んだ小切間は、もしマンションの契約書に書かれた生年月日が正しければ七九歳。木崎幸太郎は、生きていれば七七歳。日本の〝アングラ〟の全盛期が一九七〇年代だとすれば、確かに世代は合っている。

片倉も学生時代には、何度かアングラ演劇のようなものを見たことがあった。ほとんどが、数人の少人数で演じる舞台装置もないような小さな公演だった。そのアングラ演劇の舞台で、〝K〟が役者として演じている姿を想像してみた。

彼女は、どんな役をやっていたのだろう。昔に観た、いくつかの芝居の光景とイメージを重ねる。〝K〟は小さな舞台の上で、あの小柄な体を大きく躍動させる。

だが……。

片倉は、カウンターの上の小切間と木崎の写真を見た。彼らのどこか水商売を匂わせる服装や雰囲気は、アングラ演劇には似つかわしくないような気がした。それとも、ただ時代の表れにすぎないのか――。

「あの人に訊いてみたらどうだろう。ほら、前にアングラの劇団をやってたとかいうお客さんがいたじゃないですか」

思い出したように、バーテンがいった。

「ああ……天野(あまの)さんでしょう。あの人なら詳しいかもしれないね」

「天野さんというのは？」

片倉が訊く。

「以前、劇場通りで、小さなライブハウスをやっていた人なんですよ。店の名前は〝コロニー〃っていったかな。自分でも演出家みたいなこともやっててね」

「その、〃コロニー〃という店はまだあるんですか」

「いやあ……もうとっくに閉めちゃいましたよ。天野さんはそれからも、よくうちには来ていらしたんですけれどね……」

隣の柳井と、視線が合った。お互いに、小さく頷く。

「その、天野さんという方とお会いできませんか。もし都合が良ければ、明日の午前中にでも」

「さあ、どうでしょう。もう隠居している人だから、時間はあると思うけど……」女が、時計を見る。「まだ起きてるかもしれないわね。ちょっと、電話してみましょうか」

女が携帯を開き、カウンターの奥に入った。先方が電話口に出たのか、話し声が聞こえてくる。しばらくすると電話口を手で押えたまま、カウンターに戻ってきた。

「天野さんと連絡は取れたんですけど……」

「それで」

「明日じゃなくて、これからここに来るそうですよ」

電話を切って三〇分もしないうちに、店に男が一人、入ってきた。それが天野という男であることは、すぐにわかった。どこかの国の民族衣裳にあるような丸い帽子からはみ出した長い白髪に、黒いマントのようなコート。薄く色の付いた、丸いロイド眼鏡。この事件に関わるほとんどの者がそうであるように、男も老人というにふさわしい年齢だった。

男は柳井が席を譲ると、二人の間のスツールに腰を下ろした。引退して何年も経つはずなのに〝演出家〟という肩書の入った名刺を出し、天野秀伸（ひでのぶ）と名乗った。

「それで……〝コロニー〟のことを聞きたいのかね。いま頃、どうしてまた……」

注文したズブロッカのオン・ザ・ロックスを旨そうにすすりながら、おっとりとした口調でいった。

わざわざ夜遅くに出向いてくれ、名刺を差し出された以上、こちらも身分を明かさないわけにはいかなかった。

「実は……我々は東京から来た警察の者なんです」

片倉が、警視庁のバッジの付いた手帳を見せた。

「ああ、そういうことか」

天野が一瞬、顔を曇らせ、グラスの酒を口に含んだ。

「そういうこと、といいますと」

片倉が訊く。

「わかるでしょう。我々がやってたような芝居ってのは、警察の風紀の方々にいろいろと目を付けられるんですよ。やれ女のアソコが見えたとか見えないとか、くだらないことでさ。そんなこと、どうだっていいじゃないか」

そしてまた、グラスを口に運ぶ。

「いや、そうじゃないんです」

「何が、そうじゃないんだい」

天野がグラスを持つ手を止め、片倉を睨んだ。

「我々は、人捜しをしてるんですよ。東京のあるマンションで、独り暮しの老人が亡くなりましてね。無縁死というんでしょうか、その方は身寄りがなくて、身元もわからなかったんですが……」

片倉は、事件について掻い摘んで説明した。自室で無縁死を遂げた、小切間と名乗る老人。その小切間のマンションの保証人になっていた、木崎という男。そして小切間の部屋から発見された、謎の女の白骨死体。その三人が二〇年以上も前にこの柳ケ瀬にいて、もしかしたら、劇場通りの演劇関係者だった可能性があること――。

老人は、黙って片倉の話に耳を傾けていた。そして話が終わり、しばらくすると、呟くようにいった。

「他人事じゃないな……。おれも、この近くのアパートに独り暮しでね。あと三年もすれば、八〇になるんだよ……。だけど、小切間って名前にも、木崎っていう名前にも、聞き覚えがないな……」

「実は、写真があるんです。この三人なんですが」

片倉が写真をカウンターに置き、老人はその三枚を手に取った。ズブロッカをすすりながら、写真を捲る。片倉は、老人の表情を注視した。

小切間の写真を見ても、木崎の写真でも、老人の表情はあまり変わらなかった。ただ一瞬、何かを思うように首を傾げただけだった。だが三枚目の〝K〟の写真を見たところで、手が止まった。

「これは……」

老人が、目を見開く。写真を持つ手が、かすかに震えていた。

ゆっくりと、グラスを口に運ぶ。写真を見つめる白濁した目に涙が溢れ、それが深い皺の刻まれた頰を伝った。

「これは……紅子(べにこ)だ……。間違いない、あの紅子だよ……」

老人が、呟くようにいった。

7

片倉は天野という老人を連れて、奥のボックス席に移った。

棚と壁に囲まれた小さな席だったが、その方が話しやすいと思ったからだ。だが、片倉と柳井の前で、老人はバーで考え事をするすべての者がそうであるように、グラスを見つめたまましばらく黙っていた。その表情は記憶を辿っているようでもあり、何かに迷っているようでもあった。

「もう一度、写真を見せてくれないかな……」

老人が、かすかに白濁した視線を、片倉に向けた。片倉は先程と同じように老人の前に〝K〟の写真を置き、もう一枚、科警研で復顔法を用いて作成した写真も出した。

「こちらも同一人物……おそらくその紅子さんのものだと思うのですが」

「これは……」

天野が驚いたように、写真と片倉の顔を交互に見る。

「亡くなった小切間という老人の部屋で発見された白骨死体の頭蓋骨に、復顔法で肉付けしたものです。それをさらに、コンピューターグラフィックスで修整して写真にしたのがこれです」

片倉は、端的に説明した。老人が、自分を納得させるように頷く。

「ああ……そうだ。これも紅子だよ……。私が知ってる、昔の紅子のまんまだ……。それで紅子は、どんな死に方をしたんだね……」

「わかりません。遺体はかなり古いもので、死因は特定できませんでした」

「その、小切間という奴に殺されたんじゃないのかね」

「なぜ、そう思うんですか」

片倉が訊いた。

「別に、理由はないさ。だって、紅子だろう。あいつなら、いかにもありそうなことじゃないか……」

天野は〝K〟の写真を見つめ、酒をすすり、そして手の甲で涙を拭った。

「彼女のことを、話してもらえませんか。その〝紅子〟というのは、彼女の本名だったんですか」

片倉の横で、柳井が黙って二人の会話に耳を傾けている。

「いや……本名じゃない。芸名だよ。実のところ、私も紅子の本名は知らないんだ。一度、本名を訊いてみたことはあるんだが、えらく怒ってね。自分は紅子として生きてきたし、これからもずっとこの名前で生きていくんだからと……」

片倉は、少し奇妙に思った。〝K〟が死んだことを聞いて涙を流すくらいなのだから、この天野という老人はそれなりに彼女と親しかったのだろう。いくら紅子という芸名があるからといえ、親しい者に本名を訊かれて怒るほど拒むものだろうか。

「知っていることだけでもかまいません。この写真の女性のことを、話していただけませんか。そうすれば、これからの我々の捜査にも何か役立つかもしれない」

天野はまた、しばらく手の中のグラスに視線を落としていた。グラスの中身を飲み干し、息をつく。

「もう、古い話なんだよ……。だけど私は、この歳になるまで、あいつのことが忘れられなくてね……」

天野はもう一杯、同じズブロッカのオン・ザ・ロックスを注文した。その酒に口を付けると、指を折り、何かに頷きながら、ひとつずつ確かめるように話しはじめた。

昭和四七年（一九七二年）秋――。

天野がその年のことを記憶しているのは、一月に元日本陸軍兵の横井庄一がグアム島で発見されたこと。さらにその翌月に、連合赤軍による浅間山荘事件が起きたことなどによるところが大きい。

他にも、いろいろなことがあった年だった。五月には沖縄が日本に返還され、アメリカによる戦後の統治時代が終焉。六月にはウォーターゲート事件が発覚。七月には第一次田中角栄内閣が発足し、以後日本は〝列島改造論〟の号令の下に二〇年近くにも及ぶ経済の安定成長期へと突入していくことになる。

当時、天野秀伸は三七歳。すでに一〇年ほど前に結婚し、子供が二人いた。親が地元のちょっとした資産家で、柳ケ瀬の劇場通りに小さなビルと会社を持っていた。天野は一人っ子だったこともあって、その跡を継いでいた。

天野は自分を「我儘(わがまま)だった……」という。父親の持っているビルの地下にキャバレーが入っていて、それが潰れて出ていくと、自分で店をやってみたくなった。東京の大学に通っている時には演劇部に所属し、役者や演出家の真似事に夢中になっていたことも一因だったのかもしれない。

父親に頭を下げて頼み込み、キャバレーだった店を居抜きでまかせてもらった。小さな舞台や照明器具、音響装置などはそのまま使えた。内装だけを東京で遊んでいた頃の店の雰囲気を真似て、ライブハウスを開店した。それが『コロニー』だった。

平日は当時流行っていたジャズ喫茶風のレストランバーとして営業していたが、週末にはアングラ風の小芝居を掛けたり、地元のジャズバンドのライブを入れたりして客を呼んだ。芝居はほとんどが天野自身が演出した仲間内の劇団のもので、バンドも素人に毛の生えた程度の演奏だった。それでもこの手の店は当時の柳ケ瀬では初めてで、最初は物珍しさもあって、そこそこ客は入っていた。

だが、それだけでは店は長く続かない。退屈な芝居やジャズの演奏に飽きられてくると、次第に客足が遠のきはじめた。元来、天野は水商売に関してもまったくの素人で、料理や酒の出し方も他人まかせにしていたのもいけなかった。年が明け、開店から半年もすると、利益どころか出演者にギャラも払ってやれないほど売り上げも落ち込んでいた。

天野は、何か手を打たなくてはならないと焦りはじめた。最初は名古屋あたりから少しは名の知れたバンドを呼んでみたり、同じ柳ケ瀬の劇場通りで客の入りがいいような芝居を掛けてみることも考えた。だがその手の劇団は大抵が新劇で、出演者の人数も多く、五〇席少ししかないような小さなライブハウスには向かなかった。

天野がやりたかったのは、学生時代に大学の演劇部で経験したような実験的な小芝居だった。しかもここ数年は演劇の世界にも〝アングラ〟という言葉が使われだし、唐十郎(からじゅうろう)や佐藤信、串田和美、寺山修司などの演出家を中心とする劇団が頭角を現しはじめていた。天野がやりたかったのは、正にその〝アングラ〟だった。

一九七三年の春か夏頃に、天野はアングラの舞台を観るために久し振りに東京に向かった。何本か観たが、その中の一本は山元清多(やまもときよかず)原作、劇団黒テントの『さよならマックス』だったように記憶している。どの芝居も天野には新鮮で、その後さらにアングラに傾倒していく切っ掛けになったが、やはり『コロニー』の小さな舞台に掛けるには大きすぎる演目ばかりだった。

夜、芝居を観た後で、天野は学生時代の演劇仲間と新宿で飲んだ。三丁目の『どん底』など昔の溜まり場をハシゴした。その時、何軒目かのゴールデン街の店で、一枚の芝居のチラシが目に止まった。

『猫』――という題目の奇妙な芝居だった。場所は新宿御苑にできたばかりの一〇〇席ほどの小さな劇場で、料金もこの手の芝居にしてはそれほど安くはなかったことを覚えている。

出演者の名前は、僅かに三人。他に、演出家の名前が一人。チラシに書いてあるのはそれだけだった。天野は猫のようなメイクをした主演女優の、不鮮明だが怪しげな写真に魅(み)せられた。

天野は、この芝居に興味を持った。直感的に、これならば自分の店でもいけるかもしれないと思った。ちょうど公演中ということもあり、翌日、岐阜に帰る前に観てみることにした。

その『猫』という芝居の主演女優の名が、紅子だった。

天野はグラスの酒を舐めるようにすすりながら、淡々と話し続ける。

その口調は、演劇に携わっていた頃の名残なのだろうか。まるで自分の記憶をひとつの本に見立てて、過去に刻まれた文章を静かに朗読しているかのように聞こえた。

片倉は、天野が息を入れるのを待って訊いた。

「その、新宿御苑の劇場というのは、まだあるんですか」

天野が、グラスに視線を落としながら答える。

「ああ……あると思いますよ。有名な小屋ですから。確か〝シアター・ロメオ〟といったかな。小さなビルの地下にある劇場で、入口は目立たないけど、行けばわかりますよ」

片倉の横で、柳井が黙ってメモを取っている。

「それで、その〝猫〟という公演を観たんですか」

片倉が訊くと、天野はかすかに笑みを浮かべながら頷いた。

「ええ……観ました……。あらゆる意味で、衝撃でしたね……。芝居の脚本も、演出も、役者の演技もすべて……」

幻想的な、舞台だった。

舞台装置のようなものは、何もない。ただ舞台の周囲に黒幕が張られ、中央に文机がひとつ。照明は、上からのスポットライトが数灯。それだけだった。

最初の場面で出てくる役者は、二人。一人は紺絣の和服を着た文士風の眼鏡の男で、文机に向かって考え事をしながら、何か原稿のようなものを書いている。

そこに、女が一人。いや正確には、女が扮する〝猫〟が一匹。着ているのは全身に毛並が描かれたタイツのようなものが一枚だけで、顔には猫のメイクが施され、尻には尾が生えていた。その姿は本物の猫のようにも見えたし、素裸の艶かしい人間の女のようにも見えた。

文机に向かう男に、猫がまとわりつく。男の役者には台詞があるが、猫に扮した女優は甘えるような鳴き声を発するだけだった。男は原稿を書きながらも猫を構い、膝の上で愛撫し、受け入れる。

だが、そのうちに男が苛立ちはじめる。口調が少しずつ変わっていくが、人間の言葉を理解できない猫はその変化に気付かない。男は猫を撫でながら恐ろしいことをいうが、それでも猫は安心したように身をまかせ、甘え続ける。

やがて、男の態度に変化が現れる。猫を膝の上から押しのけ、それでも近寄ってくると、今度は乱暴に突き放す。だが、猫は男にまとわり続ける。男はついに我慢できなくなったように立ち上がり、猫に暴力を振るう。

猫は、男の怒りを理解できない。殴られ、蹴られ、踏みつけられてもまた男にすり寄っていく。恐れながら、男に甘える。そしてまた、暴力を受ける。

二人――男と猫――が変化していく過程が、息が詰まるほどに恐ろしく、迫真性があった。男の役者は大柄で、猫を演じる女優が小柄だっただけに、痛々しさも感じた。その中で、少しずつ、男の暴力が激化していく。

天野はその芝居を見ながら、途中で結末を予測していた。芝居の中に引き込まれていくうちに、予測が的中する。やがて猫は恐怖に怯(おび)え、男から逃げまどう。男は、執拗に猫を追い、暴力を振るう。そしていつしか猫は動かなくなり、死んでしまう。

男が呆然と猫の死体を見おろす場面で、照明が落ちる。

二幕目は、がらりと様相が変わった。小さな舞台の中央に跪く男。その脇に、筵(むしろ)を被された猫の死体。男の前には、腰にサーベルを下げた警官が立っている。

男と警官のやり取りがはじまる。

なぜお前は、〝女〟を殺したのか――。

男が驚いたように、警官を見上げる。

いや、私は〝女〟など殺してはいない。飼っていた猫が死んでしまっただけだ――。

いや、お前が殺したのは〝猫〟ではない。人間の〝女〟だろう――。

まさか。〝女〟など知らない――。

ではその筵の下にあるものは何だ。〝猫〟の死体ではない。人間の〝女〟の死体ではないか――。

そんな台詞だった。

男は、自分が殺してしまったのは飼っていた猫だと信じている。だが警官は、男が殺したのは人間の女だったのだと諭す。やがて男は自分が殺人を犯したことを理解し、愕然とする。

第三幕は、短かった。

舞台の中央に、男が一人。警官はいない。スポットライトは、死体に被せられた筵に当たっている。

しばらくすると、筵が動き、中から死体が起き上がる。死体は〝猫〟から人間の〝女〟――亡霊――に変わっている。

男は亡霊を恐れ、逃げまどう。泣きながら拝み、許しを乞う。その周りで女の亡霊が踊りながら、男を追いつめていく。そして男は、狂いながら死んでいく。

照明が落ちる。闇の中に、猫の鳴き声。そこで舞台は終わる――。

天野は何かに憑かれたように、話し続けた。

ただ黙って耳を傾けていた片倉も、いつしか数十年の時空を超え、まるで自分の目で舞台を観ているかのように話に引き込まれていった。ひとしきり話すと、天野は震える手でグラスを持ち、薄まった酒を口に含んだ。話しはじめてから一時間も経たない間に、天野は一〇歳以上も老け込んでしまったかのように見えた。

片倉は、我に返り訊いた。

「それで……紅子さんとはその後、どうしたんですか」

「公演が終わって劇場を出る時に、挨拶をしました。名刺を渡して自分が柳ケ瀬に小さな劇場を持っていることを説明しました。そして、私の劇場でも同じ芝居をやってほしいと頼んだんです……」

天野はグラスの中身を飲み干し、もう一杯、同じ酒を注文した。

「その舞台は、そんなに凄いものだったんですか」

「凄かったですね……。普通、前衛の舞台というものはどこかで中弛みのようなものがあるんですが、それがまったくなかった。たった三人の役者で、一時間半以上の公演を息つく間もなく魅せ続けた。しかし……」

天野は、酒をする。そして、しばらく空虚な目で何かを見つめていた。片倉は、天野がまた話しはじめるのを待った。

「本当に凄かったのは……紅子ですよ。彼女の演技は、素晴らしかった。上手いだけでなく、存在感があった。そして何よりも、この世のものとも思えないほどに美しかったんだ……」

「紅子さんは、プロの女優だったんですね」

片倉が訊いた。

「そうです。舞台専門の役者でした。もっともアングラの舞台だけで食えるわけもなく、新劇の劇団で役をもらって旅をしたり、水商売のアルバイトなんかもやっていたようですが……」

片倉は柳井と目を合わせ、お互いに小さく頷き合った。これまでの二人の推理が、ひとつずつ当てはまっていく。

「彼女は、柳ケ瀬に来たんですね」

「そうです。彼女に演出家と引き合わせてもらい、話をまとめました。男の役者の一人は都合がつかなくて、こちらで捜しましたがね。その何カ月か後に柳ケ瀬に呼んで、二週間の公演を打ったんですよ……」

公演は、当たった。東京から凄い芝居が来たという噂が流れ、地元の新聞社からも取材が入った。公演の期間中、コロニーは毎日、大入りの満員御礼となった。

「しかし、それだけで終わったわけではないんですね」

片倉の言葉に、天野が頷く。

「それからも、年に二度くらいは彼女の芝居を掛けましたね……」

紅子は最初の演出家を連れてくることもあったし、他の新劇の一座と組むこともあった。不思議なことに、紅子が出演する芝居はことごとく当たった。そうなるとコロニーという店そのものが注目されはじめ、他の日の客の入りも良くなった。

だが、天野が本当にやりたかったのは、やはり〝アングラ〟だった。当時、台頭してきた唐十郎や寺山修司に憧れ、天野も『天空座』という小さな劇団を結成した。その看板女優として紅子を使い、自らが演出を手掛け、コロニーで公演を打った。

「いい時代だったですよ……。いろんな芝居をやったなあ……。私が脚本を書き下ろしたり、他の作家物をアレンジしたりしてね……。寺山修司の〝青ひげ公の城〟の妻の役なんか、紅子の当り役だったね……」

天野は話しながら、体が揺らいでいた。かなり、酒に酔っているのだろう。三杯目に注文したグラスは手に持っているが、ほとんど減っていない。

「紅子さんは、この柳ケ瀬に住んでいたんですか」

それまで黙ってメモを取っていた柳井が訊いた。

「いや……。住んでたっていえば、住んでたのかな……。一年の内の三分の一くらいは、ここにいたからね……。昔、日ノ出町通りに古い小さな旅館があってね。名前は、何てったかな。紅子はそこを常宿にしてたんだよ。大きなスーツケースをひとつ持ってふらりと現れちゃ、通りの裏側の静かな部屋に何カ月か泊まってたね……」

「そのスーツケースは、これではないですか」

柳井が、〝K〟の白骨死体が入っていた赤いスーツケースの写真をテーブルの上に置いた。天野が閉じかけていた目を開け、写真を見た。

「そう……これだよ。このスーツケースだよ……。前のが壊れたってんで、これを買ったんだ。あの子は、紅子ってだけあって赤いものが好きでね……。タバコのケースや、時計のベルトまで赤いのをしてたな……」

「立ち入ったことをお訊きしますが」片倉がいった。「天野さんと紅子さんはどのような関係だったんですか。仕事を通じた、ごく普通の演出家と女優という関係だったんでしょうか」

遠まわしないい方だったが、天野は片倉の意図を察したようだった。口元にかすかな笑いを浮かべ、小さく首を横に振った。

「そんな訳はないでしょう……。私と紅子は、男と女の関係でしたよ……。だから私は妻とも別れ、家庭を捨てた……。でもあの時は、それでいいと思ったんだ……」

天野が、少しずつ、酒の中に沈んでいくように見えた。

「結婚は、しなかったんですか」

「結婚って、紅子とかい。まさか……。あれはそんな女じゃないよ……」

紅子が柳ケ瀬に留まっているのは、せいぜい二カ月か三カ月だった。公演が終わると、また赤いスーツケースを持ってふらりと街を出ていく。そして何カ月も、長い時は一年以上も帰ってこないことがあった。その間は地方から時折、葉書が届くくらいで、こちらからは連絡も取れなかった。

「他に、〝生活〟があったんだと思いますよ……。もう帰ってこないのかと思うと、また訳のわからない芝居仲間を連れてふらりと戻ってきてね……。私が女房と別れてからは、私のマンションの部屋にころがり込んできたりね……。そんなことが、十何年も続きましたか……」

紅子が最後に柳ケ瀬に姿を現したのは、二〇年ほど前の年末頃だった。年が明けてから数年振りにコロニーで『青ひげ公の城』の公演を打ち、それが終わるとしばらくして柳ケ瀬から姿を消した。そして二度と、天野の前には戻ってこなかった。

「私は紅子の本名も年齢も知らなかったけど、その頃にはもう四〇を過ぎてたんじゃないかね……。最初の頃は青ひげ公の七人目の妻の役をやっていたんだが、最後は一人目の妻の役をやってみたいとかいってね。理由を訊いたら、自分はやはり殺される役が好きなんだとかいってたよ……。変わった子だったたね……」

「紅子さんが最後に柳ケ瀬からいなくなったのは、平成二年の二月頃ではなかったですか」

片倉が訊いた。天野が、考える。そして、いった。

「そうだね……。私がコロニーを畳む二年ほど前だから、その頃かもしれないね……」

片倉が、柳井と目を合わせた。やはり、そうだ。柳ケ瀬のレンガ通りの裏で檜山京ノ介という旅芸人一座の役者が殺されたのが、平成二年の二月一二日。ちょうどその頃に、紅子もこの柳ケ瀬から姿を消している。

「紅子さんのことで、他に何か覚えていることはありませんか。本名や年齢だけでなくて、出身地とか、他に親しくしていた人とか、かつての共演者とか……」

天野はすでに、首をたれて目を閉じていた。

「知らないね……。あの子は、身の上話なんてほとんどしなかったから……。役者仲間といったって、ほとんど根なし草のような連中ばかりだったしね……。だけど、一度酒に酔った時に、こんなことはいってたな……。自分は、孤児だったんだって……」

「孤児……ですか」

天野が、目を閉じたまま頷く。

「そうだよ……。両親が、子供の頃に死んだそうだ……。確か一九五九年だかの、伊勢湾台風でね……」

片倉はまた、柳井と顔を見合わせた。

紅子の両親が、伊勢湾台風で死んだ……。

「彼女には、子供がいませんでしたか」

〝K〟の白骨遺体は骨盤が広がり、出産歴があることがわかっている。もし天野が紅子の二十代から四十代までの二〇年近くを見てきたならば、彼女の子供のことも何か知っているはずなのだが。

やはり、反応があった。

「どうして、子供のことを……」

天野が一瞬、重そうな目を上げた。

「やはり、子供がいたんですね」

「いや……。私にも、わからないんだ……。紅子が一年以上もいなくなっていたことがあって、戻ってきた時にね……。子供を産んだ体になってたんだよ……。問い詰めてはみたんだが、彼女は何もいわなかった……」

天野はまた、静かに目を閉じた。グラスを右手で握ったまま、二度と目を開けることはなかった。

ひとつの演目を終えたように、舞台の照明が消えた。

8

翌日、片倉はホテルを出て、まず柳井と共に『岐阜新聞』に足を向けた。

今日は最終日だ。午後には新幹線に乗り、夕刻までには東京に戻らなくてはならない。実質的には、あと数時間。できることは、限られている。

「しかし……ピースがはまりだしましたね。伊勢湾台風か……。犠牲者の名簿を調べたら、紅子の両親の名前もその中にあるかもしれないですね……」

柳井が片倉の横を歩きながら、いった。

「そうだな。もしかしたら、彼女の本名もわかるかもしれないな……」

だが、伊勢湾台風が日本列島を襲ったのは、昭和三四年(一九五九年)九月二六日。すでに半世紀以上の時が過ぎている。人的被害は伊勢湾沿岸の愛知県、三重県を中心に五〇〇〇人以上。しかも海に近い市町村ではかなりの数の住民票や戸籍が流出し、四〇〇名以上の被害者の所在がいまも明らかになっていない。

もしいまから当時の犠牲者の名簿や戸籍を洗いなおすとしても、途方もない作業になるだろう。しかも紅子が、自分の生い立ちについて本当のことをいっていたという保証はない。酒の席での酔狂な作り話だったのかもしれないし、天野の思い違いだったのかもしれないのだ。

新聞社の受付に行き、まず社会部に連絡を取ってもらった。だが、午前中ということもあってか、朝刊番の湯浅という記者はまだ出社していなかった。次に内線で資料室を呼んでもらい、エレベーターで四階に上がった。

「伊勢湾台風か……。一九五九年の九月だろう。私がまだ一〇歳にもならない頃の話だからなあ……」

この資料室の主のような山科という男は、二日前と同じようにスチール製の棚に囲まれた自分の席で難しそうな顔をして腕を組んだ。片倉と柳井も空いている椅子を山科の周囲に寄せ、座っている。

「当時の記事や、犠牲者の名簿のようなものは残っていませんか」

だが、山科はやはり難しそうに首を傾げる。

「まったく、あんたは厄介なことばかりいうね。私がこの会社に入る一五年も前の話だよ。この頃の記事はまだコンピューターのデータベースに入ってないし、マイクロフィルムを調べるったってすごい手間だからな。それに、記事があったとしても、うちのは岐阜県内のものだからね。他の県のことは、たいした記事はないと思うよ」

そうなるとやはり、他県の地元紙や全国紙、さらに各市町村の住民課を回るしか方法はないということになる。現状ではそこまでこの件の捜査に時間と手間を掛けるわけにはいかないし、仮にできたとしても無駄に終わる公算が大きい。

だが、片倉の心には、妙に〝伊勢湾台風〟というひと言が引っ掛かっていた。理由は、死んだ小切間清の遺品だ。あの部屋に残されていた遺品の中に、かなりの数の本があった。ほとんどが古本屋で買ったような推理小説や時代小説だったが、その中に何冊かの災害物のノンフィクションがあった。それらの本の表紙に、〝伊勢湾台風〟という文字を見た記憶があった。

はたして、偶然なのか。遺品の中の本を見た時には気にも留めなかったが、いまはその小さな符合が必然的な暗示のように思えてならなかった。それに東京の前原律子という女が、小切間の保証人になっていた木崎幸太郎は名古屋から出てきたといっていた。愛知県は、伊勢湾台風で最大の三〇〇〇人以上もの犠牲者を出している。すべてが偶然とは思えなかった。

「それで、私は何をすればいいんだね」

山科が、困ったように訊いた。

「いや、最初から無理なことはわかっているんです。もし伊勢湾台風や小切間清に関して何か情報があったら、一報いただけませんか」

それ以上の無理はいえなかった。いずれにしても、半世紀も前のことだ。いまさら有力な情報など、簡単に出てくるわけがない。

「わかった。気には留めておくよ。それで、もうひとつは……」

「はい。その紅子という女優が出ていた、〝猫〟という芝居についてです。上演していたコロニーのオーナーの天野さんという方が、地元の新聞社からも取材されたといっているのですが……」

「いつ頃の話だっけね」

「天野氏の記憶では、一九七三年の夏以降から数カ月の間だということですが……」

「それなら何とかなるかもしれないな。ちょっと待っててくれ」

山科がメモを取り、紙片を手にして席を立ち、向かいのデスクの女性を呼んだ。二人で何かを話し、スチール製の棚の裏の資料の山の中に姿を消した。時折、話し声と、スチール製のロッカーの抽出しを開閉する音が聞こえてくる。

「記事が、残っているみたいですね……」

柳井が、声を潜めるようにいった。

しばらくすると、山科が古い新聞の束を持って戻ってきた。中から一部を取り出し、部下の女性にコピーを取らせる。それを、片倉の前に置いた。

「これじゃないかね。その天野という人の記憶違いなのか、一九七四年の五月一日の記事だけどね」

片倉はコピーを手に取り、記事を読んだ。

〈☆柳ケ瀬街かど通信☆
『猫』――劇団Rのアングラ上演、話題に――。
このゴールデンウィークに向けて四月二五日から上演されている『猫』（劇場通り・ライブハウス・コロニー）という芝居が、いま注目されている。ここ数年に東京などで流行しているアングラ劇で、一人の男と一匹の牝猫が倒錯的な愛憎劇を繰り広げるという内容。一見して難解だが、見る者をぐいぐいと引き込んでいく魔力がある。コロニーのオーナーの天野秀伸は、東京でこの劇を見た時に「これだと思った」という。その後、劇団を岐阜に呼ぶ交渉を始め、この春にやっと実現した。演出家は東京で新進気鋭の大門流水（だいもんりゅうすい）。「男と女の姿を通して人間の本性を描きたかった」と語る。主演女優は劇団Rの紅子、男優は野呂正浩と地元の——〉

ここまで読んだ時に、片倉は思わず声を上げそうになった。

片倉が、記事のコピーを柳井に渡した。柳井が、食い入るように記事を読む。そして、いった。

「そういうことだったのか……」

そうだ。そういうことだったのだ。

男優の、野呂正浩——。

「どうかしたのかね」

山科が、怪訝そうに訊いた。片倉が記事のコピーを柳井から受け取り、問題の部分を指で示しながら説明した。

「ここに、男優の野呂正浩という名前が載っていますね。昨日、岐阜中署で調べてきたんです。平成二年二月に劇場通りの裏で殺された檜山京ノ介という旅役者、本名を野呂正浩というんですよ……」

山科が、驚いたように視線を上げた。

「ほう……。それはまた面白いというか、つまり……どういうことなんだ……」

三人で顔を見合わせた。

四〇年近く前の出来事と、二〇年以上も前の事件に、共通する一人の男の名前が浮かび上がってきた。その男が時空の彼方から語り掛けてくるのだが、声が聞き取れない。何をいわんとしているのかが、わからない。そんなもどかしさがあった。

片倉はもう一度、記事を読み返した。だが、わかったのは、それだけだった。紅子は本名も、自分の素性さえも語らずに、また闇の中に消えていってしまった。

山科に礼をいい、新聞社を出て岐阜中署へと向かう。すでにこの三日間、通い馴れた道になった。受付で用件を伝えると、いつもの二階の小さな応接室に通され、いつもの薄い日本茶が運ばれてきて、いつもの平谷幹夫という警部補が部屋に入ってきた。

「ほう……それは御苦労様でした。だけど、古い事件なんてそんなもんです。我々も経験がありますから、この土地の〝地取り〟がどんだけ難しいかようわかっとるからね。ほうしたらまた、来やったらいいし。何も力になれんですまなかったですな……」

この三日間のことを報告し、特に大きな収穫はなかったと伝えると、平谷はなぜか安心したようにそういった。平成二年に管内で起きた〝殺し〟の〝被害者(ガイシャ)〟がその一六年前にコロニーに出ていた役者と同一人物であることは、あえて話さなかった。そのくらいの事実はすでに所轄として、摑んでいるのかもしれない。もしそうでなかったとしても時効になった〝事件(ヤマ)〟の小さな符合など、この男には興味はないだろう。

岐阜の駅に向かい、途中の郷土料理の店でちょっと贅沢をして飛驒牛の朴葉焼き定食の昼食をすませ、名古屋に向かう在来線に乗った。列車がホームを離れる時に、ふと、またこの街に来ることはあるのだろうかという思いが頭を過(よぎ)った。

何かが見えていながら、結局は後ろ姿だけしか目蓋の裏に残らなかった。何かを摑みかけながら、まるで砂のように指の間から落ちていった。結局、やり残したという思いだけの三日間だった。

気が付くと、窓ガラスを、来た時と同じように雨粒が濡らしはじめていた。

9

東京にも、木枯しの吹く季節になった。

石神井公園の樹木の梢は冷たい北風に揺れ、僅かばかり残った紅葉も日ごとに少なくなっていく。

もう、年の瀬だ。この年末年始は、どうして過ごそうか。引退間近の刑事の日常に戻り、ふとした瞬間に、片倉はそんなことを思った。

だが、年末には紅白を見ながら自分の部屋で酒を飲み、年が明けたら一人で近くの氷川神社に初詣でに出かける。例年と同じように、その程度のことしか思い浮かばなかった。

変化のない日常の中で、片倉は小切間清と木崎幸太郎、そして紅子と呼ばれていた女のことを片時も忘れなかった。

東京に戻った翌日、片倉は柳ケ瀬で知り合った『コロニー』の元オーナーの天野秀伸に電話を入れた。先日の協力の礼をいい、その後で、『猫』の男優の一人だった野呂正浩が後に劇場通りの裏で殺された檜山京ノ介と同一人物であったことを伝えた。

天野は、電話口でしばらく言葉を失うほど驚いていた。本当に、何も知らなかったようだ。その事実が、劇場通りという狭い空間に日本全国から旅芸人一座の役者たちが出入りしていた時代の、混沌とした賑わいを物語っているような気がした。

天野から聞いた、『猫』という芝居が最初に上演されていた新宿の『シアター・ロメオ』にも足を運んでみた。劇場は、天野がいったとおり、いまも古いビルの地下に残っていた。だが、ここ何年かの間に経営者が二度、変わっていた。元来が、小さな劇団の自主制作の芝居などを上演する劇場だった。一九七三年当時の資料は、何も残っていなかった。

〝K〟――紅子――は、一瞬だけ片倉に微笑み、また後ろ姿だけを残して闇の中に消えてしまった。いくら手を伸ばしてみても、その距離は一向に縮まろうとしない。

片倉は仕事が早く終わると、週に一度か二度は近所の『吉岡』という小料理屋に寄った。女将の姉と、板前の弟が二人でやっている小さな店だ。いつものカウンターに座り、お造りや煮物などの肴を何品か注文する。最初に、ビールを一本。その後で、燗酒のお銚子を二合か三合傾ける。

ここのところ、熱燗の温もりが身に沁みる季節になってきた。それとも、季節のせいではなく、自分の心に原因があるのだろうか。ある日、片倉は、カウンターで熱燗を飲みながら女将の可奈子(かなこ)にこんなことを訊いた。

「女が再婚を決意する時というのは、どんな気持なんでしょうね……」

可奈子が、不思議そうに首を傾げる。

「どうしてですか。私も離婚はしましたけれど、まだ再婚しようと思ったことはないので……」

「いや……変なことを訊いちゃったね。私の元の女房が、再婚しましてね……」

別れた妻の智子から一枚の葉書が届いたのは、その前日のことだった。いつものメールではなく、なぜ葉書だったのか。片倉は最初、それがちょっと不思議だった。

だが智子の書いた見なれた文字を目で追ううちに、その理由が少しわかったような気がした。葉書には「先日お話しした人と籍を入れました……」という報告と、「これからも元気で御自分の道を歩んで下さい……」という決別とも取れる挨拶が書かれていた。名前も片倉から、新しい姓の〝渡辺〟に変わっていた。

「再婚する気持はわかりませんけど、その葉書の意味はわかるような気がします……」

女将が、片倉の話に耳を傾けた後でいった。

「なぜですか」

片倉が訊くと、女将は少し考え、言葉を選ぶようにいった。

「女って……みんなちょっと、意地悪なところがあるんですよ。その葉書の意味は、なぜ自分の気持に気付いてくれなかったの、って。仕返しの意味もあるんじゃないかしら。だからメールじゃなくて、一生とっておける葉書にしたのかも……」

片倉は、自分が一人で死んだ後に、少ない遺品の中からその葉書が出てくる光景を想像した。その頃には智子はまだ生きていて、誰かから聞かされてかつての思い出に邂逅することになるのだろうか。その時、彼女は、片倉のために涙を流してくれるのだろうか。淋しくはあったが、それはそれで悪くはない風景のように思えた。

気が付けばいつの間にか年末になり、署内の刑事課の親しい仲間たちとの忘年会も終え、大晦日は片倉が思ったとおり一人で酒を飲みながら除夜の鐘を聞いた。いつの間にか酔って寝てしまい、目が覚めると年賀状が届いていた。数えると、三四枚あった。

年賀状の数も、ここ数年は少なくなっているような気がした。ほとんどが署の同僚か故郷の親戚、以前に片倉に逮捕されて更生した元犯罪者たちだった。中には何年か前に刑期を終えて出所し、結婚して子供の写真入りの年賀状を送ってきた者もいた。

だが、智子からの年賀状はなかった。離婚して、今年で六年目になる。元旦に彼女からの年始の挨拶が届かなかったのは、これが初めてだった。

結局、休んだのは大晦日と元日だけで、二日から出署した。正月の当番は若い者にまかせておけばいいのだが、片倉は自分から当番を入れた。どうせ一人で家にいても、新年はかえってやることがない。

刑事課の部屋に入ると、柳井がいた。形ばかりの新年の挨拶を交わす。岐阜から帰ってからはあまり二人で話す機会もなかったが、柳井もまだ一人で例の一件の〝地取り〟を続けているようだった。

「何か新しいことがわかったか」

片倉が訊いた。だが柳井は、首を横に振る。

「いえ、全然……。ぼくも新宿あたりの小劇場とか、三丁目の〝どん底〟とか演劇関係者が集まるような店で紅子の線を追ってみたんですが、〝猫〟という芝居のことも演出家の大門流水という男のことも何もわかりませんね……」

「他には」

「いま、紅子が妻の役を演じてたという〝青ひげ公の城〟という本を読んでます。寺山修司のものじゃなくて、モーリス・メーテルリンクという人が書いた戯曲の訳書です……」

柳井がそういって、本を見せた。「本当は、オペラの演目だったんですね」

「ほう……」

「でも、奇妙な本なんです。青ひげという城の主が、外出する時に妻に七つの扉の鍵を与えるんです。最後の部屋の扉は開けてはならないといわれるんですが、妻は誘惑に負けて開けてしまう。すると中に、前妻が幽閉されてるんです。これが原本のシャルル・ペローの作品だと、殺されている前妻を発見してしまう……」

「なるほど……」

確かに、話に聞くだけでも奇妙な物語だ。もしこんな一件にでも関わらなければ、刑事である自分たちが興味を持つこともなかっただろう。

「でも、わからないんですよ……。あの天野という人がいっていたじゃないですか。あの〝猫〟という芝居もそうだけど、紅子はなぜ殺される役が好きだったんだろう……」

片倉は、答えなかった。だが、いまは紅子の気持が何となくわかるような気もしていた。〝殺される〟、ということは、自分が死ぬ時に近くに誰かがいる。少なくとも〝殺す〟側の者が、自分の死を看取ってくれるということでもある。たった一人だけの孤独死よりも、淋しくはない。

一月も七草を過ぎると、東京の街も年が明けたことを忘れたかのように日常に戻っていた。今年の冬は、例年になく冷え込む。全国各地から、数十年振りという豪雪の便りが連日のように届いた。

そんなある日のことだった。片倉のコンピューターに、一本のメールが入ってきた。岐阜新聞の資料室の、山科からだった。

文面を開く。

〈――小切間清のことがわかったよ。同姓同名の男が、一九五九年九月二六日の伊勢湾台風の時に四日市で亡くなっているね。例の一件と同一人物かどうかはわからないが――〉

片倉は、しばらくの間、コンピューターの中の文字の羅列を見つめていた。

第三章　伊勢湾台風

1

一月の第三週に入り、片倉は五日間の休みを取った。

考えてみると、今年の正月もまともには休まなかった。昨年は盆の休みも取らなかったし、ゴールデンウィークも出署していた。

片倉は毎年のように、年次休暇を消化せずに上から文句をいわれる。給料以上に働くことがなぜ悪いのか、組織とは理解し難い存在だ。

そういえば、智子もよく片倉の休みが少ないことに不満を洩らしていた。二人で旅行に行こうといっておきながら、何度その約束を反故にしたことか。それでもあの頃は、いまよりはまだまともに休みを取っていたはずなのだが。

前回の岐阜出張の時よりも、少し大き目の荷物を持って電車に乗った。だが、着ている物はいつものくたびれた灰色のスーツに、古い革のコートだった。考えてみると、冬場にどこかに出掛けようと思っても、他に満足な服など何も持っていない。

東京駅に着いて、新幹線の乗り場に向かう。名古屋までの乗車券は前日に柳井に頼み、インターネットで取ってもらった。個人の旅行の予約を部下に頼むのも気おくれがしたが、片倉はいまだにそういうことが苦手だ。

昔は、便利だった。新幹線の予約など、電話一本ですんだものだが。

カウンターでチケットを受け取り、弁当を買いに行った。いつものように、〝鳥めし〟だ。店先で注文しようと思った時に、視界にコートを着た若い男が入ってきた。

「何でお前がここにいるんだ」

店の横に、柳井が立っていた。

「ぼくも、休みを取ったので……」

柳井も、旅行用のバッグを肩に掛けている。

「どこに行くつもりなんだ」

片倉が訊いた。

「名古屋の方へ……」

「まさか、おれと同じ新幹線でか」

柳井が無言で、俯きながら頷いた。

「勝手にしろ」

どこで年次休暇を取ろうが、その休みを何に使おうが個人の自由だ。

片倉が弁当を買おうとすると、柳井がいった。

「〝鳥めし〟は、もう買ってあります……」

弁当の入った手提げ袋を、差し出した。

新幹線ひかり511号は、定刻どおり午前一一時三三分に東京駅を出発した。昼飯にはまだ少し早いが、片倉はすぐに弁当を広げた。だが、柳井は、座席の折り畳み式のテーブルの上に〝鳥めし〟を置いたまま、黙って見つめている。

「どうした。食わないのか」

「いえ……」

「せっかく休みを取って〝旅行〟に来たんだ。楽しくやらなくちゃ損だぞ」

「はい……」

片倉にいわれ、柳井がやっと弁当の折を開いた。

「ところで、〝伊勢湾台風〟のことについては調べたんだろう」

片倉が、弁当を食いながら訊いた。

「はい。一応は……」

「それで、どう思う。岐阜新聞の山科さんからの情報は」

「はい……」柳井が、口の中の飯を呑み込む。「有り得ないことではないと思います。当時の混乱した状況を考えれば、むしろ……否定する材料は何ひとつないような気もします……」

「そうだな。おれもそう思う」

片倉が飯を掻き込み、ペットボトルの日本茶を飲んだ。

一月一一日の夕刻に突然、山科から送られてきたメールは、一概には信じられない内容だった。

〈——片倉康孝様。

小切間清のことがわかったよ。同姓同名の男が、一九五九年九月二六日の伊勢湾台風の時に四日市で亡くなっているね。例の一件と同一人物かどうかはわからないが、確かに当時の『東海日報』に掲載された死者・行方不明者のリストの中に〝小切間清〟の名前がある。一度、調べてみる価値はあるかもしれないね。

〈山科――〉

メールには、一九五九年一〇月一日付――伊勢湾台風直撃の五日後――の新聞のコピーが添付されていた。記録によるとこの台風による死者・行方不明者の人的被害は愛知県で三三五一人、三重県一二一一人。内、四日市市で一一四人。その中に、確かに小切間の名前が存在した。

〈――小切間清（26）――〉

小切間の生年月日は、昭和八年（一九三三年）三月二日だった。年齢も一致している。
だが、四日市市役所に問い合わせてみると奇妙なことがわかった。伊勢湾台風当時、市内の〝小切間清〟という人物の死亡記録は存在していない――。
片倉は、記事を掲載した『東海日報』にも問い合わせてみた。だが、すでに半世紀以上も前のことだ。当時、小切間清の名が死者・行方不明者のリストに記載された経緯について知る者は、社内には一人も残ってはいなかった。
「まあ、混乱していたんだろうな……」

弁当を食い終え、折を片付けながら片倉がいった。

「そうですね。当時は台風の直接被害や洪水などで、各市町村で大量の住民票が流出したという記録もありますから。被害者の正確な統計を取るのはかなり難しかったんだと思いますね……」

二〇一一年の東日本大震災の時もそうだった。大災害では死亡者の数がダブルカウントされてしまったり、身元が特定できなかったり、家族単位で被害に遭うために行方不明者の数が把握できないということが往々にして起こり得る。遺体を他の人間と取り違えることも、けっして珍しくはない。

まして伊勢湾台風があった昭和三四年当時は、各市町村に保管されている住民台帳や戸籍原本以外に本人を特定するものは何もなかった。しかも〝小切間清〟の名が載っていた新聞の発行日は、台風から僅かに五日後だ。記述があくまでも過渡的なものであったことは、容易に想像できる。

だが……。

新聞には確かに〝小切間清〟という名が載っている。昭和三四年九月二六日、伊勢湾台風が日本列島を襲った当時、小切間清という二六歳の男が三重県四日市市に存在したことは事実なのだろう。

いずれにしても情報は断片的であり、〝点〟にすぎない。事件の捜査も、人捜しも同じだ。現場に足を運ばなければ、真相は何も見えてこない。

「名古屋に着いたら、その後はどうするんですか。四日市に、直行しますか」

柳井が訊いた。

「別に、考えていない。まあ、とりあえず、レンタカーでも借りようと思っている」

「レンタカーですか……」

柳井が、驚いたようにいった。

警察の捜査の規定では、基本的にレンタカーを使うという選択肢は存在しない。公共の交通機関と自分の〝足〟を使うか。もしくは署の公用車か、出張先の所轄の車輛の世話になるかだ。

だが、今回は個人的な所用だ。署の規定にとらわれる必要はない。

「まあ、いいじゃないか。せっかく休みを取って旅行に来たんだ。もっと気楽にやろうじゃないか」

片倉はそういってバッグから読みかけの本――『伊勢湾台風　水害前線の村』――を出して読みはじめた。

死んだ小切間清の部屋に残されていたのと、同じ本だ。発行は、二〇〇九年。伊勢湾台風から五〇周年の節目に出版された、何冊かの関連本のひとつだった。

古い本ばかりの書棚の中にあって、この本だけがひと際、真新しかった。なぜ小切間がこの本を読もうと思ったのか。理由はわからないまでも、何か意味があるような気がしていた。

2

昭和三四年九月二一日、サイパン島の東を北上する熱帯低気圧が次第に発達。同日の午後九時に台風一五号が発生した。

台風は翌々日二三日午前九時には９０５ミリバールにまで規模を拡大。さらに二三日午後三時には８９４ミリバールを観測。その後も最大風速七五メートル／秒（米海軍観測では九〇メートル／秒）、９００ミリバール前後の猛烈な勢力を保ちながら北西に進路を取り、時速三〇キロで日本列島に迫っていた。

二五日の正午頃に進路が北に転じた時点で、気象庁は台風一五号が本州西部に上陸する可能性が高くなったことを発表していた。翌二六日朝には台風は潮岬（しおのみさき）の南南西四〇〇キロに達し、この時にもまだ中心気圧９２０ミリバール、最大風速六〇メートル／秒、暴風雨圏は東側に半径四〇〇キロ、西側に三〇〇キロという記録的な超大型の勢力を保っていた。

問題は、この時点でもまだ東海地方の空は晴天だったということだ。さらに昔から、「台風は名古屋を直撃しない……」という根拠のない迷信もあった。後にこれらが油断を生み、台風一五号の被害を必要以上に大きくする要因となった。

二六日、午後。伊勢湾を取り囲む東海地区の天候も少しずつ悪化しはじめた。風が強くなり、空は暗い雲に覆われ、大粒の雨が降りだした。それでも後に被災地となる名古屋市の南区や三重県四日市市の住民に、強い危機感はなかったという。

夕刻、各地で交通機関に影響が出はじめた。人々は学校や仕事場からの帰路を急いだ。だが、この時点でもまだ、避難することを考える者はいなかった。

二六日の午後六時過ぎ、台風一五号は本州最南端の和歌山県潮岬の西一五キロ付近に上陸——。

台風は上陸後、時速六〇キロから七〇キロに速度を上げ、紀伊半島を縦断。名古屋方面に向かって北上した。

すでにこの前日には、名古屋地方気象台では最悪の事態を予測していた。

——超大型の台風一五号は、名古屋の西側を通過するルートを取る可能性がある——。

予測は、的中した。

午後八時、天候が急変。風速四五メートル、一時間に一〇〇ミリ以上という記録的な暴風雨が名古屋市南部を中心とした伊勢湾沿岸部の市街地を直撃した。

各地で河川の堤防や湾岸の防波堤が決壊した。これに低気圧による高潮が加わり、海面下のデルタ地帯に広がる名古屋市南部一帯を濁流が襲った。さらに愛知県内では知多郡の一部、三重県の桑名市や津市、長島町、四日市市、岐阜県の木曽川沿岸部などが瞬時のうちに濁流に呑まれ、水没した。

台風一五号は名古屋上空を通過。さらに時速九〇キロにまで速度を上げ、二七日午前〇時過ぎには中央高地上空で本州を横断して日本海に到達。さらに秋田県に再上陸して東北地方を縦断し、同日午後九時に北海道東部で温帯低気圧に変わった。後の九月三〇日、気象庁はこの記録的な台風を『伊勢湾台風』と命名。一九三四年の室戸台風、四五年の枕崎台風と並び、日本の三大台風に数えられることになった。

台風一五号が通過した翌朝、名古屋市南部の風景は一変していた。青空の下に広がる広大なデルタ地帯は、すべて水の中に沈んでいた。市街地も、河川も、海も区別のつかない一面の水の世界を、瓦礫や港湾部の貯木場から流出した大量の材木が被っていた。工場地帯や市街地には点々と建物や人家の屋根が浮かび、その上で人々が助けを求めていた。その間を自衛隊や消防団のボートが行き来し、被災者を救助した。水は、一〇月に入っても引かなかった。

後に確認された被害状況は死者四六九七名、行方不明者四〇一名、計五〇九八名。負傷者三万八九二一名。家屋の全壊は四〇八三八棟、半壊一一万三〇五二棟、流出四七〇三棟。自然災害による人的被害としては一九九五年の阪神・淡路大震災までは戦後最大であり、経済的損失としては二〇一一年三月の東日本大震災にも匹敵した。

当時の伊勢湾台風の記録写真は、いまも数多く残されている。ほとんどがモノクロ写真だが、そこに写し出される被災地の光景は、東日本大震災のものと見間違えるほどによく似ている。

片倉は、本のページを捲る。

当時の伊勢湾台風の中で、最も大きな被害を出した市町村のひとつが愛知県の飛島村だった。この村は台風の後も数日間は食料などの支援物資も届かず、腐敗した大量の遺体は野焼きにされ、数カ月間も水が引かずに孤立していたという記録が残っている。

片倉は、本に書かれた風景を思い浮かべた。その風景を、四日市市に重ね合わせた。まだ若い頃の小切間清は、一九五九年九月二六日の夜、その風景の中に本当に存在していたのだろうか……。

ひかり511号は、定刻に名古屋駅に着いた。

駅の西口に出て、レンタカー屋を探す。特に予約をしてあったわけではないが、平日ということもあり、車は空いていた。何の変哲もないシルバーの小型車を、四日間の契約で借りた。

「ぼくが運転しましょうか」

柳井がいった。

「そうしてくれ。助かるよ」

二人の荷物をトランクルームに放り込み、車に乗った。片倉は助手席の背もたれを少し倒し、体を伸ばした。

「最初は、どこに行きますか」

片倉は、時計を見た。すでに針は、午後二時を回っていた。

「そうだな。とりあえず、四日市に行こう。それからだ。道はわかるか」

「だいじょうぶです。ナビが付いてますから」

柳井が四日市市役所を検索し、ルート案内が開始するのを待って車をスタートさせた。

「ところで……」市街地から高速の入口に向かう途中で、柳井が訊いた。「なぜレンタカーを四日も借りたんですか。四日市に行くためだけなら、何も……」

「別に、四日市に行くためにに借りたわけじゃないさ。最初からいってあるだろう。おれは久し振りに休みを取って、旅行に来た。ゆっくりと旅をしたいんだよ」

「はあ……」

四日市市で何もわからなかったら、次はどこに向かうのか。片倉に、どこか行く当てがあるわけではなかった。

ただ、山科から以前に聞いた、小切間という名字は三重県の伊勢神宮のあたりに多いという話が心に引っ掛かっていた。東京を発つ前に地図で調べてみたが、四日市と伊勢神宮では同じ県内でもかなり距離がある。小切間の痕跡が四日市で途切れてしまったら、気紛れに伊勢神宮に足を向けてみてもいい。

一方で、まったく別の期待もあった。四日市市に行けば、何か意外な事実に出くわすかもしれない。

いずれにしても、今回の〝捜査〟は、さらに長引くような予感があった。

3

一月のこの季節は、日没が早い。

東名阪自動車道の四日市インターを降りた頃には、すでに日は大きく西に傾きはじめていた。

「どうしますか。寄っていきますか」

市役所の前を通りかかった時に、柳井が訊いた。

片倉は、時計を見た。もう、四時近くになっていた。

「いや、ここは明日にしよう。もっと海の方に向かってくれ」

四日市市役所とは、東京からもやり取りを続けていた。だが、昭和三四年当時の〝小切間清〟の住民票に関しては何も手懸りはない。これから市役所に行き、所定の手続きを経て洗いなおしてみても、時間が無駄になるだけだ。

柳井が、車を進める。間もなく、関西本線の線路を越えた。あたりの道が急に狭くなり、片側一車線の国道を渡ると、三滝川の河口で海に行き当たった。

「どこかに、車を駐められないか」

「その先に、空地がありますね……」

空地に車を置き、長い防波堤に沿って歩いた。左手の堤防の先に海が広がり、右手に市街地がある。

片倉は、市街地の入り組んだ路地に入っていった。周囲は、古い工場地帯だった。路地の両側に町工場やアパート、小さな家々が肩を寄せ合うように軒を並べ、路上では子供たちが遊んでいる。まるで昭和三十年代の空間がそのまま取り残されたような、そんな風景だった。

「何を、探してるんですか」

片倉の後ろを歩きながら、柳井が訊いた。

「別に、探しているわけじゃないさ。四日市に来るのは、初めてなんだ。どんな町なのか、見てみたかっただけだ……」

この四日市での小切間の痕跡は、新聞に載っていた伊勢湾台風の死亡者リストの名前だけだ。それ以外のことは、奴がこの町のどこに住んでいたのか。何をやっていたのか。本当にこの町に存在したのかどうかも含めて、何もわかっていない。何かを探そうにも、探しようがない。

だが刑事の心得のひとつに〝現場百遍〟という格言がある。捜査が行き詰まった時に、とにかく現場に立ち戻れという刑事の基本でもある。片倉も自分の不器用だった人生を振り返る時、幾度となくこの言葉に助けられた覚えがあった。現場に立つと、なぜか不思議なことに、何かがぼんやりと見えてくることがある。

片倉は、錆びたトタン張りの二階建てのアパートを見上げた。町工場の中を覗き、グラインダーが火花を散らす光景を見つめた。町には古い銭湯が一軒だけあり、くすんだコンクリートの煙突から煙が昇っていた。

昭和三四年のこの町に、まだ二六歳だった小切間がいるところを想像した。おそらく、海に近いこのあたりは、伊勢湾台風で洪水に襲われた。いまの町並がその直後に復興されたものがそのまま残っているのだとすれば、当時とそれほど風景は変わっていないはずだ。

町工場で、汗を流す若き小切間の姿を想像する。アパートの二階の窓辺から顔を出し、タバコをふかす小切間の姿を想像する。タオルと石鹸の入った袋を手に、下駄を鳴らしながら銭湯の男湯の暖簾を潜る姿を想像する。黄昏の淡い光の中に、本当に若い小切間の姿が垣間見えたような錯覚があった。

「小切間は、本当にこの町に住んでたんですかね……」

「さあな。ここだったのかもしれないし、もう少し離れた場所だったのかもしれない。いずれにしても、もう半世紀以上も昔のことだ……」

小切間は、本当にこの風景の中に存在していたのだろうか。奴に、何があったのか。奴はなぜ、この町で死んだことになっていたのか。この町にいた小切間清と東京の練馬区で孤独死した小切間清は、本当に同一人物だったのか——。

町角にこのあたりの主婦らしき女たちが立ち、井戸端会議に花を咲かせていた。みんな片倉と同世代か、少し歳上だろうか。これもまた、昭和の名残を感じさせる懐かしい風景だった。

「すみません、ちょっといいですか」

片倉は歩み寄りながら、気楽に声を掛けた。

「何やの、まあ……いい男がこんなところにおってがや」

一人がそういうと、あとの女たちも声を上げて笑った。関西の女たちは明るく、見知らぬ余所者にも屈託がない。

「私たちは東京から来て、このあたりの昔のことを調べてるんですが……」

片倉がそこまでいっただけで、女の一人が応じた。

「伊勢湾台風だがや。このあたりも、どえりゃーことだったが。水がよーけ溢らかしてな。うちなんか家ごといごいて流れて、往生こいたがね……」

「うちもよ。屋根に逃げたけど、家は壊けるし、材木に摑まって流されたが……」

「だがね。うちなんかあの時に、爺様が死んだんだもんでさ……」

「本当にえらい台風だったがね」

片倉のことを放っておいて、台風の思い出話が始まった。

「このあたりに、小切間という家はありませんか」

片倉が訊くと、それまで話に夢中になっていた女たちが怪訝な顔をした。

「〝コギリマ〟？　そんな家、聞かんがや……」

一人の女がいった。

「家じゃなくてもいいんです。昔、ちょうど伊勢湾台風が来た昭和三四年頃に、このあたりに小切間清という人が住んでいませんでしたか」

「私ら、まだ子供だったが……。どんな人だったがね……」

一人の女がいった。

「当時はまだ、二六歳くらいだったと思います。余所から来た人だったかもしれないし、あの台風で亡くなったのかもしれないんですが……」

女たちは、しばらく話していた。だが、小切間らしき男には誰も覚えがなかった。

当然だろう。もう、五〇年以上も前のことなのだ。それに四日市は、総人口三〇万余、三重県の県庁所在地の津市よりも大きな町だ。たまたま出会った人間が、たった一人の男の名前を知っているわけがない。

別れ際に、女の一人がいった。

「兄さんたち、今夜はここに泊まるがや」

「ええ、そのつもりです」

「それなら夜は、グロープを食いな。美味やーで」

片倉と柳井が、顔を見合わせる。女たちが、笑った。

「グローブ……」

「余所から来た人にそんなこといっても、だちかんがね。グローブって、豚テキのことやがね」

女たちが、また笑った。

片倉と柳井は女たちと別れ、また町の中を歩いた。しばらく行くと関西本線の四日市の小さな駅があり、その先まで細く入り組んだ道が続いていた。

町の一角を回って海辺に戻る頃には、黄昏も終わりかけていた。片倉は途中の自動販売機で温かい缶コーヒーを二つ買い、ひとつを柳井に渡し、冷たい一月の風に吹かれながら堤防の前に立った。

高い堤防の先には、静かな伊勢湾が広がっている。背後の古い町並には、人々の生活の明かりが灯りはじめていた。遠く、夕焼けに染まる南西の空の下には、四日市港や石油コンビナートの光が煌々と輝いていた。

片倉は柳井と二人で缶コーヒーを飲みながら、しばらくその光景に見とれていた。四日市市は古くから、工業地帯の町、公害の町として知られていた。だが、いま黄昏の淡い光の中に沈もうとする町の風景は、ただひたすらに美しく、平穏だった。半世紀以上も前にこの町を巨大な台風が襲った光景をいくら想像しても、実感が湧かなかった。

コーヒーを飲みながら、片倉は柳井に訊いた。

「この町を、どう思う」

柳井も風景を見つめながら、しばらく間を置いて答えた。

「この前の柳ケ瀬とは、まったく違いますね。どちらも古い町なんですが……」

短いやり取りの間にも、黄昏は少しずつ周囲から最後の光を奪い去っていく。

「五〇年以上も前のあの日、小切間清がこの町にいたと思うか」

片倉は、自分の想っていることを訊いた。柳井はしばらく考えていたが、何かに迷うように答えた。

「どうなんでしょうか……。柳ケ瀬と、この四日市、そして小切間が死んだ東京の石神井公園も含めて……。一人の男が生きた人生の風景として、どこか違和感のようなものを感じるんですよね……」

曖昧な表現だった。だが、片倉には、柳井がいいたいことが理解できるような気がした。自分でも、まったく同じ違和感があったからだ。

日が落ちると、風がさらに冷たくなった。コーヒーを飲んでも、コートの襟を立てても寒さに耐えられなくなってきた。

「そろそろ、行くか。今夜の宿を探して、豚テキでも食おう」

片倉は、黄昏の最後の光の中を歩きだした。

4

翌日は、諏訪町にある四日市市役所の市民課を訪ねた。

応対に出てきたのは、東京からも何度か電話で話した前田義則という担当者だった。

電話の声だけではわからなかったが、まだ若い。年齢は、柳井とそれほど変わらないだろう。この自分の息子ほどの歳の男に、半世紀以上も前のことがわかるのだろうか。そう思うと、徒労の予感を覚えた。

だが、前田は誠実だった。片倉が事情を説明すると、真剣に耳を傾け、そしてゆっくりとした口調で答えた。

「お話の内容は、だいたいわかりました。しかし……率直にいって、難しいと思います……」

三人は、市民課の一角の応接スペースに向き合って座っていた。テーブルには日本茶が出ていたが、誰も手を付けようとはしない。

「理由は……」

片倉が、訊いた。前田が顎に手を当て、昭和三四年一〇月一日付の『東海日報』の記事のコピーを眺めながら頷く。

「まず、うちの市役所では、前に電話で申し上げたように住民台帳は平成三年以降のものしか残っていないんです。この分についてはすべて機械化……つまりコンピューターに整理されているので、すぐに見られるのですが……」

だが、そのコンピューターに入力された住民票の中に〝小切間〟という姓の者が一人もいないことは、すでに電話で確認している。

「平成二年以前の住民票は、もう残っていないのですか。たとえば、手書きの紙の状態でも……」

片倉が訊く。だが、前田は首を横に振った。

「ありません。機械化と同時に、昔のものはすべて廃棄されてしまいましたので……」

つまり、半世紀前どころか、たかが二〇年と少し前の住民台帳もすでにこの世には存在しないということになる。

「他に、何か方法はありませんか。昭和三四年当時に、本当にこの町に小切間清という男が住んでいたのか。この記事にあるように、本当に伊勢湾台風で死んだのかどうか。それだけがわかればいいんですが……」

だが、やはり前田は首を傾げる。

「この〝小切間〟という人の本籍地は、四日市だったんですか」

前田が訊いた。

「わかりません。何しろ、この町に住んでいたのかどうかすらわからないので……」

「せめて、当時の現住所でもわかれば、戸籍の附票から何かわかるかもしれないんですが……」

やはり、だめだ。八方塞がりだ。新聞社に行っても、当時の死亡者リストの個々のデータなどが残っているわけがない。

だが、柳井がいった。

「いま、戸籍の附票っていいましたね。つまり、当時の戸籍の原本は残っているということなんですか」

前田が少し考え、頷く。

「基本的には、当市役所では大正五年以降の戸籍の原本は保管してあります。ただ……」

「何か、問題があるのですか」

「昭和二〇年の四日市空襲や三四年の伊勢湾台風で、かなり焼失したり流失したりしてますから。すべて残っているわけではないんです。それに、この町に住んでいても戸籍を置いていなければ、最初から原本も存在しないわけですから……」

「でも、あるんですね」

柳井が再度、確認する。

「はい……」

〝戸籍の原本〟とは、国民一人ずつの誕生から結婚、死亡に至るまでをすべて記録した台帳のことをいう。一般にただ〝戸籍〟といった場合には、この原本のことを指す。公的な契約や身分証明の時に最も確実な根拠となるのがこの戸籍の原本で、〝戸籍謄本〟は原本の写しのことをいう。

戸籍は原則として、ひと組の夫婦の単位で作られる。夫婦に子供が生まれればその戸籍の中に入り、その子供が成人した場合、もしくは結婚した時に新しい原本を作ることが認められる。また夫婦が離婚した場合には、戸籍筆頭者ではない配偶者が戸籍から外れることを原則とする。

戸籍には、その一人の人間の人生のすべてが記録される。まず、本籍地と、氏名、性別、生年月日。戸籍に入った理由とその年月日。他の戸籍から移った場合には、以前の戸籍の記録。戸籍筆頭者との続柄など。

もし戸籍に記載された全員が死亡した場合には、戸籍が閉鎖される。同時に除籍謄本が作られ、現行の法律により一五〇年間保存される。つまり、戸籍の原本か除籍謄本のどちらかが残っていれば、〝小切間清〟のすべてがわかるということになる。

「戸籍の原本を、探してみていただけませんか」

片倉がいった。

元来、戸籍の原本の閲覧は、本人もしくは実子などの直系の親族に限定される。だが、今回は、正式な令状を用意してきていない。

「わかりました……。ちょっと待ってください。〝上〟の方に、相談してみます……」

前田がそういって、席を立った。

「見られますかね」

柳井が、小さな声でいった。

「わからんね。だいたい小切間の戸籍が、ここにあったのかどうか……」

「戸籍がなくても、せめて除籍謄本が残っていれば何かわかるんですが……」

しばらくして、前田が戻ってきた。

「閲覧の許可が出ました。しかし、平成元年以降、一度も閲覧の記録がないものや本人の生存が確認不可能なもの、それに古い除籍謄本などはこの奥の保管室に保存してあります。特に五〇年以上も前のものは整理もされていませんし、その中から探し出すとしても大変な作業になると思いますが……」

片倉は柳井と顔を見合わせ、お互いに頷き合った。

「わかってます。そのようなことには馴れていますから」

「では、午後からやりましょう。私は午前中に他の仕事を片付けてしまいますので……」

前田がそういって、溜息をついた。

外で昼食をすませて市役所に戻り、前田と共に市民課の奥の保管室に入った。庁舎は一九七二年に建てられた、地上一一階の比較的古い建物だ。保管室には古い住民台帳や戸籍原本などの書類が山のように積まれ、数十年分の黴臭い大気と共に封じ込められていた。

古い戸籍原本は、段ボールに入れて保管されていた。だが中身は名前の五十音順に整理されているわけではなく、年代別に区別されているわけでもなかった。ただ、古く汚れた段ボールの上に、例えば〈――諏訪栄町一番―二番――〉のように簡単な住所と地番が書かれているだけだ。つまり、住んでいた住所もわからない〝小切間清〟という人物の戸籍原本を探そうと思ったら、段ボールを片っ端から開けて原本をひとつずつすべて確認していかなければならないということになる。

伊勢湾台風があった昭和三四年当時の四日市市の人口は、約一〇万人。前田が「大変な作業になる……」といった言葉の意味を、いまさらながらに、思い知らされたような気がした。

「もしその小切間という方が伊勢湾台風で亡くなったのだとすれば、海に近い稲葉町とか高砂町とか納屋町とか、被害の大きかった町のものから調べた方がいいと思います……」

前田がいった。

「では、このあたりからやってみるか」

片倉は〈――稲葉町一番――二番――〉と書かれた段ボールを見つけ、柳井と共に保管室の中央に置かれた作業台の上まで運んだ。段ボールを開けると、中には二〇冊ほどの、厚紙の表紙に綴じられた原本の台帳が入っていた。一冊ずつそれを手に取り、ページを捲っていく。

刑事という仕事上、片倉が戸籍の洗い出しをやるのはこれが初めてではない。むしろ、馴れた作業だった。だが、毎回のように、考えさせられることがある。

戸籍原本の一枚、一枚に、それぞれの人生があるのだ。たった一人で、この町で何十年も生きていた者。一度の人生で、三回も四回も結婚した者。何人も子供を持ちながら、すべて死別した夫婦。そのたった一枚の紙の中に書き記された小さな事実の中から、人々の喜怒哀楽の叫びと慟哭が聞こえてくるような錯覚がある。

いまも片倉は、小田某という一人の男の人生に触れ、ページを捲る手を止めた。この男は昭和二六年、四七歳の時に熊本県の久木野村から妻のノブと共に転入。その四年後に、妻と死別。以来、昭和三四年の伊勢湾台風を経て同じアパートに籍を置いているが、平成二五年の現在になっても〝死亡〟という記述がない。もしいまも生きているのなら、今年で一〇九歳になるはずだ。

この小田某という男は、本当に生きているのだろうか。いまも稲葉町に古いアパートがあり、身寄りもなく一人で暮らしているのだろうか。それとも、もう何年も前に別の土地で無縁死を遂げ、ただ戸籍のみが存在しているだけなのだろうか。

近年は、高齢者が公的記録上は生存しているのに、実際の生死や居住地の確認が取れない〝高齢者所在不明問題〟が社会問題となっている。二〇一〇年七月には東京都足立区の明治三二年生まれの一一一歳の男性が、白骨化した状態で発見。後に、すでに一〇年以上も前に死亡していたことが判明した。この事件をきっかけとして各自治体が調査すると、中には戸籍上は二〇〇歳以上で生きているという例もあった。二〇一〇年九月の時点では全国の住民基本台帳による一〇〇歳以上の高齢者は四万四四四九人も存在したが、実際に所在と存命が確認できたのはその約半数の二万三二六九人にすぎなかった。これが世界一信頼できるといわれる日本の戸籍制度の、一方の現実なのだ。

「片倉さん、何か見つかりましたか」

手を止めて戸籍原本に見入る片倉に、柳井が訊いた。

「いや、何でもない……」

片倉はまた、台帳のページを捲りはじめた。

長く、静かな時間が淡々と過ぎていく。ひとつの箱を見終えると、台帳をすべて仕舞い、また次の段ボールを運んでくる。そしてまた、三人で手分けして戸籍原本のページを捲る単純な作業に没頭する。

途中で誰からともなく息を入れ、体を伸ばす。時計の針だけが、刻々と進んでいく。だが、やはり、途方もない作業だった。保管室に入って二時間が過ぎても、まだ沿岸部の地番の原本の四分の一も終わっていない。それでも見つからなければ、四日市市の全域に範囲を広げなければならない。原本の次は、さらに除籍謄本が待っている。

今日じゅうには終わらないだろう。明日も明後日も、同じ作業が続くかもしれない。それでも小切間清が、見つかるとは限らない。そう思った時に突然、前田がいった。

「ああ、ありましたね……これですかね……」

前田が一冊の台帳を作業台の上に開き、それを片倉と柳井の方に向けた。ちょうど、

〈――十七軒町二番――三番――〉と書かれた箱を調べている時だった。

片倉が、見入る。古い書式の原本だった。

〈――籍本

三重県四日市市十七軒町弐番地

氏名　小切間　清

昭和参拾年四月拾弐日編成

昭和八年参月弐日愛知県海部郡飛島村竹之郷で出生同月四日父届出

父　小切間源太郎

母　サチエ――〉

「どうやら、間違いないようだな……」

「そうですね。小切間本人ですね……」

名前も、生年月日も一致している。

戸籍原本によると、小切間清は昭和八年三月二日に愛知県の飛島村で出生し、昭和三〇年四月一二日、二二歳の時に何らかの理由で四日市市に転入。新しく戸籍を編成したことになる。

愛知県飛島村といえば、伊勢湾台風による被害が最も大きかった地域だ。その飛島村で生まれ、四日市市に移り住み、そこで伊勢湾台風に遭遇したことは運命の悪戯（いたずら）というべきだろうか。

だが、その後の記述が奇妙だった。

〈――昭和参拾四年九月弐拾九日死亡翌拾月五日閉鎖――〉

ところがその部分に二本の線が引かれて消され、次の行にこう記されている。

〈――昭和参拾九年参月拾壱日本人申し出により再編成
同月同日妹恵子を編入――〉

妹の欄にはこう書かれていた。

〈――妹　小切間恵子

出生　昭和弐拾壱年七月七日愛知県海部郡飛島村竹之郷で出生同月八日父届出――〉

そして戸籍原本は次のような一文で締め括られている。

〈――昭和参拾九年参月拾八日愛知県名古屋市北区大曽根二丁目に転出――〉

「いったい、どういうことだ……」

三人で、顔を見合わせた。

「よくわかりませんね。普通は、こんなことは有り得ないんですが……」

前田が首を傾げ、頭を掻いた。

まさか……。

片倉が、スマートフォンのスイッチを入れた。鑑識の得丸の番号を探し、掛けた。

「ああ、得さん。片倉だ。いま、四日市にいるんだが……。うん、そうだ。その件だよ。それで、ちょっと頼まれてほしいんだが、例の小切間清のDNAサンプルは取ってあったよな……。そうか、ありがたい。それを、早急に科捜研の方に回してくれないかな……」

片倉は部屋を出て、さらに話し続けた。少し、長い話になった。

いつになく、心が高揚していた。

5

片倉はビルの谷間から、狭い空を見上げた。

周囲には大きな病院があり、マンションが建ち、薬局や古い蕎麦屋が並んでいた。背後の下街道——国道一九号——には大型トラックが行き来し、その向かいには名古屋大曽根(おおぞね)郵便局の建物が見える。

手帳を開き、片倉はもう一度、住所を確認した。

——愛知県名古屋市北区大曽根二丁目×××——。

間違いない。やはり、このあたりだ。

「あのマンションが、そうかもしれないですね……」

横に立つ柳井が地図を確認しながら、目の前に建つ煉瓦色の五階建てのマンションを指さした。

「入ってみるか……」

片倉は道を渡り、柳井と二人でマンションのエントランスに入っていった。古いマンシヨンなのでセキュリティー機能はなく、管理人もいなかった。だが戸籍の原本によると、小切間清が妹の恵子とこの住所に移転してきたのが昭和三九年の三月だ。マンションはどう見ても、それより二〇年近くは後に建てられたものだろう。

エントランスには、一階から五階までの全二〇室分の郵便受けが設置されていた。その内の、一五室ほどに入居者がいるようだ。プレートに書かれた名前を確認してみたが、〝小切間〟という名字は見つからなかった。

今日の午後、片倉は、四日市市役所から名古屋市北区役所に連絡を入れて〝小切間清〟の戸籍の有無を調べてみた。すると戸籍の原本は、住民台帳と共に残っていることがわかった。つまり二〇一三年一月の現時点で、小切間清と妹の恵子はまだこの名古屋市北区大曽根二丁目の住所に書類上は住んでいることになっている。

マンションの住人らしき中年の女が、買物袋を提げて入口から入ってきた。郵便受けを調べている片倉と柳井を、訝しげに見ながら通りすぎていく。

「ここに、管理会社の連絡先が書いてありますね。電話してみましょう」

柳井が携帯を開き、郵便受けの横に書いてある不動産会社に電話を入れた。

マンションの管理会社の『黒川不動産』は、同じ北区の地下鉄名城線の黒川駅の近くにあった。古いビルの一階の間口の狭い店舗で、ガラスにはマンションやアパートの〝マイソク〟——物件の概要のチラシ——が店内が見えないほどに貼られていた。最近ありがちな大手のチェーン店ではなく、昔ながらの地元の不動産業者だった。

だが、永田久子という初老の女社長は、片倉の話を黙って聞いた後でこういった。

「それは、無理ね。あのマンションが建ったのは昭和六一年だし。あの物件は最初からうちが担当しているけど、〝小切間〟なんていう入居者は一人もいなかったね」

金にならないことには興味はないのか、警察がなぜ〝小切間〟という男を捜しているのかについては何も詮索しなかった。だが片倉は、さらに訊いた。

「マンションが建つ前には、あの土地に何があったんですか」

「古いアパートがあったんですよ。あのあたりは昭和二〇年一月の名古屋空襲で焼けたからね。戦後に建ったアパートだったと思いますけどね……」

「そのアパートのことは、何かわかりませんか」

女が、苦笑いをしながら溜息をついた。

「前は金村さんという方が持ってたらしいですけどね。相続で出た土地をうちの父親が買って、マンションを建てたんですわ。でも金村さんの奥さんも亡くなられてますし、うちの父親も七年前に死にましたから、そんな昭和三九年なんて昔のことは誰もわかりませんなあ……」

取り付く島もなかった。

不動産屋を出ると、もう黄昏も終わる時刻になっていた。

これで、日程の二日目も過ぎた。仕方なく名古屋駅の近くに安いビジネスホテルを見付け、車と荷物を置き、夜はまた柳井と二人で飲みに出た。

昨夜も飲んだし、また明日も飲むのだろう。柳井は最近の若い刑事には珍しく、酒の誘いを断らないので退屈しなくてすむ。だがこれでは本当に、仕事なのか遊びなのかがわからなくなる。

錦（にしき）で手頃な焼鳥屋を見つけ、暖簾を潜った。狭い店だが、この季節にはかえって温もりがあっていい。二人掛けの小さなテーブルに座り、名物のコーチンの焼物を齧（かじ）りながら生ビールに口を付けた。張っていた肩の力が、やっと少し抜けたような気がした。

「片倉さんは〝鳥〟が好きですね。弁当もいつも鳥めしだし……」

柳井が笑いながらいった。

「そうか。昨日は四日市で〝グローブ〟を食ったじゃないか。あれは〝豚〟だっただろう」

片倉も、照れたように笑った。

不思議なもので、本来ならば息子ほどの歳の柳井の顔も、見馴れてくるとあまり世代の差を感じなくなってくる。

柳井にいわれて、サラダと冷やしトマトを追加した。そういえば智子と別れてから、野菜をあまり食べていない。

「明日は、もう三日目か……。どうするかな……」

ビールを飲みながら、片倉が独り言のようにいった。

四日市市役所で、やっと小切間清の痕跡を発見した。だが、その痕跡も、僅か一日で名古屋市北区まで追った所で途絶えてしまった。奴の後ろ姿は、また数十年という時空の中に消え去ろうとしている。

「あとは、飛島村ですね……」柳井がいった。「村役場に行って、また戸籍の原本と除籍謄本を洗ってみますか」

四日市市役所に残っていた原本によると、小切間清は昭和八年に、妹の恵子は昭和二一年に愛知県海部郡の飛島村に出生している。二人の戸籍は残っていなくても、父親の小切間源太郎の除籍謄本が出てくる可能性はある。

片倉は、あまり気が進まなかった。捜査の基本は、ひとつずつ可能性を虱潰しにしていくことなのはわかっている。だが、いくら戸籍の原本や除籍謄本を見つけたとしても所詮は紙切れにすぎない。

それに、あの薄暗い部屋に閉じ籠って黴臭い紙を捲る作業のことを想うと、正直うんざりしていた。

「ところで片倉さん……」

柳井が、思い出したようにいった。

「何だ」

「さっき四日市市役所で、鑑識の得丸さんに電話していましたよね……。小切間の、DNAサンプルがどうとか……」

「ああ、いったよ。小切間のDNAを科捜研で解析させることにした。どうしてだ」

「いえ、なぜいま頃になって、小切間のDNAを調べるのかと思って……」

そういえば柳井に、まだ何も説明していなかった。

「紅子だよ。もしかしたら紅子が、小切間の妹の恵子かもしれないじゃないか」

「あ、そうか……」

柳井が感心したように頷いた。

紅子のDNAは、すでに解析が終わっている。さらに小切間のDNAを解析し、二人が兄妹であったことがわかれば、今回の捜査は大きく進展することになる。紅子の本名が〝小切間恵子〟であったことが判明すれば、少なくとも石神井公園の小切間清の部屋で発見された女性の白骨死体は、身元不明ではなくなる。

なぜ小切間は、あの遺体を捨てなかったのか。なぜ白骨化するまで、自分の手元に置いてあったのか。もし二人が兄妹であったならば、その謎も解けることになる。

片倉の、長年の刑事としての直感だった。二人が兄妹であれば、すべての辻褄が合うような気がした。

だが……。

小切間の部屋に残っていた、二人で撮った写真が気になっていた。どこかの漁港の堤防らしき場所で撮った、例の古い写真だ。

もうひとつの、刑事の勘が囁く。あの灯台の前で肩を抱いて立つ小切間清と紅子は、兄妹には見えなかった。男と女の関係だったはずだ……。

「ところで、明日はどうしますか」

柳井の声に、我に返った。

「そうだな。とりあえず、飛島村に行ってみるか……」

そうだ、飛島村だ。

なぜ小切間清の部屋の書棚に、伊勢湾台風に関する本が残っていたのか。あの本の舞台となっていたのが、飛島村だった。

「誰か、若い頃の小切間清や紅子のことを知っている人でも残っていればいいんですけどね……」

柳井がいった。

「まあ、捜すだけ捜してみよう」

片倉はそういって、店員がテーブルに置いていったばかりの冷やしトマトを口に放り込んだ。

6

翌日、片倉は柳井と共に海部郡飛島村に向かった。

名古屋市内から都心環状線に入り、これを南下。名古屋南ジャンクションから伊勢湾岸自動車道に入る。

おそらく、初めてこの道を通る者は、周囲の壮大な、ある意味では非現実的ともいえる風景に見とれることだろう。通称〝名港(めいこう)トリトン〟と呼ばれる三つの巨大な橋は、名古屋港の海水面から約四〇メートルの高さを走る天空の道だ。片側三車線の広大な路面からは、遥か眼下に港湾部の石油コンビナートや工業地帯、数万トンのタンカーや貨物船の船影を神の視点から見下ろすことができる。

三つ目の赤い橋梁（きょうりょう）――名港西大橋――に差し掛かると、飛島インターチェンジが見えてきた。庄内川（しょうないがわ）と日光川（にっこうがわ）が合流する河口を越え、出口へと分岐する。下界へ下りると、周囲の風景に急に現実感が戻ってきた。

「〝伊勢湾台風殉難之碑〟というのがありますね。ここから近いですが、寄っていきますか」

運転する柳井が、ナビを見ながらいった。

「そうだな。見ていこうか」

高速の出口から国道を北に向かい、途中で道を左に折れて貯木場の中に入っていく。さらに大きな材木工場の前を、右へ。工業地帯を外れると、周囲の風景が水田や水辺に囲まれた農村部に変わる。このあたりはすべて、海抜二メートル以下の低地だ。

水田と水辺の間の道を進むと、しばらくして新末広橋東という信号にぶつかる。近くに水門があり、その右手の緑地に、『伊勢湾台風殉難之碑』と書かれた小さな標識が出ていた。

緑地の入口に車を駐め、二人で歩いた。空はよく晴れていて、風は冷たい。誰もいない小さな植え込みの先に、つくねんと白い塔が佇んでいた。

誰が供えたのか、石塔の下には枯れた花束が立てられていた。カップに入った日本酒や、菓子も置かれている。風が吹くと、枯れた花束が揺れた。

片倉は塔の前に立ち、手を合わせた。目を閉じ、黙禱する。心の中で念じても、頭の中には何も言葉は思い浮かばなかった。

静かに目を開け、周囲を見渡す。塔の左横には煉瓦の壁があり、黒い御影石の石碑が埋め込まれていた。長年の風雪に耐えて荒れた表面に、碑文が刻まれていた。

〈伊勢湾台風殉難之碑

時　昭和三十四年九月二十六日の夜

史上最大といわれた伊勢湾台風が風速五十米の烈風と異例の高潮津浪を伴って当地方へ来襲し荒れすさぶ怒濤は瞬時に五米七十糎の海岸堤防を打越え決潰し流失せる家屋百三十二戸に及び家財は全滅し

あまつさえ飛島村住民百三十名の尊い人
命をも奪い去ってしまった
高波は家を越え濁流渦巻く暗闇に親を呼
び子の姿を求め吾子の名を叫び続ける様
こそあわれ当時の惨状を偲べば涙あるの
み悲惨の極みである
茲（ここ）に殉難者の御霊安かれと念じ湛水の中
で衣食に窮した九十日余に及ぶ大自然の
猛威を心の戒として後世に語り継ぎ全国
並に海外各地から寄せられた温い救護の
御好意を謝し伊勢湾台風殉難之碑を建設
し永く慰霊の誠を捧げる
　昭和三十八年三月建之
　　愛知県海部郡飛島村
〉

片倉は消えかけた文字を探り、行間を幾度となく行き来しながら、碑文を読み進んだ。

石に刻まれた僅か三〇〇字足らずの本文の中に、昭和三四年九月二六日の夜にこの地で何が起きたのかがすべて語り尽くされているような気がした。風速五〇メートルの烈風と高潮がこの海抜ゼロメートル下の村を襲い、全七二二戸の内の一三二戸の家を流失させ、一三〇人の村民の命を奪ったのだ。暗闇の濁流の中で親を呼ぶ子供と、子供の名を呼び続ける親の叫び声。そしてすべての村民の慟哭が、飄々と吹く北風の音の中から聞こえてきそうな気がした。

「このあたりの水害は、ひどかったんでしょうね……」

柳井が碑文を読みながら、ぽつりといった。

「そうだな……。海が近いはずなのに、周りは防潮堤だけで何も見えないからな……」

人間の五感とは不思議なもので、意識を集中すると、自分がいま海抜ゼロメートル下に立っていることを漠然とでも知覚することができる。同時に、恐ろしさにも似た重圧を感じる。逆に、自分の背丈以上の水位の濁流に周囲のすべての風景が呑み込まれる現実的な光景を想い描くことの方が難しかった。

碑文にもあるように、水没した飛島村の水位は台風から九〇日——約三カ月——も引かなかったと記録に残されている。その間、生き残った村人たちは、流失を免れた家の屋根裏などに身を寄せ、飢えと寒さに震えながら孤立し続けた。

台風の直後には貯木場から流れ出た材木や壊れた家の廃材、畳、箪笥や柳行李などの家財道具の間に、牛や豚、犬の死体、人の遺体などが累々と浮かんでいた。人の遺体は残った堤防の上などに引き上げられ、身元を確認した後に灯油を掛けて荼毘に付されたが、家畜の死体は放置されて腐るにまかされたという。その間、飛島村の村人たちは、悪臭の立ち込める不衛生な水に浸かりながら、水も食料も満足にない状態で年末まで耐え続けたのだ。

かつて飛島村は、見捨てられた土地であった。それは、伊勢湾台風に限ったことではなかった。二一世紀になっても残る〝村〟という一文字に、飛島村の負の歴史が集約されているといってもいい。

一九四四年一二月七日に起きた昭和東南海地震の折には、飛島村は死者二名、六四五世帯の内の計二八〇戸が全半壊するという壊滅的な被害を受けた。だが戦時中であることを理由に、政府は敵国に情報が洩れることを恐れてこれを黙殺。飛島村は見捨てられた。

一九四五年に入り米軍による名古屋空襲が激化すると、飛島村にさらなる過酷な運命が待っていた。軍部は名古屋の市街地や港湾部の工業地帯を守るために、飛島村を利用することを発案。農村部に電線を張り巡らせて田畑に数万個の電球を点灯させ、飛来するB－29の囮に使ったのだ。その空襲で、何人もの村人が死んだ。

昭和三〇年の市町村大合併の折には、飛島村と周辺の二町村だけが県によって市への合併を拒否された。四年後の伊勢湾台風の折には、いつまでも水の引かない飛島村だけが、救援も復興も最後の最後まで後回しにされた。その後は臨海工業地帯の開発や港湾部の再整備を理由に、半農半漁で生きてきた村人たちは一方的に漁業権を放棄させられた。

もし、小切間清と恵子がこの村で生まれ育ったのだとすれば……。

まだ若く、幼かった兄妹は、どのような目をしてこの村の風景を見つめていたのだろう。

片倉は、あたりを歩いた。慰霊塔の、背後に回る。そこにも何か文字が刻まれていた。

「これは、何だろう……」

「犠牲者の、名前ですね……」

飛島村の、伊勢湾台風の殉難者一三〇名全員の名前が刻まれていた。

「探してみよう」

「はい」

二人で、名前を探した。それほど、時間はかからなかった。段の中央よりも少し上に、見覚えのある名前を見つけた。

〈――小切間源太郎――〉

〈小切間サチエ――〉

「あったな……」

「ありましたね……」

片倉は柳井と顔を見合わせ、頷いた。

小切間清と恵子、二人の両親の名前だ。父親も、母親も、あの伊勢湾台風の時に亡くなっていたのだ。

片倉はさらに、慰霊塔に刻まれた殉難者の名簿を目で追った。だが、〝小切間〟という姓の名前は他に見つからなかった。

「どうしますか」

柳井が訊いた。

「村役場に行ってみるか……」

「何かわかるかもしれませんね……」

耳を澄ますと、北風が笛のように鳴った。

7

小切間源太郎の除籍謄本は、意外と簡単に見つかった。
だが、記述には、奇妙な点がいくつもあった。

〈――除籍謄本

本籍　愛知県海部郡飛島村竹之郷弐番地
籍名　小切間源太郎
昭和参拾四年拾弐月弐拾壱日再編成
明治参拾九年五月拾六日出生
昭和参拾四年九月弐拾七日死亡
妻　サチヱ
明治四拾弐年九月九日愛知県海部郡飛島村竹之郷で出生
昭和参拾四年九月弐拾七日死亡
長女　恵子

昭和弐拾壱年七月七日愛知県海部郡飛島村竹之郷で出生父届出
昭和参拾四年拾弐月弐拾壱日転出
昭和参拾四年拾弐月弐拾壱日戸籍閉鎖――〉

住民課の担当者、小森博（こもりひろし）は、除籍謄本を見て首を傾げた。

まだ、三十代の半ばだろうか。何かを口の中で呟きながら、ひとつひとつ指先で文字を追うようにして読み返している。

「これ、変ですよね。なぜ戸籍の編成日が、小切間源太郎の死亡日の三カ月も後になっているのか……」

柳井が、謄本のその部分を指で示しながらいった。

「ああ、それはわかるんです」小森が答える。「あの台風の当時、この村役場は木造の二階建てだったんです。一階はすべて、水に浸かりましたからね……」

当時の飛島村は、伊勢湾台風の規模にしては被害が最小限度に喰い止められたことが記録に残されている。その理由のひとつは村が海抜ゼロメートル以下の古くからの開拓地であり、度重なる水害に馴れていたということが挙げられる。江戸時代には尾張（おわり）藩の防波堤としての役を担い、明治三二年には村が独自の水害予防組合まで組織していた。貧しくてもほとんどの家が屋根裏部屋などを持ち、水害時にも長期間生活できるような工夫が為されていた。

だが、伊勢湾台風だけはあまりにも規模が大きすぎた。村役場では別に対策本部を設け、非常事態に備えていた。それでも実際の水害は、その予想を遥かに超えた。

荒れ狂う暴風雨の直撃を受けた飛島村は、二六日の午後八時頃から次々と防潮堤や川の堤防の決壊がはじまった。村役場は午後九時少し前に、浸水。その直後に、轟音と共に濁流が直撃。見る間に水位が上昇し、一階部分が水没した。

小森が続ける。

「当日はほとんどの者が対策本部や警備に出払っていて、役場には村長と他に二人ほどしか残っていなかったと聞いています。戸籍の原本は一階にあって、二階に移そうとしたんですが、間に合わなかった。すべては運び切れなかったそうです……」

「その時に、一部が流失した……」

片倉がいった。

「ええ……。もし流失した戸籍を、水が引いた一二月に入ってから再編成したのだとすれば、この時系列の矛盾は説明できると思うんです……」

つまり、こういうことだ。

小切間源太郎と妻サチエの死亡は台風の翌日の九月二七日には確認されていた。だがその時点では戸籍の原本が流失していたために、記載できなかった。そこで水が引いた一二月になってから戸籍を再編成し、二人の死亡が記載された。同日に、戸籍が閉鎖された。

「それなら、これはなぜなんでしょう」柳井が、除籍謄本の一カ所を指さした。「なぜ小切間源太郎の出生の欄に、出生地の記載がないんですか。妻のサチエは、飛島村の竹之郷になっていますよね。それなのに、源太郎は……」

柳井に指摘され、小森がまた首を傾げる。

「これは、こういうことじゃないかと思うんです……。おそらくこの小切間源太郎という人は、余所の土地から移ってきたんじゃないですかね。この村には他に小切間なんていう家はないですし、それで戸籍が流失して、出生地がわからないまま処理されたんじゃないですかね……」

小切間源太郎は、余所者だった。いつの頃かこの飛島村に流れてきて、地元の女と結婚した。そしてこの土地に、住み着いた。

だが、出生地は、誰も知らなかった。戸籍の原本が流失してしまえば、確かめようがない。当時の混乱した状況ならば、有り得ないことではない。

「ここも、おかしいな……」片倉がいった。

「戸籍が再編された日に長女の恵子が〝転出〟となっているのに、転出先が書いてないですね……」

小森が、そこを読む。

「ああ、確かに変ですね……。昭和二一年七月生まれということは、この時点で一三歳ですよね……。未成年ということは、どこか親類か何かの家に引き取られてるはずなんですがね……」

やはり、当時は混乱していたということなのだろうか。その後、小切間恵子は、昭和三九年三月の時点で兄の小切間清の戸籍に編入している。この時、一七歳。つまり恵子の人生には一三歳から一七歳にかけて、戸籍上の四年間の空白が存在することになる。

「どこかに、養子に行ったということですか……」

「そうかもしれませんね。もしくは、他の土地に転籍しただけなのか。両親が亡くなってしまえばその時点でこの恵子という人が事実上の筆頭者になるので、未成年でも後見人がいれば他の土地に転籍できるはずですね……」

恵子は四年間、どこに住んでいたのか。

「小切間恵子は、昭和二一年生まれですよね」

柳井が、何かを思いついたようにいった。

「そうだ。それがどうかしたのか」

「いえ、別に。でも、生きているとすれば六六歳です。彼女の昔の同級生たちは、まだこの村にたくさん住んでいるんじゃないかと思って……」

確かに、そうだ。小切間恵子のことを知っている者は、意外と多いかもしれない。

「昭和三四年当時、この村に中学校はいくつあったんですか」

片倉が小森に訊いた。

「たぶん、一校だったはずです。そういえばうちの父親も、昭和二一年生まれだったはずだな……。ちょっと電話して、訊いてみますか……」

小森が携帯を広げ、電話をかける。しばらく待つと、相手が出たらしい。親しげな口調で話しはじめた。

「ああ、親父(おやじ)。おれだがね……。うん、いま役場やが……。それで、ちょっと訊きたいことがあるんやがな……。親父の中学校の同級生に、小切間恵子っていう子がいなかったがね……。いや、違う……。〝コギリマ〟やが……。そう。ああ、そうかね……。ちょっと待ってな」

小森が電話口を押えて視線を上げ、小さく頷いた。

「うちの親父が、小切間恵子という子を覚えているそうです……」

片倉は、柳井と顔を見合わせた。

柳井が親指を立て、笑いを浮かべた。

8

小切間清と恵子が生まれた家は、飛島村役場のすぐ近くにあった。

名四国道を挟み、村役場の反対側あたりで、飛島新田の〝竹之郷ハニノ割〟と呼ばれる区画の一角だった。

周囲には、何軒かの農家が寄り添うように建っている。村役場にあった古い地番地図には確かに〝小切間〟という家が書き記されていたが、いまはそれが集落のどこなのか、正確にはわからなかった。

集落の目の前には、下川という大きな用水路が流れている。もし伊勢湾台風の夜に、この下川を伝って海水が濁流となって押し寄せてきたとしたら……。

この集落の家々は、ひとたまりもなかっただろう。

「もうすぐ、時間ですね」

柳井がいった。片倉が、時計を見る。あと一〇分ほどで、昼になる。

「そうだな。そろそろ行くか」

片倉は北風にコートの前を合わせ、国道の先に見える公民館に向かって歩きはじめた。

小森の父親の小森五十実(いそみ)は、小切間恵子のことをよく覚えていた。長いこと忘れていた名前だったが、息子から聞いた瞬間にいろいろな記憶が蘇(よみがえ)ったという。

昭和三四年当時、村に唯一の飛島中学校の一学年は約五〇名。女子生徒は、ほぼ半数。それがこの小さな村の、同世代の子供のすべてでもあった。

その中で、小切間恵子は、他の学年や村の高校生にも顔を知られるほど目立つ子供だった。中学の一年生にしては大人びていて、誰もが認める美少女だった。村じゅうの同世代の男の子の、憧れでもあった。

だが、小森五十実の記憶は、それだけだった。あの台風で両親を亡くし、親類の家にもらわれていったと聞いたが、以後のことは何も知らないという。なぜだか理由はわからないが、小森五十実はそれ以上はあまり話したくない事情があるようだった。

「恵子は、どこに〝もらわれて〟いったんでしょうね……」

柳井が、歩きながらいった。

「どこだろうな……。遠くだというんだから、おそらく父親方の親戚か何かだとは思うんだが……」

だが、不思議だ。恵子の母親のサチエは、地元の人間だった。この飛島村に、母方の親族はいくらでもいたはずだ。それなのに、なぜ、遠い父方の親戚に引き取られていかなければならなかったのか。

片倉は、この海抜ゼロメートル下の荒涼とした風景の中に佇む、一人の少女を想う。

両親の遺体に縋(すが)り付きながら、泣き叫ぶ少女の声を想う。

土手の上で荼毘に付される両親の前に立ち、青空に立ち昇る煙を見つめる目に滲む涙を想う。

身の回りの物だけを包んだ風呂敷を首に巻き、迎えにきた親類の車に乗り込み、この村を去る少女の姿を想う。

もう、半世紀以上も前の話だ。だが、この風景の中に、そんな時間と光景が確かに存在したのだ。

公民館に着くと、一人の初老の婦人が待っていた。

名前は、間瀬芳子(ませよしこ)。恵子と同じ昭和二一年生まれの六六歳。昭和三四年の伊勢湾台風当時、芳子は恵子と同じ中学一年生の同級生であり、親友でもあった。

芳子は片倉と柳井の姿を見ると椅子を立ち、深く頭を下げた。

公民館の大きな部屋の中央には、折り畳み式のテーブルがひとつ広げられていた。そこに、パイプ椅子が四つ。周囲の壁には、村の小学生が描いた絵や習字が貼られている。その中に、ふと、小切間恵子の作品を見たような錯覚があった。

「こちら、間瀬芳子さんです。それで、こちらが東京からいらした刑事さんで……」

間に入った小森が、紹介する。住民票を調べ、何人もの村人に電話をして訊ね、短時間のうちに間瀬芳子を捜し出してくれたのは小森だった。

「すみません。よろしくお願いします……」

片倉も、頭を下げる。柳井が挨拶し、近くのコンビニで買ってきた日本茶やコーヒー、菓子などをテーブルの上に並べた。

芳子はしばらく、飲み物や菓子を見つめたまま黙っていた。何を話したらいいのかわからないというような、そんな表情だった。

「何でも、訊いてください。間瀬さんはこの村で生まれてほとんどここに住んでる方で、小切間恵子のこともよく知っていますから……」

小森が、気遣うようにいった。

片倉が柳井に、目くばせを送る。柳井が頷き、テーブルの上に二枚、紅子の写真を置いた。小切間清と思われる男と一緒に写っていた写真からトリミングしたものと、科警研で復顔したものだ。

芳子は二枚の写真を目の前に置き、静かに見つめた。がらんとした公民館の部屋の中だけが、時間が止まっているかのようだった。やがてトリミングした古い写真を手に取ると、懐かしそうに頷いた。

「そうです……。これは恵子ちゃんに、間違いにゃあで……。恵子ちゃんは、死んだんやね……」

やはり、そうだったのだ。紅子は、小切間恵子だった……。

「まだ、わかりません。我々は、小切間恵子さんがいまどうしているのか、それを調べているんです」

片倉がいった。芳子は頷き、だが困ったような表情で溜息をついた。そして助けを求めるように小森を見た。

「間瀬さん、だいじょうぶだから。もう、昔のことだで」

小森に促され、やっと決心がついたようだった。

「私が知ってることは、恵子ちゃんの子供の頃のことだけだで……。そんでもよければ……」

ひとつずつ思い出を拾い集めるように、芳子が話しはじめた。

芳子と恵子が生まれた昭和二一年は、終戦翌年のベビーブームだった。

まだ、戦争の傷跡が癒えない殺伐とした時代だった。東京や名古屋などの都会は空襲による焼け野原で、人々はバラックのような小屋や地下道などで、雨露を凌ぐ生活に耐えていた。

東京では米軍の不発弾が爆発し、近くで遊んでいた小学生五人が死亡。家はあっても食物すら手に入らずに、各地で闇米の摘発や食料強奪が相次いだ。

まだ十代前半の少女たちが、家族を支えるために売春婦として街角に立った。あまりの飢餓に、母親が一五歳の自分の娘を殺し、その肉を食うという事件が起きた。そんな時代だった。

芳子の最初の記憶は、まだ小学校に入る前の昭和二五年か二六年頃からだ。旧姓は、浅井といった。父親は南方に出征して前年に帰還した傷痍軍人で、五歳上に姉が一人いた。

不思議なことに芳子は、子供の頃からあまり貧しさというものを感じたことはなかったという。家が農家だったために、都会の人間のように米や野菜に不自由したという記憶がない。まだ幼く、飛島村以外の土地や人を知らなかったこともその一因だったかもしれない。

小切間恵子は、芳子がまだ物心が付くか付かないかの頃から記憶の中に登場してくる。彼女の家も、同じ新田のハニノ割の集落に家を持つ農家だった。田んぼの畦の上に敷かれた茣蓙の上で一緒に大人たちの田植を眺めていたり、どちらかの親に連れられて紙芝居を見たりした断片的な風景がいまも頭の中に残っている。

　恵子の父も出征組で、同じ部隊にいたことから、父親同士も仲が良かった。芳子と恵子は生まれも三カ月しか違わなかったので、姉妹のように育てられた覚えもある。遊ぶのも、食事をするのも、風呂に入る時も一緒だった。

　だが、二人の間には、決定的な違いがあった。芳子がごく普通の村の子供だったのに対し、恵子は誰もが認める美少女だったことだ。二人で遊んでいても、周囲の者は大人も子供も恵子の方をちやほやした。そして二人の差は、小学校に入学して学年が上がるにつれ、さらに大きくなっていった。

　こんなことがあった。小学校四年生の時に初めてクラスの級長を決めたのだが、担任の男の先生は無条件で小切間恵子を選んでしまった。恵子は特に勉強ができたわけではなく、成績も中程度だったのだが、同級の全員がこの結果に納得していた。

　こんなこともあった。六年生の時の学芸会で、芳子と恵子の組は演劇をやることになった。演目は、グリム童話の『白雪姫』だった。すでにこの時点で誰が主役を演じるかは、周囲も暗黙の了解だった。思ったとおり、誰からともなく声が上がり、いつの間にか恵子が白雪姫の役に決まっていた。芳子は、七人の小人の一人だった。

恵子は演劇だけでなく、どこにいても同世代の子供の中の主役だった。恵子は小柄だったが、女としての成熟も早く、六年生の時にはもう胸も膨らみはじめていた。おそらく同級の男の子たちは、みんな恵子に憧れていたと思うという。芳子もそんな恵子に時に嫉妬を感じながらも、自分が一番仲の良い友達であることが自慢だったし、いつも目映い目で見守っていた。

「小切間恵子は、そんなに綺麗な女の子だったんですか……」

片倉が、いった。小さな声で話しているはずなのに、公民館の広い部屋の中に奇妙に響いたような気がした。

「綺麗もなんも……。まるでいまのテレビに出てくるタレントさんみたいな子やったでね……。名古屋や東京に行きゃあ、見るかもしんにゃあけどね……」

「なぜ、そんなに綺麗だったんでしょうね」

「そりゃあ、お母さんのサチエさんが綺麗やったきにね。でも、あの台風でお父さんもお母さんも亡くなったで、可哀そうだったがね……」

父の源太郎は、水没した家の中から恵子を助けようとして亡くなったらしい。台風の翌日の二七日、母のサチエと共に水没した家の中で遺体が発見されたという。兄の清はその何年か前に村を出ていた。

「それから、恵子はどうしたんですか」

片倉が訊いた。

「ずっと、家にいたんです。この村には避難所なんてありゃしませんでしたがね……。大人が親戚の家に来いっていっても、また家に戻ってきてね……。部屋は水に浸かってたんで、一人で屋根裏に上がって寝起きしてたがね……」

片倉は、その光景を想像する。両親が死んだ家の屋根裏で、一三歳の少女がたった一人で生活するのはどんなだっただろう。おそらく食料も、水も、夜は明かりさえなかったに違いない。

だが、当時の記録を調べてみても、この飛島村は国から見捨てられたように窮乏していたのだ。食料や水がないのは、恵子だけではなかった。みんなごく僅かな救援物資を奪い合い、泥水を飲み、大人でも餓死する者もいたほどだった。たとえ一三歳の少女一人でも、誰も助ける余裕がなかったというのが本音だったのかもしれない。

「恵子は、その後、父親の親戚の家に引き取られていったんでしたね」

「はい……。確か、そうだったと思いますがね……」

「その親戚の家というのはどこだったのか、知りませんか」

だが、芳子は視線を落としたまま首を横に振った。

「聞いてませんでね……。最後の方は、恵子ちゃんとはあまり会いませんでしたがね……」

先程の、小森の父親と同じだった。なぜか、それ以上は話しにくいという様子だった。やはり、何かある。

「小切間恵子は、ここに母方の親戚はいくらでもいたはずですね。それなのになぜ、この飛島村を離れて遠い父親の親戚に引き取られていったのですか」

芳子が溜息をつき、助けを求めるような表情で小森を見た。

「間瀬さん、私も親父から聞いたけど、もう話しちゃいなさいよ。この方たちは、警察の人だから。話しても、だいじょうぶだがね……」

小森にいわれ、芳子が小さく頷く。そしてまた、胸が苦しいように息を吐く。だが芳子は、それでもしばらくの間、何かを考えるように黙っていた。

がらんとした広い部屋が、静寂に包まれる。壁の小学生が描いた絵の中で、クレヨンの大きな目が見つめていた。やがて、意を決したように、芳子が徐(おもむろ)に口を開いた。

「恵子ちゃんは……襲われたんです……。家に一人でいる所を見つかって、沢山の男の人たちに……。それで、この村におれんようになったがね……」

両親を亡くした少女が、何人もの男たちに襲われた。そんな光景は、想像したくもなかった。

片倉は、静かに心を閉じた。

9

心の中に、飄々と風が吹く。

半世紀以上も前の、荒涼とした大地を吹き抜ける風だった。

だが、いくら心を閉ざそうと思っても、風の啼く音は消えてくれなかった。その風の音の中に、まだ一三歳だった恵子の悲鳴が交錯した。

「恵子ちゃんは、本当に可哀相でしたがね……。でも、友達も親戚も、誰も助けてあげられんかったでね……。死んだ豚やか、人やか、ぶくぶくに膨れた死体がそこらじゅうに浮いてるがや……。少しばかり救援物資が入ってきても、大人たちで奪い合いやで……。子供が一人でどうなったって、誰も見て見ぬ振りするしかないで……。みんな、狂っておったんやが……。あん時は地獄やったがね……」

間瀬芳子の話し声が、風の音のように片倉の胸に吹き込んでくる。

「誰が……誰が小切間恵子を襲ったんですか……」

だが、芳子は俯いたまま首を横に振った。

「わかんねえ……。恵子ちゃんは警察の人に、やったのはこの村の者じゃねえっていったそうだがね……。あの時は、いろんな人が村に入ってきよったでね……」

記録にも、残っている。

伊勢湾台風直後の飛島村や名古屋市南部の被災地には、普段は見かけたこともないような余所者の姿が多かった。彼らは救援活動の手助けをするような顔をして村に入り込み、村人を安心させて情報を聞きだした。そして水没した家屋や一家が被害に遭った家などに入り込み、残った現金や貴金属、預金通帳や印鑑などを盗みだした。

余所者だけでなく、村の中にも同じようなことをやる者もいた。流れてきたものを拾うくらいのことは、みんなやっていた。中には死体から、財布を抜き取るような奴もいた。

水没した村の中に、得体の知れない者たちが徘徊していた。日中はどこかの家の中に潜み、夜になると蠢きだす。あの混乱の中で、そんな奴らが村の少女を襲ったとしても、誰がやったのかなどわかるわけがなかった。

芳子は、話し続ける。

「地獄だったですよ……。私なんか、親といっしょに家の二階におったけど、恐くて外には出られんでね……。でも恵子ちゃんは食べる物を探して毎日、水の中を歩いとったがね……。うちにも、何度か来よってね……。そんで、あれは一〇月の半ばだったか……。一人で泣きながら、うちに歩いてきよったがね……。水の中に、足から血が流れてたで……。それでうちのお父が、警察の人に預けよったがね……」

片倉は、黙って芳子の話を聞いていた。

やがて芳子の声は、消え入るように聞こえなくなった。だが、心の中に吹く風の音は、いつまでも啼き続けていた。

「他に、何か……」

村役場の小森の声に、我に返った。

片倉は手帳を捲りながら、いった。

「あと、ひとつだけ」

「何ですな」

「小切間恵子を最後に見たのは、いつだったか覚えてますか」

芳子は首を傾げ、しばらく考えていた。

「確か……水が引いてからだと思ったで……。もう寒くなってて、一二月に入ってからでねえかな……。親戚の伯父さんか何かと、オート三輪で家に荷物を取りに戻ってね……。雨が降ってたんでなかったかな……。恵子ちゃんは傘をさして、遠くのおらをじっと見よ

って ね……。車に乗る時に振り向いて、ちょっと笑ったように見えたがね……」

その時、片倉の心に唐突にひとつの風景が蘇った。あの柳ケ瀬の、雨の夜の風景だった。

ムーランルージュというナイトクラブから出てきた、ブルーのドレスを着た女だ。男と傘をさして歩き去っていく時に、一瞬、女が振り返った。片倉を見つめ、口元がかすかに笑ったように見えた。

その時の光景が、雨の降る日にこの飛島村を去っていく一人の少女の姿と重なった。

「それが、最後だったんですか」

片倉が訊いた。

芳子が、考える。そしてしばらくして、顔を上げた。

「いえ……一度だけ……。恵子ちゃんが、その後に一度だけこの村に戻ってきよったことがあったがね……」

「それは、いつ頃のことですか」

芳子がまた少し、考える。

「おらがいまの間瀬の家に嫁に入る前やったで、台風から……五年くらいしてからやと思うんやが……」

台風の五年後といえば、昭和三九年だ。小切間恵子が兄の清と共に、名古屋市北区大曽根に転出した頃と重なる。

「それは、確かですか。昭和何年だか、はっきりしませんか」

だが、芳子は首を傾げ、指を折って数える。

「さあ、どうやったかね……」

芳子の記憶は、曖昧だった。

小切間恵子が久し振りに飛島村に帰ってきたのは、もう台風の爪跡も消えた頃の春のことだった。芳子はすでに何年か前に中学を卒業し、家業の農家の手伝いをしながら、見合いをして間瀬の家に嫁に行くことも決まっていた。ちょうど田起こしの始まる頃で、農作業を終えて家に帰ると、その先の小切間の家の廃屋の前に人が二人立っているのが見えた。

妙に、胸騒ぎがした。立っているのは男と女で、女の方が小切間恵子であることはすぐにわかった。芳子が名を呼ぶと、恵子が振り返り、お互いに駆け寄って再会を喜び合ったことを覚えているという。

恵子は、大人になっていた。髪を伸ばして化粧をし、綺麗な服を着て、赤いハイヒールを履いていた。近くには車が駐まっていて、男の人が一緒だった。何だか恵子ちゃんが、別の世界に住む人になってしまったように感じた。

立ったまま、その場で話をした。自分の住んでいた村や家がどうなったのか、見に寄ったのだといっていた。いまは名古屋に住んでいて、自分は女優になるのだと、そんなことも聞いたような気がした。

「いまは名古屋に住んでいると、そういってたんですね」

「ああ、そういっておったで……」

芳子が、小さく頷く。

「一緒にいた男の人というのは、誰でしたか。小切間恵子の兄の、清ではなかったですか」

だが、芳子は首を横に振る。

「違うと思うがね……」

片倉は柳井にもう一枚の写真を出させ、芳子に見せた。

「この男の人じゃありませんか」

芳子が小切間清と恵子が二人で写った写真を見て、首を傾げる。

「女の人は、恵子ちゃんだがね……。でも、男の人はわかんねえ。知らねえ男の人は恐かったんで、あまり顔はよう見なかったでね……」

芳子が覚えているのは、それだけだった。恵子はまた来るといって、男の車で去っていった。だが、それきりになった。

「他に、何か覚えていませんか。恵子が名古屋の前に、どこに住んでいたとか。その時に、どんな仕事をしていたとか。どんなに細かいことでもいいんですが……」

柳井が訊いた。

「ないねえ……。たった一〇分ばかり、立ち話をしただけだがね……。でも、昭和三九年やったかもしれんね。私が結婚するちょっと前やが……」

その時、芳子が何かを思い出したように大きく頷いた。

「何か、思い出しましたか」

「そういえば……おらが秋の収穫が終わったら、嫁に行くっていったんだわ。そうしたら恵子ちゃんが、子供を産む時にってお守りをくれたがね……」

「何のお守りですか。どこかの神社の……」

「わかんねえ……。綺麗だけど、変なお守りだったがね……。それからずっと持ってて、いまもここにあるけどな……」

片倉と柳井が、顔を見合わせた。

芳子がバッグを取り、大きな財布を出した。チャックを開けると、中から色褪せた朱色の金襴（きんらん）布地の小さなお守りが出てきた。曲がった梨のような形をした、奇妙なお守りだった。

「これだがね……」

片倉が受け取る。布地には〝外宮〟という文字と、菱形の家紋のようなものが縫い込まれていた。

片倉は、ひと目でそれが何だかわかった。家紋のようなものは、花菱と呼ばれる神紋だった。〝外宮〟の意味も、考えるまでもない。

それは伊勢神宮の外宮で売られている、勾玉のお守りだった。

10

この旅に出て初めて、片倉が運転席に座った。

遅い昼食はたまたま見掛けたラーメン屋で慌ただしくすませ、伊勢へと向かう。柳井は助手席で、スマートフォンを使って情報を集めていた。

「何か、引っ掛かってきたか」

片倉が、ステアリングを握りながら訊いた。

「〝小切間〟という名前は、いろいろありますね……。伊勢の周辺だと建設会社に、美容室……。医院……。バス停なんかもありますね……。他に、ツイッターやフェイスブックで検索すると、個人でも何人か……」

柳井が、スマートフォンの内容をメモしながら答える。

「住所は、どのあたりだ」

「そうですね……。個人はわかりませんが、会社などは〝南伊勢〟になっているものが多いようです。ちょうど志摩(しま)半島を挟んで伊勢湾の反対側の、五ヶ所(ごかしょ)湾に面したあたりですね……」

〝五ヶ所湾〟と聞いても、三重県の志摩半島の周辺にはまったく土地鑑がなかった。

「伊勢神宮からは、距離はどのくらい離れている」

片倉が訊いた。

柳井が、地図を広げてルートを調べる。

「直線距離だと、一五キロほどですね。途中、山越えの道で半島を横断するので、車だと小一時間は掛かるかもしれませんが……」

今日はもう、〝出張〟に出て三日目だ。残りは、あと二日。時間がない。

「ついでに、伊勢神宮のあたりに今夜の宿を探してくれないか。ビジネスホテルでも旅館でも、安ければ何でもいい」

「了解しました。温泉付きで検索してみます」

柳井が、当然のようにいった。

まあ、いいだろう。表向きは私用の旅行なのだから、そのくらいの息抜きは必要かもしれない。

それにしても、やはり〝伊勢〟か……。

以前、『岐阜新聞』の山科が、〝小切間〟というのは三重県の伊勢神宮のあたりに多い名字だといっていたことを思い出す。あの時から、〝伊勢〟というキーワードが頭から離れなかった。その勘に導かれるように、伊勢に向かっていることが不思議だった。

車は伊勢湾岸道を西に向かい、木曽川の手前で三重県に入る。左手に巨大なアウトレットパークを見て揖斐川も渡り、桑名市を通過する。このあたりもすべて、伊勢湾台風の被災地として知られている所だ。

小切間恵子が、伊勢神宮の外宮のお守りを持っていた――。

この小さな事実から、さらにいくつかの事実関係が推察できる。

幼馴染の間瀬芳子に贈ったということは、あのお守りは小切間恵子が自分で買ったものだったのだろう。誰かにもらったお守りを、他人にやったりはしない。つまり伊勢湾台風があった昭和三四年から三九年頃までの五年間に、小切間恵子は伊勢神宮に参拝していることを意味している。

だが、その時点では、小切間恵子はまだ未成年だった。だとすれば父の小切間源太郎の故郷は、伊勢神宮の周辺だったのではないか。小切間恵子もその親戚にもらわれ、伊勢神宮の近くに住んでいたのではないか――。

間もなく伊勢湾岸自動車道は、四日市ジャンクションで東名阪自動車道に合流。今回の〝出張〟の基点となった、四日市市を通過する。あれから、まだ二日しか経っていない。だが、四日市の風景はすでに遠い過去の出来事のような気がした。

「面白いデータがありますね……」

先程からスマートフォンやタブレットで何かを調べ続けていた柳井が、唐突にいった。

「何のデータだ」

片倉が訊く。

「〝小切間〟という名字です。ちょっと調べるのに手間取ったんですが、件数でいうと全国の名字の中で二万三二五〇番目ですから、かなり少ないんですね。これが三重県になると全国平均の一〇倍ほどの割合で集中しているんですが、それでも県内で二五四二位の少数派なんです……」

「それで」

「面白いのは、その件数なんです。三重県全体でも、〝小切間〟姓は一六件しか存在しないんですよ……」

確かに、面白い。

「一六件なら、すべて当たれるな」

「そうです。伊勢から南伊勢に大半が集中しているとすれば、意外に簡単かもしれませんね……」

〝小切間〟姓の一六件の中に、小切間清と恵子の兄妹のことを知る者が必ずいるはずだ。もしかしたら、小切間恵子が十代の後半を過ごした家がまだ残っているかもしれない。この捜査に関わって初めて、〝追い詰めた〟という実感があった。

四日市インターを過ぎたあたりから、周囲の風景が一変した。東名阪自動車道は内陸の山間を走り、新名神高速道路への分岐点を過ぎて伊勢自動車道に入る。その後は亀山市、津市とひたすらに紀伊半島を南下していく。

途中、嬉野のパーキングエリアで運転をまた柳井に替わった。

「今夜は、牛肉ですか」

牛肉で有名な松阪市を通った時に、柳井がいった。

「魚にしようや……」

片倉がシートの背もたれを少し倒し、体を伸ばした。

長く、退屈な道程だった。実際に車で走ってみると、名古屋南部の港湾地帯から伊勢神宮までは、まるで地の果てのように遠く感じられる。

昭和三四年当時は、もちろんこの高速道路もなかった。海沿いの国道は台風で流され、満足な道路さえなかっただろう。おそらく荒れた山道で延々と町や村、峠を越えながら、小切間恵子を乗せたオート三輪はほぼ丸二日を掛けて伊勢へと向かったに違いない。

まだ一三歳だった彼女も、オート三輪に揺られながらこの風景を見たのだろうか。身も心もぼろぼろになった少女の目に、落葉した寒々しい冬の山の風景はどのように映ったのだろうか。

道路は勢和多気ジャンクションで紀勢自動車道と分岐し、東の志摩半島へと入っていく。時間に追われるように伊勢の町に辿り着く頃には、もう午後の四時を回っていた。

「どうしますか。市役所に行くには、ちょっと遅いかもしれませんね」

柳井が、市内を運転しながらいった。

伊勢は、初めてだった。古い町並の風景そのものが、伊勢神宮とその参拝者のために存在するような町だった。

「いや、役所はいい。それより、参拝する時間はまだあるだろう。伊勢神宮に行ってみよう……」

一月から四月までの伊勢神宮の参拝時間は、午前五時から午後六時までだ。広大な伊勢神宮のすべてを回るにはとても無理だが、少しでも時間を無駄にしたくなかった。とにかく、いまは、半世紀以上も前に小切間恵子が立ち寄ったと思える場所を、少しでも多く見ておくことだ。

伊勢神宮の参拝の順路に倣(なら)い、町の中心部に近い外宮から回ることにした。

駐車場に車を置き、両側に巨木が並ぶ広大な参道を歩く。天を突くような巨大な鳥居を潜ると、凜とした大気があたりを包み込んだ。忍び寄る黄昏の光の中に、一瞬、小切間恵子の幻を見たような錯覚があった。

「凄い所ですね……」

柳井が歩きながら、周囲の巨木を見上げた。

「そうだな……。実はおれも、伊勢神宮に来るのは初めてなんだ……」

片倉が、大気を胸に吸い込む。

それは片倉がいままで持っていた〝神社〟という概念を遥かに超越した、あまりにも荘厳な空間だった。

伊勢神宮の正式な呼称は、ただ〝神宮〟という。日本の神社本庁の本宗(ほんそう)である。

歴史は古い。

平安初期の『止由気宮儀式帳』によると、第二一代雄略天皇の時代に伊勢山田原に遷座したことが起源として伝えられている。『古事記』にはすでに、崇神天皇記と垂仁天皇記の一節に「伊勢大神の宮を祀る――」という記述がある。さらに『日本書紀』の中の垂仁天皇二五年三月の条にも、「倭姫命、菟田の筱幡に詣る。更に還りて近江国に入りて東の美濃を廻りて、伊勢国に到る――」という一文も記されている。

神宮には皇室の氏神である天照坐皇大御神を祀る内宮（皇大神宮）と、衣食住の神である豊受大御神を祀る外宮（豊受大神宮）の二つの正宮がある。古代は天皇以外の奉幣が禁じられたが、中世になると日本全土の鎮守として武士階級にも参詣が浸透。さらに近世になり、庶民にも開放された。

古くから神宮を詣でる者は親しみを込めて〝お伊勢さん〟、もしくは〝大神宮様〟などと呼んだ。ここに参詣することを〝お伊勢参り〟といい、庶民は一生に一度の行事として有難がった。さらに江戸時代に六〇年周期で三回起こったとされる数百万人規模の集団参拝を特に〝お陰参り〟と呼び、普段は旅をすることを禁じられていた農民も自由に街道を行き来できたと記録に残されている。

だが、車の中でインターネットで検索した付焼刃の知識など、片倉にはどうでもよかった。日没の時間に追われるように広大な宮内を歩き、一応は外宮の本神である豊受大御神には参拝したが、それだけで十分だった。それよりも、いまは、この短い時間の中で何かの手懸りを探すことの方が大事だった。

片倉は神話時代の名残を留める周囲のすべての事物を注視し、音に耳を傾け、空気を感じた。半世紀前に小切間恵子がこの地を訪れた時に、まだ少女だった彼女は何を見つめ、どのような音を聞き、何を感じたのかを思った。そしてその時には誰が一緒で、誰のために祈り、何を願ったのだろうか。五感のすべてを研ぎ澄ませて、考えた。

だが、何も見えず、何も感じず、何もわからなかった。時間だけが、何も語らずに静かに過ぎていった。黄昏の淡い光の中を歩いていた少女の後ろ姿の幻は、日没と共に片倉の視界から闇の中に消えていった。

「帰るか……」

片倉が、いった。風が冷たくなってきていた。

「そうですね。とりあえず、宿に入りましょう……」

二人で肩を落とし、出口に向かって歩く。その時、社殿の前に、小さな明かりが灯っている社務所が目に付いた。その前に、何人かの参拝客の姿があった。

ふと、足を止めた。明かりの中に巫女（みこ）が立ち、お守りやお札を売っていた。歩み寄り、台の上を眺める。その中に、間瀬芳子が持っていたのと同じような勾玉の形をしたお守りも並んでいた。

「ありましたね……」

「ああ、これだな……」

お守りは石そのものを勾玉の形に加工したものと、お札を勾玉形の金襴布地で包んだものと二種類があった。片倉はその中からひとつ、朱色の布地のものを手に取った。

間瀬芳子が持っていたものと同じとは思えないほど、色鮮やかだった。作りも、意匠も、半世紀も前の物とはかなり異なっていた。だが、かつて小切間恵子が手に取った時と同じように、伊勢神宮の花菱の神紋と〝外宮〟という文字が縫い込まれていた。

片倉は、しばらくそのお守りを見つめた。

半世紀も前に、小切間恵子は伊勢神宮を訪れ、何を思いこの勾玉の形をしたお守りを買ったのだろうか。ここ外宮に祀られる豊受大御神は、衣食住の神であるとされている。その時、知ってか知らずか、まだ十代の少女だった小切間恵子の脳裏にあの伊勢湾台風の時の悲惨な記憶が去来したのだろうか。

そして小切間恵子は、自分のお守りを幼馴染の親友の間瀬芳子に与えた。その行為に、どのような意味があったのか。

ただ単に結婚する友を案じてのことなのか。それとも、自分はもうお守りがなくても生きていけるという、過去への決別の意味を含んでいたのか。

片倉は上着から財布を出し、そのお守りを買った。

「行こうか」

「はい……」

凜とした大気を胸に吸い、また参道に足を進めた。

11

宿は伊勢市佐八町(そうちちょう)にある古い旅館だった。

大きな風呂があり、部屋も広かった。だが伊勢神宮の参拝者の泊まる宿ということもあってか、宿泊料は安かった。

浴衣に着替えて風呂に入り、他の参拝客たちと共に広間で食事をした。料理はそれほど贅沢ではなかったが、旅館の夕食らしく品数が多く、彩りも華やかだった。仲居にビールを頼み、グラスに注(つ)いで喉に流し込むと、この〝出張〟に出て初めて旅の気分を味わえたような気がした。

旅館や、少しでも小綺麗なホテルに泊まると、いつも別れた智子の顔が浮かぶ。できれば、あいつを連れてきてやりたかった。そんなことを思う。それにしても、こんな旅館に泊まるのは何年振りのことだろう。

「どうしたんですか」

ビールのグラスを手にぼんやりと料理を見つめる片倉に、柳井が訊いた。

「いや、何でもない……。ちょっと考え事をしていた……」

片倉がグラスを空け、料理に箸を付けた。

「明日はもう、四日目ですね。どうしましょうか……」

柳井の言葉に、急に現実に引き戻された。実質的には丸一日動ける日として、明日が最後になる。

「三重県に、一六件といったな。〝小切間〟という名字は……」

「はい、そうです。また市役所に行って戸籍を当たりますか」

本来ならば、それが捜査の基本だ。だが、時間が掛かりすぎる。

「いや、やめておこう。それよりも、後で電話帳を借りて調べてみよう。その方が手っ取り早い」

一六件の〝小切間〟姓の内、何件がこの伊勢の周辺にあるかはわからない。だが、すべてを洗い出す必要はない。何件か調べればその中に小切間清と恵子の兄妹を知る者がいるかもしれないし、もし知らなくてもいずれにしても親類だろう。小切間源太郎の実家を捜し出すことは、そう難しくはないはずだ。

食事の後、帳場で電話帳を借りて部屋に戻った。刑事としては、これも古典的な捜査のひとつだ。コンピューターやスマートフォンに振り回されるよりも、片倉の性分には合っている。

それほど時間も掛からずに、何件かの小切間姓の電話番号が見つかった。伊勢市に三件。南伊勢町に五件。さらに鳥羽市に一件の計九件。その中には、すでに柳井がインターネットで検索してヒットした建設会社と医院、美容室も含まれている。

時間はまだ、午後九時にはなっていない。会社や店舗などは終わってしまっているかもしれないが、一般家庭ならば寝てしまう時間でもない。

「手分けして、電話してみるか」

「やってみましょう」

まず、伊勢市の三件から当たってみた。三件のうちの二件は、電話口に人が出た。いずれも、個人の電話番号だ。

だが、東京の警察の者であると名告（なの）り、人捜しをしているのだと説明しても、警戒はされる。何とか本題に入るまでに、かなりの時間を要した。

確認事項は、以下の三点。

小切間源太郎、清、恵子という名を耳にしたことがあるかどうか。

同名の者が、過去に親族にいなかったかどうか。

遠い親戚も含めて、昭和三四年九月の伊勢湾台風で犠牲になった者がいなかったかどうか。

だが、電話に出た二人からは、まったく手応えを得られなかった。何かわかったら知らせてほしいと頼み、電話を切る。電話に出ない一件は、保留。さらに、南伊勢町の五件に当たる。

面倒な作業だ。だが、相手の反応が直接伝わってくるだけに、黴臭い部屋に籠って書類の山に向き合うよりはましだ。

建設会社と医院は、人は出なかった。ただテープに吹き込まれた、本日の業務や診療は終わったという声だけが電話口から聞こえてくる。美容室は人が出たが、若い女性で、伊勢湾台風のことも知らなかった。

それでも何件かに電話を掛けているうちに、小さな手懸りはあった。南伊勢町にある何件かは親戚関係にあること。電話帳には載っていないが、他にも小切間姓の家があること。

そして柳井が電話をした一件――小切間泰浩（やすひろ）という男――から、有力な情報を聞き出すことができた。

「片倉さん、ちょっと……」

柳井が、自分のスマートフォンを手で押えていった。

「どうした」

「いま小切間泰浩さんという方と話しているんですが、親類で伊勢湾台風の時に亡くなった方がいるらしいんです……」

伊勢湾台風の犠牲者の中に〝小切間〟という姓の者は、小切間源太郎と妻のサチエ、もしくは未確認ではあるが息子の小切間清しか浮上していない。

「ちょっと、替わってくれ……」

片倉がそういって、柳井のスマートフォンを受け取った。

「電話を替わりました。片倉といいます。小切間泰浩さんですね」

一拍置いて、嗄（しわが）れた声が聞こえてきた。

――ああ……そうですよ――。

「昭和三四年の伊勢湾台風の時に、親戚の方が亡くなられたんですか」

――確か……そんなことを聞いたことはあるね――。

「その亡くなられた方のお名前、わかりませんか」

また、少し間が空いた。

——前の刑事さんにも訊かれたんだが……昔のことだからね……。おれも……まだ子供だったしよ——。

「もしかして、小切間源太郎という人ではありませんか」

——さあ……どうだったかな……。親父でも生きてりゃわかるんだが——。

柳井が横で、片倉の顔を覗き込んでいる。

「その方は、どこで亡くなられたのかわかりますか」

——さて……名古屋の方で死んだと聞いたような気もするけど——。

「名古屋ではなくて、飛島村ではありませんか。もしくは、四日市市か」

——わからんなぁ……。四日市ではなかったと思うが……。明日になったら、親類の他の奴に訊いてやってもいいけどな——。

結局、小切間泰浩が覚えているのはそれだけだった。

電話を切ると、柳井が訊いた。

「どうでしたか」

片倉が、首を傾げる。

「まだ、わからんな。名古屋で死んだといっていたが、嘘はいっていないな。明日になったら、他の親戚に確認してみるといっている」

「ぼくも〝本ネタ〟だと思いますけどね……」

残り、二件。南伊勢町の一件と鳥羽市の一件に、手分けして電話を入れた。南伊勢の方は先程電話をした別件の親族であることがわかったが、それ以外に収穫はなし。鳥羽の一件は電話口に誰も出ず、留守番電話にも繋がらなかった。

「とにかく、明日だな……」

「そうですね……」

小切間源太郎の生家さえわかれば、すべてが繋がるような気がした。小切間恵子の一三歳から一七歳までの、空白が埋まる。そして彼女の兄、小切間清の、若かりし頃の消息も明らかになるだろう。そうすればなぜ二人があの石神井公園のマンションの一室で人生を終えたのか、その決定的な手懸りが摑めるかもしれない。

「もう一度、風呂に入ってビールでも飲むか……」

その時、片倉の電話が鳴った。

こんな時間に、誰だろう。発信先を確認すると、署の鑑識の番号からだった。

「得さんかららしい。DNA解析の結果が出たのかな……」

そういって、電話を繋いだ。

——ああ、康さんかい。いま、どこだね。まだ四日市にいるのか——。

鑑識の得丸和也の、忙(せわ)しない早口な声が聞こえてきた。

「いや、今日は伊勢にいるんだ。そう……その伊勢神宮の伊勢だよ……」

——なんだ、伊勢なんかにいるのか。のんびりしてるな。そっちは魚が旨いだろう——。

「ところで、用は何だい。例の小切間清のＤＮＡ解析の件じゃないのか」

——そうだった。その件だよ。今日、結果が出てね。おれが別件で署にいなかったんで報告が遅くなっちまったんだが——。

「それで、どうだったんだい……」

片倉は、得丸の説明を聞いた。ＤＮＡ解析に関する専門的なことは、片倉にはあまりよくわからない。重要なのは、結果だ。現在、ＤＮＡ解析による結果は証拠として九九パーセント以上信用できるほど精度が上がっている。捜査の上でも、仮説を裏付ける重要な根拠となる。

だが……。

ＤＮＡ解析の結果により、仮説が根底から覆されることもある。

「そうか、わかった。得さん、御苦労さん。明後日には出署するから、その時にまたゆっくり話そう……」

得丸に礼をいい、電話を切った。そして、溜息をつく。

「どうでしたか」柳井が訊く。「まさか、あの二人は……」

「そうだ。その、まさかだったよ。小切間清の遺体と紅子の遺体は、兄妹ではなかった。まったくの赤の他人だったそうだ……」

勘が、外れた。片倉の仮説は、いとも簡単に崩れ去ってしまった。

だが、紅子が小切間恵子であったことは間違いない。

だとすれば小切間清とは、いったい何者だったのか――。

12

翌日は早朝から行動を開始した。

一番で朝食を掻き込み、七時半には宿を出た。伊勢南島線(いせなんとう)を宮川(みやがわ)沿いに南下し、県道七一九号線から一六九号線に入って鍛冶屋峠(かじやとうげ)の近くを越える。

この日も運転は、柳井にまかせた。

「伊勢神宮の内宮には行かないんですか」

運転席の柳井が訊いた。

「今回は〝出張〟だからな。まあ、今度こっちに来る時には行ってみるさ……」

だが、自分の人生にもう一度、伊勢神宮に来ることなどあるのだろうか。もし来るとしたら、誰と来るのだろう。

一人なのか、もしくは他の誰かと来るのか。ふと、そんなことを思う。

「それにしても……小切間清というのは何者なんでしょうね……」

柳井が自分自身に問いかけるように呟き、溜息をついた。

小切間清と紅子の二人の遺体は、兄妹ではなかった——。

昨夜の例の一件から、今回の捜査は先が読めなくなってしまっていた。

二カ月前に管轄の石神井公園の古いマンションで老人のミイラ化した遺体が発見された時から、何かがおかしかった。マンションの契約書などから、身元はすぐに判明した。だが片倉にも柳井にも、〝小切間清〟などという人間は最初から存在しなかったかのような奇妙な違和感があった。

あの時と、同じだ。〝小切間清〟は、また亡霊のように、時空の闇の中に消えかけている。

だが、現時点でひとつだけ確かなことがある。もしあのマンションから発見された女の白骨死体が小切間恵子だとすれば……。

少なくともあのミイラ化した老人の遺体は、〝小切間清〟とは別人だったということになる。

「いったい、誰だったんでしょうね……」

柳井が、呟く。

「誰って、あの石神井公園のマンションの老人の遺体のことか」

片倉が、訊く。

「それもそうですけど、もっと不思議なのは四日市市役所の戸籍の〝小切間清〟ですよ。まったく、顔が見えてこないじゃないですか……」

確かに、そうなのだ。

昭和三四年九月、伊勢湾台風の時に小切間清は一度、四日市で死んでいる。そしてその五年後の昭和三九年三月、小切間清は本人申し出により戸籍を再編成して生き返った。だが、その後、小切間清の消息はまったく時空の中に浮上してきていない。

「小切間清は、死んだんじゃないのかな……」

片倉が、首を傾げる。

「死んだって……どういう意味ですか」

柳井が運転しながら、怪訝そうに視線を向けた。

無理もない。この一件は、そもそも〝小切間清〟という老人の死から何もかもが始まっているのだ。

「死んだというのは、あの石神井公園の老人のことじゃない。〝本物〟の小切間清のことだよ」

「なるほど。やはり、片倉さんもそう思いますか」

柳井が、頷く。

「〝本物〟の小切間清は、二六歳の時に、あの伊勢湾台風で死んだ……」

昭和三四年一〇月一日付の『東海日報』の記事は、けっして誤報ではなかったのだ。あの死者・行方不明者のリストに記載があったように、小切間清は確かにあの台風で亡くなり、遺体も確認されていた――。

「もしそうだとしたら、昭和三九年の三月に四日市市役所に戸籍の再編成を申し出たのは、いったい誰なんだろう……」

柳井が、首を傾げる。

「わからない。おそらく、小切間清本人ではない、別の誰かだ」

「あの漁港か何かで紅子と並んで写っていた、あの男ですか」

「そうだ。おそらくね。そしてそれが二カ月前に石神井公園のマンションで孤独死して発見された、あの老人なんだろうな……」

すべては推定の域を出ない。だが、現在、考えられる可能性はそれだけだ。伊勢湾台風で死んだ小切間清の戸籍を、第三者が本人の振りをして乗っ取った。実の妹である小切間恵子が証人になれば、あの混沌とした時代には可能だっただろう。

わからないのは、〝理由〟だ。その男は、なぜ自分の顔と名前を捨て、小切間清に成りすます必要があったのか。なぜ名古屋から柳ケ瀬、東京へと流れていき、最後は石神井公園のマンションの一室で孤独死しなくてはならなかったのか。

片倉は唐突に、平成二年二月に柳ケ瀬の劇場通りの裏で殺された檜山京ノ介――本名野呂正浩――という旅役者のことを思い出した。あの事件の直後に、紅子、木崎幸太郎、そして今回の〝小切間清〟と思われていた三人が柳ケ瀬から姿を消した。もし檜山を殺したのが、三人の中の誰かだとしたら……。

だめだ。何かが見えてきそうで、何も焦点を結ばない。それ以前に、自分が何かとてつもなく重要なことを忘れているような気がしてならなかった。

何かを見落としている。それも、今回の一件の最も重大な何かを。だが、それが何かを思い出せない……。

道は鍛冶屋トンネルで稜線を越え、ゆるやかに下りはじめる。正面に見える朝日が眩(まぶ)しかった。さらに二つのトンネルを抜けると、間もなく前方に小さな島や岬の入り組むリアス式の海岸線が見えてきた。

岬と岬の間の入江には、朝日を反射して狭く静かな海面が輝く。入江の奥の小さな平地には、小さな建物が肩を寄せ合うようにひしめいていた。それが、南伊勢町だった。

片倉はしばらく、その箱庭のような美しい風景に見とれていた。かつて、小切間恵子もこの風景を見たのだろうか。伊勢湾台風を経験し、両親の死を目のあたりにした少女がこの風景の中にいる所を想像すると、なぜか少しだけ救われたような気がした。

「まず、どこに行きましょうか」

柳井が訊いた。

「そうだな……。とりあえず、〝小切間〟という名前の付いたバス停があったな。そこを見てみよう……」

片倉が、手で朝日の眩しさを遮りながらいった。

13

〝小切間出〟のバス停は、五ヶ所湾沿いを走る国道から県道を少し山側に入った静かな田園風景の中に立っていた。

近くには伊勢路川(いせじがわ)という穏やかな川の河川敷が広がり、何軒かの家が肩を寄せ合う小さな集落があった。錆びたバス停には〝町営バス〟の文字と五ヶ所浦～相賀浦(おうかうら)方面という行き先が書いてあり、その下に時刻表が付いていた。

片倉は、時刻表を見た。午前中は朝七時台に一本と一〇時台に一本。午後には一二時台から最終の一九時台まで六本の、一日に計八本。バス便は、それだけだった。

風景は、閑散としていた。県道には時折、地元の車が通るが、あたりに人影はない。だが、その風景の中に、一瞬、制服姿の小切間恵子の姿が過ったような気がした。

「どこかそのあたりの家に、飛び込みで聞き込みをやってみるか」

片倉がいった。

「そうですね。そういえば昨夜、伊勢湾台風で親類が亡くなったといっていた小切間泰浩という男の家がこのあたりですね」

柳井が、メモを確認する。

「よし。まず、その男に会ってみよう」

小切間泰浩の家は、すぐに見つかった。県道を挟み、川と反対側の集落の中の一軒だった。農家なのか、このあたりでは比較的大きな家で、広い庭には軽トラックや農機具が入った作業小屋があった。

「どうしますか。もう一度、電話をしてからにしますか」

柳井が訊いた。

「いや、いい。このまま直接、当たってみよう」

人間とは不思議なもので、昨夜は話したことを、今日になったら忘れてしまう者がいる。電話ならば話すのに、直接会うことは頑として拒む者もいる。こちら側からそうした隙を相手に与えないのも、捜査のセオリーのひとつだ。

庭に入っていくと、家の前に繋がれている犬が吠えた。作業小屋の中に男が一人いて、犬の声に何かの作業の手を休めて立ち、振り返った。年齢は、片倉よりひと回りほど上だろうか。

「小切間泰浩さんですね」

「そうだが……」

驚いたように、片倉と柳井を交互に見た。

「昨夜、電話を差し上げた、東京の石神井警察の者です」

「ああ……あんたらか……」

小切間泰浩は持っていた鉈(なた)を置き、首に下げたタオルで手を拭った。そのまま片倉と柳井の前を通り、黙って家の方に歩いていく。そして縁側に腰を下ろすと、ポケットからハイライトを出して火を点けた。

「それで、何やて。伊勢湾台風で、うちの親類が死んだとか何やとか……」

片倉の目を見ずに、煙を吐き出した。

「ええ。昭和三四年九月二七日に、小切間源太郎という方が愛知県の飛島村で亡くなっているんです。このあたりの出身だと思うんですが……」

片倉は、昨夜と同じことをいった。

「さあな。台風で誰かが死んだという話はあったが、誰だかはわからん。年寄にも訊いてみたが、忘れたといっとる」

小切間泰浩がタバコを吸い、また煙を吐き出す。

「その〝年寄〟というのは、どなたですか。会えませんか」

だが、小切間は、片倉が訊いたことには答えなかった。

「それで、あんたら、何でそんな古いことを調べとるんね……」

「実は、その小切間源太郎という人には娘さんが一人いましてね。恵子という名前なんですが……」

片倉がいった。だが、小切間は、ただ黙ってタバコを吸っている。

「我々は、その小切間恵子という女性のことを調べてるんです」片倉が続けた。「恵子さんは、伊勢湾台風の時にはまだ中学生だったんです。両親に死に別れて孤児になり、このあたりの父親の親族に引き取られたはずなんですが……」

だが、小切間は首を横に振った。

「知らねえな。そんな話も昔は聞いたような気はするが、いまはもう誰も覚えてねえよ……」

小切間はそういうと、縁側に置いた灰皿でタバコを消し、家の中に入ってしまった。

「取り付く島もなし、でしたね……」

車に戻り、柳井がいった。

何かを知っているのだが、厄介事に巻き込まれたくはない。そんな雰囲気だった。

「それにしても、飛島村でもそうだったが、なぜ小切間恵子のこととなるとみんな話したがらないんだろうな……」

片倉が、首を傾げる。

「さて、これからどうしますか」

柳井が訊く。

「とりあえず、国道に戻ろう。五ヶ所湾の海辺に沿って走ってみたいんだ」

「そうですね。ぼくも、同じことを考えていました……」

柳井がレンタカーのエンジンを掛け、ゆっくりと走り出した。

国道二六〇号線まで下りて、五ヶ所湾に沿って東へと向かう。このあたりのリアス式海岸の地形は複雑だ。地図を見ると沖には獅子(しし)島や御所(ごしょ)島、七日島などの無数の小島が浮かび、半島や湾が入り組み、そこここに〝浦〟と名の付く地名が点在する。そして湾や浦の奥の至る所に、大小様々の漁港がひっそりと隠れている。

片倉と柳井は、その漁港のひとつひとつを見て回った。そして漁港に立ち、かつて小切間清と恵子が二人で撮った写真と見比べ、同じ風景を探した。

おそらく三〇年以上は前の古い写真だ。二人が立っている堤防や、その先端の小さな灯台は、すでに形が変わっているかもしれない。残っていないかもしれない。だが、二人の背後に見える二つのお椀を伏せたような島影は、いまもそのまま静かな湾に浮かんでいるはずだ。

「この灯台は似てますね……。それに、この堤防の形も……」

柳井が、写真と風景を見比べながらいった。

片倉も、手に持った写真を見る。

「だけど、海の向こうの地形がまるで違うじゃないか。あそこに見えるのは島じゃなくて、岬だ。それに写真の島のように丸くないし、上に建物が建っていない……」

「そうですね……。確かに、違いますね……」

写真と似ている風景は、このあたりにはいくらでもあった。どこにでも堤防があり、小さな灯台が立っていて、海の向こうには陸地も見える。だが、写真とまったく同じ風景は、なかなか見つからない。

それでも片倉は柳井と共に、自分たちの勘が正しかったことに確信を持ちはじめていた。理由のひとつが、このあたりにある漁港の堤防や漁船用の古い灯台の造りが、すべて写真のものと似ているからだった。そしてお椀を伏せたような小さな島も、いくらでもある。かつて小切間清と恵子が二人で写真を撮った場所は、必ずこのあたりの海辺に存在するはずなのだ。

いや、正確には小切間清ではない。この写真に写っている男――東京の石神井公園のマンションの一室で死んだ男――は、いったい誰だったのか――。

「それにしても、わからないな……」

柳井が、考え込む。

「何がだ」

「もしこの写真が伊勢の海のどこかで撮られたものだとしたら、小切間恵子はなぜ故郷を出てから一〇年以上も経ってここに戻ってきたんだろう……」

小切間恵子が名古屋に移り住んだのは、まだ一八になっていない時だった。確かにこの写真の中で微笑む彼女は、三十代にはなっているように見える。

「しかし、故郷に帰ろうとするのに理由などいらないだろう。もしかしたら結婚しようとする男でも連れて、世話になった親族に挨拶にきたのかもしれないじゃないか」

だが、柳井は首を傾げる。

「そこがわからないんですよ。もし結婚する相手を親族に紹介するなら、その恋人と二人で来るはずでしょう。でも、あの写真の中にはもう一人いる。写ってはいないけれど、カメラを持っていた誰かが……」

片倉は、頷く。いわれてみれば確かに、違和感はある。そして写真に写っていない第三者とは、小切間清と名告っていた男の保証人だった木崎幸太郎であった可能性も捨てきれない。

だが、三〇年以上も前になぜ三人が恵子の第二の故郷を訪れたのか。なぜ、この写真を撮ったのか。いまとなっては、すべては時空の謎だ。

片倉は、写真を見つめる。写真の中の恵子は傍らの男に肩を抱かれ、まるで少女のような目をして笑っている。

「行こうか」

「そうですね。先を、急ぎましょう」

写真の風景を探して海辺の漁港を回る一方で、片倉は前夜に連絡が取れなかった〝小切間〟姓の番号に電話を掛け続けた。伊勢市の三件の内の残り一件は、午前中の早い時間に連絡が取れた。電話口に出たのは年輩の女性で、少し待たされた後に主人らしき男が応対した。

だが、伊勢湾台風のことを話しても、特に思い当たることはないようだった。あの当時は台風で誰かが亡くなったというのはよく聞いた話だし、特に親類に限ったことではないともいう。片倉は電話を切り、手帳にメモしたその番号をボールペンで線を引いて消した。

次に連絡が取れたのは、建設会社だった。早朝に電話した時には女性社員が出て、社長はまだ出社していなかった。だが、こちらの連絡先を教えて伝言を頼むと、先方から電話が掛かってきた。

こちらが事情を話すと、先方は丁寧に対応してくれた。社長という人物はすでに七〇歳を過ぎていて、昭和三四年の伊勢湾台風の当時のこともよく覚えているようだった。だが、やはり、親族の間に犠牲者が出たという話は聞いていないという。片倉はこの番号も、ボールペンで消した。

南伊勢町船越の漁港の近くにある魚料理専門の大衆食堂で昼食を食べ、午後一時になるのを待って、『小切間医院』に電話を入れた。ここも、昨夜から連絡が取れなかった一件だった。朝の内に電話を入れた時には受付の女性が出たが、午前中の診療が終わる午後一時に再度連絡するようにいわれていた。

――ああ……例の件ね――。

片倉が東京から来た刑事であると名告っただけで、相手――院長の小切間友之――はそういった。どうやら、事前に誰かから何かを聞いていたらしい。

「それで、昭和三四年の伊勢湾台風の時のことなんですが……」

片倉がそこまでいっただけで、小切間友之は言葉を遮るように続けた。

――あの台風で親族の誰かが亡くなったかどうかなんて、わかりませんよ。もう半世紀以上も前の話だし、私だってまだ子供だったんですからね――。

やはり、この男は、事前に誰かから忠告されているようだ。すでに、何を訊かれるかを知った上で答を用意している。

「それでは、小切間源太郎という名前は……」

――聞いたことはありませんね。うちの親族の者ではないと思いますよ――。

当時のことは〝わからない〟、といいながら、小切間源太郎に関しては〝聞いたことはない〟といい切る。

――そういうわけです。わざわざ東京からいらしたのに、お力になれなくて申し訳ありませんな――。

丁寧だが、有無をいわせない口調でそういって、電話が切れた。

「どうでしたか……」

横で聞いていた柳井がいった。

「だめだな。何かを知っているようなんだが、話す気はないらしい……」

医者は、地方の市町村では往々にして地元の名士だ。それを承知の上で、自分が親族の矢面に立とうというつもりらしい。今回のように正式な捜査でない場合には、これ以上は突つかない方がいい。

片倉は溜息をつき、小切間医院の番号に三角のマークを付けた。

「あと、何件残ってますか」

柳井が訊いた。

「一件だな。鳥羽に住んでいる、小切間克巳(かつみ)という男だけだ……」

昨夜から再三電話をしているのだが、この番号だけは誰も出ない。ただ呼び出し音が鳴り続けるだけで、留守番電話にも切り替わらない。

「この後は、どうしましょうか」

「そうだな……。五ヶ所湾の後は、隣の志摩市に入って英虞湾の方を回ってみるか。それでもだめなら鳥羽の方に回って、二見浦の方だな……」

こうなれば最後の手懸りは、二人が写った写真だ。その場所さえ特定できれば、何かがわかるような気がした。

「行くか……」

「そうですね……」

車に乗った。柳井が、エンジンを掛ける。その時、唐突に、片倉はひとつの小さな事実が頭に浮かんだ。

「そうだ……。鳥羽市だ……」

柳井が、怪訝そうに片倉の顔を見る。

「鳥羽市が、どうかしたんですか」

「ちょっと待て、いま大事なことを思い出したんだ」

片倉がリアシートからバッグを取り、中から資料のファイルを出す。そしてそれを、捲った。

「あった、これだ。やっぱり、そうだったんだ。何でこんなことを忘れていたんだ。あの時、おかしいとは思っていたんだ……」

「どうしたんです」

「平成二年の二月一二日に、岐阜県の柳ケ瀬で殺された檜山京ノ介……野呂正浩だよ。あの男の出身地が、鳥羽市だったじゃないか」

「あっ、そうだ……」

『岐阜中警察署』の事件資料には、はっきりと、こう書いてある。

〈——被害者・野呂正浩。
三重県鳥羽市の出身。
一九四三年（昭和一八年）五月六日生まれ。
四六歳——。〉

「志摩市の方は、もういい。鳥羽に向かおう」

片倉がいった。

14

三重県鳥羽市は、観光の町だ。

温暖な気候とリアス式海岸の豊かな自然に恵まれ、伊勢神宮の奥座敷として年間に四〇〇万人以上もの観光客が訪れる。

市内周辺には青峰山正福寺や鳥羽城跡、賀多神社や赤崎神社などの名所、旧跡も多く、沖に浮かぶ神島、菅島、答志島、イルカ島などの島影が織り成す風景と海女の磯笛は〝日本の音風景一〇〇選〟にも選ばれている。また世界で初めて真珠の養殖に成功した『ミキモト真珠島』の町としても知られている。

だが、華やかな一面の裏には、必ず陰の部分がある。

片倉と柳井が鳥羽市に入ってまずやったことは、やはりインターネットや電話帳で〝野呂〟という名字と、その電話番号を調べることだった。すると、興味深いことがわかった。元来、〝野呂〟という名字は三重県に割と多く、県内で七一六件。最も集中しているのが通過してきた松阪市で、一七九件。次いで隣町の伊勢市の六七件。鳥羽市にはそれほど多くないが、それでも四件が存在していることがわかった。

その中で片倉は、一人の女の名前で登録されている電話番号に興味を持った。

名前は、野呂恭子。気になったのはその住所だった。

〈――三重県鳥羽市鳥羽二丁目×××――〉

まだ連絡が取れていない最後の〝小切間克巳〟の住所と、ほとんど同じだった。番地がひとつしか違っていない。

「近いな……」

「近いですね……」

地図を調べてみると、JR参宮線の鳥羽駅から近い旧鳥羽町の市街地のあたりだった。周囲には天真寺や済生寺などの寺があり、道を一本隔てた海側のブロックに鳥羽市役所や鳥羽城跡がある。いま片倉と柳井のいる『NTT』の建物からも、目と鼻の先だ。

片倉の全身に、静かな、だがどこか高揚にも似たものが這い登ってくるような予感があった。

ここだ……。今度こそ、間違いない……。

心の中に、長年の刑事の勘がそう囁きかけてくる。

片倉は、スマートフォンの電源を入れた。番号を入力し、電話を掛ける。呼び出し音が鳴った。だが、誰も出ない。

「行ってみるか」

「その方が早そうですね」

建ち並ぶ観光ホテルや旅館の間を抜けるように、細い道を上がっていく。周囲の山が迫る旧市街地へと入っていくと、しばらくして奇妙な町並の一角に出た。電柱に書かれた住所を確認する。やはりそのあたりが、二丁目だった。

少し離れた場所に車を駐め、歩いた。もう一度、古い町並の中に入っていく。本町通りとその裏通りに、同じような建物が長屋のように並んでいた。さらに町には堀のように水路が流れ、この一角を周囲から隔絶するように囲んでいる。

建物はほとんどが昭和以前に建てられた木造の二階建てで、いまは廃墟となり、朽ちかけているものも多い。時に人の住む気配の残る建物があっても、格子のはまった窓や障子は、何かを秘めるように固く閉ざされていた。そのあたり一帯だけが、時間が止まったようにひっそりとして静かだった。

「ここは……何なんですか……」

柳井が、歩きながら訊いた。

「郭の跡だ」

「クルワ？」

「そうだ。遊郭の跡だよ……」

遊郭とは、公娼を置く遊女屋を集めた色里をいう。安土桃山時代から日本全国の街道筋の宿場町や門前町などに発展し、遊里や色町などとも呼ばれた。最盛期の江戸時代には非公認の飯盛旅籠や岡場所と呼ばれる私娼窟も発生し、明治五年（一八七二年）に明治政府によって芸娼妓解放令が発令されるまで隆盛が続いた。

さらに昭和二一年、GHQ（連合国軍最高司令官総司令部）の命令により公娼制度が廃止。その後も〝赤線〟として一部の遊郭は存続したが、昭和三一年に売春防止法が成立。三三年四月に事実上の遊郭は歴史から消滅した。

「そうか……。昭和三三年ですか……。あの伊勢湾台風の、前の年ですね……」

柳井が、何かを想うようにいった。

「いや、遊郭や赤線が消えても、売春そのものが消えたわけじゃないさ……」

郭の跡は、いまも東京の吉原や滋賀県の雄琴などにソープ街として色町の名残を伝えている。

片倉は歩きながら、建ち並ぶ遊女屋の二階の窓を見上げた。格子の奥から、ふと、遊女が見つめているような錯覚があった。その顔が一瞬、まだ十代の頃の紅子と重なった。

表通りから、一本裏の大里通りという路地に入る。ここから時代の節目を超えたように、また周囲の風景と空気が変わった。路地の両側には二階建ての長屋風の建物が並んでいるが、木造のものが改築されたり、モルタル造りに建て替えられたりしたものが多い。

表通りが江戸末期から明治、大正の枯れた風情ならば、この路地裏にはどこか戦後の昭和の匂いがした。いうならばそれは、あの柳ケ瀬の裏通りと同じ、死にきれない街の命の残り香にも似た生臭さだった。昔は遊女屋だった建物はいまはスナックや飲屋に姿を変え、悪趣味な看板やネオンによって飾られていた。そこにはすでにかつての風情は欠片(かけら)さえも存在せず、ただ時代に取り残され、忘れられた空間のもの悲しさだけが息衝いていた。

「住所は、このあたりですね……」

柳井が、あたりを見回しながらいった。

「そうだな……」

片倉が、何げなく答える。

「小切間恵子と野呂正浩は、この路地の風景の中で十代の頃を過ごしたんでしょうか……」

「おそらく、そうなんだろうな……」

恵子と野呂だけではない。もしかしたら、小切間清として死んだあの男も。木崎幸太郎という男も。理屈ではなく、いまはなぜかそんな気がした。

最初に見つかったのは、〝野呂〟と書かれた表札だった。住所も、電話帳に載っていた野呂恭子のものと同じだった。いかにもかつての遊女屋を改築したような間口の狭い二階家で、窓には格子も残っていた。いまは汚れたモルタルの壁に塗られ、一階は『蘭』というありきたりな名前のスナックらしき店が入っていた。

「ここですね……」

店の横には二階に上がる階段の入口があり、その横に古いドアチャイムのボタンが付いていた。

「呼んでみるか……」

片倉が、チャイムのボタンを押した。部屋の中で、ベルが鳴っている音がした。しばらく、待つ。もう一度、押した。だが、誰も出てこない。

「いま、いないよ。キョウコママ、出掛けてるよ」

女の声に、振り返った。背後に、髪を赤く染めた中年の女が立っていた。日本人ではないらしい。

「キョウコママって、野呂恭子さんのこと？」

片倉が訊いた。女が、頷く。

「そう、キョウコママ。夜まで、いない。夜になったらお店、開く……」

女が、イントネーションのおかしな日本語で話す。フィリピン人か、いや、タイ人かもしれない。

立ち去ろうとする女に、片倉が声を掛けた。

「ちょっと待って。君……この近くに、小切間という人が住んでるのを知らないかな」

「コギリマ……」

女が立ち止まり、考える。

「そう、小切間克巳という人なんだが……」

「わかった」女が笑う。「お刺身、造る人。そうでしょう。こっちよ」

手招きする女に、付いていった。それ程、離れていない。ひと区画離れた、『蘭』の斜め向かいで足を止めた。やはり間口の狭い二階建ての建物で、一階が『小浜』という居酒屋のような店になっていた。

「ここよ」

女がいった。だが、人の生活の気配がしない。

「ここに小切間さんが住んでるの」

だが、女が首を横に振った。

「住んでないよ……」

「じゃあ、夜になったら来るのかな」

女が、首を傾げる。

「来ない。マスター、病気ね」

病気……。

「どこに行ったら、小切間さんに会えるのかな」

片倉が訊くと、女が少し困ったような顔をした。

「私……知らない……。キョウコママ……知ってる……」

「わかった。ありがとう」

女がはにかむように笑い、歩き去った。

「小切間克巳という男は、病気なんですね。だから、電話に出なかったんだ……」

柳井がいった。

「そうらしいな。いまのうちに宿を決めて、夜になったら出直してくるか……」

片倉は踵を返し、傾きはじめた西日を見上げた。

15

日が落ちるまで、また古い写真の背景に写っていた風景探しを続けた。漁具が置かれた堤防があり、その先端に小さな灯台が立っていて、さらにその先の海には島影が浮かんでいる。鳥羽の周辺にも、写真と似たような風景はいくらでもあった。

鳥羽水族館のあたりから、海沿いの道を走る。港に向かうような道を見つけると、そこを折れる。何本目かの道に入っていくと、やがてその先に、リアス式の地形と小さな島々に囲まれた静かな湾の風景が広がった。

風景を見た瞬間に、胸騒ぎがした。

「ここ、似てないか。ちょっと、車を停めてくれ」

柳井が、漁港の空地に車を駐めた。

黄昏の光の中を、湾に突き出した堤防の上を歩く。左側には入江があり、何隻かの小型の漁船がもやってあった。その向こうには、生簀(いけす)らしき囲いがいくつか浮いている。どこにでもあるような、どこか懐かしい漁港の風景だった。

二段になった堤防の上には、無数の蛸壺(たこつぼ)や網などの漁具が置かれていた。湾の向こうにはお椀のような形をした二つの島影が浮かび、その左手の岬の上にはホテルのような白い大きな建物が建っていた。何もかもが、写真の風景と同じだった。

そして堤防の先端には、白いタイル張りの、変わった形をした古い灯台が佇むように立っていた。

片倉と柳井は灯台に歩み寄り、見上げた。高さは、七メートルか八メートルくらいだろうか。漁船用の、小さな灯台だった。

暗くなりはじめた空に、光がゆっくりと回転している。いまもその光を目指して、夕刻の漁を終えた漁船が一隻、港に向かっていた。

「ここだ……。ここだよ……」

片倉が、思わずいった。

「そうですね……。間違いない……。灯台に、何か書いてありますね……」

柳井が、灯台の支柱に埋め込まれた青銅のプレートを指さした。

〈――鳥羽港小浜南防波堤燈台
初点昭和54年8月――〉

ひとつの事実が判明した。

小切間清の名で死んだ男と紅子――小切間恵子――の写真には、間違いなくこの灯台が写っている。つまり、二人は、少なくとも昭和五四年八月以降にこの地を訪れているということだ。

片倉は、紅子の人生を思い起こす。昭和三四年に伊勢湾台風で両親を失い、名古屋に移り住んだのが昭和三九年。岐阜の柳ケ瀬で、初めて『コロニー』に出演したのが昭和四九年。そして同じ柳ケ瀬のレンガ通りで旅芸人の檜山京ノ介――本名・野呂正浩――が殺されたのが平成二年の二月。そしてほぼ同時に紅子も柳ケ瀬から姿を消し、その後の消息は平成二四年一一月に石神井公園のマンションで白骨死体になって発見されるまで空白になっている。

片倉は、写真を見つめる。写真の中の紅子は、少女のように微笑む。だが、この時、三十代の後半にはなっていたはずだ。おそらく昭和五四年から六〇年前後、彼女がまだ柳ケ瀬の芝居の舞台に立っていた頃だろう。

横を見ると、柳井の様子がおかしかった。灯台の光を見上げながら、目に滲む涙を手で拭っている。

「どうしたんだ」

片倉がいった。

「いえ……すみません……。刑事になってから、こんな経験をするのは初めてだったものですから……」

「何をいってるんだ。ゴールは、まだ先だぞ」

「はい」

片倉が柳井の肩を軽く叩き、暗くなりはじめた堤防を戻った。

16

街が夜の帳に包まれるのを待って、片倉と柳井はもう一度、鳥羽二丁目の遊郭跡に戻った。

まだ日のあるうちに見た時には命が消えかけ、閑散としていた路地も、日没と共にあちこちにネオンの灯が灯りはじめて息を吹き返したかのようだった。暗がりや影がこの街に染み付いた長年の怨讐(おんしゅう)を包み隠し、虚飾の艶の部分だけを残しながら、冬に迷い出た冬蛾を火に誘(おび)き寄せようとしているかのようでもあった。

スナック『蘭』の小さな看板にも、明かりが灯っていた。まだ時間が早いこともあって、路地には人通りも少ない。片倉は柳井と顔を見合わせ、頷く。古いデコラ張りの安っぽいドアのノブを回し、ゆっくりと引いた。

「いらっしゃいませ……」

狭い店内の奥のボックス席に座っていた女が、吸っているタバコを消して立った。濃い化粧をしているが、歳は片倉と同じくらいか少し上だろう。

「野呂恭子さんですか」

片倉が、訊いた。女は自分の前に立つコートを着た二人の男を見て、怪訝そうな顔をした。

「私は違うけん。ママは、二階にいとるけど……」

「お話があるんですが、呼んでもらえませんか」

片倉がポケットの中の警察手帳を、一瞬だけ見せた。女の、顔色が変わる。本来ならばまず所轄に話を通すべきだが、今回は公式の捜査ではないし、時間もない。

「ちょっと待ってん。いま、呼んで来るで……」

女が一度ドアから出て行き、外の階段を上っていく。柳井がさりげなく後を追い、外を見張る。

しばらくして、外の階段を人が下りてくる足音が聞こえてきた。女の、話し声。間もなくドアが開き、先程の女ともう一人の女、そして最後に柳井が店の中に入ってきた。

「私が、野呂恭子やに……。あんたら、警察の人が何の用やね。もう、うちは〝やってない〟いうたやんか……」

女が、いった。いや〝女〟というよりも、老婆といってもいい風貌だった。痩せて張りのない肌には深い皺が刻まれ、赤く染められた髪の生え際には真っ白な白髪が目立っていた。

片倉は、女が何を〝やっていない〟のかに関しては興味がなかった。

「実は、ある人の消息を追っていましてね」

「ある人って、誰やね……」

女がそういって、カウンターの上から細いタバコを一本取って、火を点けた。

「野呂正浩という人を、知りませんか」

一瞬、女の動きが止まった。そしてゆっくりと、片倉の方を振り返った。

「知っとるさ……。正浩は、殺された私の弟やに……」

女の表情が、見る間に老醜の中に崩れはじめた。

野呂恭子はもう一人の女を店から出し、ドアに鍵を掛けて看板の明かりを消した。そして、いった。

「何でまた、いま頃になって正浩のことなんか……」

女がまた、タバコに火を点けた。指先が、かすかに震えている。

「亡くなったのは、平成二年ですね。岐阜中警察署の方からはその後、何か……」

だが、女は首を横に振った。

「何もいってきやしないさ……。時効の時に、電話が一本あっただけや……」

「お姉さんは、誰が犯人だか心当りはないんですか」

野呂恭子は、正浩の三歳上の姉だ。昭和一六年生まれということは、今年七二になるはずだ。

「殺ったのは、あいつさ……。私しゃあ警察に何度もそういったんやが、信じてくれんしな……」

震える手でタバコを吸い込み、煙を吐き出す。

「あいつって、誰なんですか」

片倉が訊いた。女が、ゆっくりと、白濁した視線を向ける。

「だから……篠田だよ……。篠田幹司さ……。あんたらだって、岐阜中署の方から聞いてんねやろ……」

片倉は、柳井と顔を見合わせた。

篠田幹司——。

今回の捜査線上に、一度も浮上してきていない名前だった。

「なぜ、その篠田という男が弟さんを殺したと思うんですか」

片倉が訊く。

「私は……何度も話したんね。二三年前に……正浩が、殺された時に……」

女が苛立たしげに、席を立った。冷蔵庫の中からビールを出してグラスに注ぎ、それをひと息に飲み干した。そして、続けた。

「あの〝女〟にそそのかされたんね……」

あの〝女〟——。

「〝女〟というのは、もしかして小切間恵子のことですか」

片倉がいった。

野呂恭子が、驚いたように視線を上げた。

「何で……何であんたが、あの〝女〟のことを知ってるんね……」

片倉が、柳井に目くばせを送る。

「例の写真を。大きく引き伸ばしたやつがあったな」

「はい……」

柳井がファイルを開き、中からA4サイズに引き伸ばされた写真を出した。片倉が受け取り、それを野呂恭子の前に置いた。

「野呂さん、この写真に写っている男女に、見覚えがありますか。おそらく昭和五四年から六〇年頃の間に、この近くの鳥羽港の小浜で撮られたものなんですが……」

野呂恭子は震える手で老眼鏡を掛け、写真を見た。一瞬、表情に驚きの色が掠める。片倉と柳井の顔を見て、また視線を写真に戻した。

「知ってるさ……。わからないわけがないやろ……」

「〝女〟は、小切間恵子ですね」

野呂恭子が、頷く。

「そうさ……」

「それなら、男の方は誰なんですか……」

片倉が、訊いた。

野呂恭子がもう一度、写真を見る。そして、頷く。

「この男が、篠田幹司さ……」

絞り出すような声で、いった。

篠田幹司——。

それがこの写真に写っている男。そして昨年の一一月に、石神井公園のあのマンション
の一室で無縁死した男の本名なのか——。

野呂恭子とは、一時間ほど話した。

店を出て、片倉と柳井は足早に車に戻った。すべての事情が、大きく動き出していた。

片倉が柳井から車の鍵を受け取り、運転席に座った。

「おれが運転しよう」

「これから、どこに向かいますか」

時計を見た。すでに、午後八時を回っていた。

「名古屋に戻ろう。今夜の宿をキャンセルして、名古屋市内にビジネスホテルを探してくれ」

「わかりました。それで、野呂恭子のいっていた〝事件〟の方は……」

「後で所轄に問い合わせればいい。それよりも、名古屋の方が先だ」

夜の旧市街地を抜け、国道に出た。

海沿いの高台に出ると、答志島の沖に浮かぶ無数のイカ釣り船の光が輝いていた。さら

に小浜町の分岐点の前を通り、伊勢二見鳥羽ラインに入った。

片倉は、アクセルを踏み込んだ。ナビを見ると、ここから名古屋までは約一七四キロ。伊勢自動車道から東名阪自動車道、名古屋第二環状自動車道を経由し、時間は約二時間一〇分。夜であることや途中で休むことを考えても、一一時までには名古屋市内に戻れるだろう。

野呂恭子の話から、新たな二つの事実が判明した。まずひとつは、孤児となった小切間恵子を引き取ったのは彼女の伯父の小切間勘助(かんすけ)という男であったこと。恵子は昭和三四年の一二月から三九年まで、鳥羽市鳥羽二丁目の伯父の店で働きながら暮らしていたこと。その小切間勘助の息子の克巳が、八二歳になるいまも名古屋市内の病院で生きていること。だが、癌に冒され、余命幾許(いくばく)もないこと——。

もうひとつは、昭和三九年の一月、三重県鳥羽市でひとつの事件が起きたことだった。ある資産家の独り暮しの老人が殺された。その時にいわゆる〝簞笥預金〟の全額が犯人によって持ち去られたが、その金額がどのくらいであったのかはわかっていない。だが、当時〝実行犯〟として指名手配されたのが、篠田幹司だった。

片倉は、暗い伊勢自動車道にアクセルを踏み続けた。

前方の闇の中に一瞬、事件の複雑な構図が浮かび上がったような気がした。

第四章　安住の地

1

人はどのような場所で、どのようにして終焉の時を迎えるべきなのだろう。片倉康孝は癌病棟の暗く長いリノリウムの廊下を歩きながら、漠然とそんなことを考えていた。

誰にも知られず、古いマンションの一室での無縁死は、確かに不幸な人生の終焉ではあるのだろう。事故や災害による突然死も、悔いが残るのだろう。だが、ベッドの上で誰かに看取られて死ねるとしても、この病院のような暗く薬臭い空間で苦しみながら命を奪われていく苦痛に比べればいくらかはましなのかもしれない。

ナースステーションの前に立ち、カウンターの上のガラス窓を軽く叩いた。中にいた若い看護師が振り返り、窓を開けて背広姿の二人の男を怪訝そうに覗いた。

「はい、何でしょう」

事務的な、どこか頑ないい方だった。

「先程、師長さんと電話でお話しした警察の者ですが……」

片倉がいうと、看護師が覚えがあるように頷いた。

「師長はいま席を外してます。いずれにしてもまだ患者さんの朝食が終わったばかりなので、これから検査と午前中の回診が始まりますから、それが終わるまで待ってもらえませんか……」

「何時頃でしょう」

「そうですね。一一時頃になったら、また来てみてください」

片倉は、腕の時計を見た。まだ、八時半を過ぎたばかりだった。

「仕方がない、出直してくるか……」

「そうですね」

片倉は柳井と共に、また暗く長いリノリウムの廊下を元の方向に歩き出した。

一度、病院の外に出て、古く巨大な墓標のような建物を見上げた。ついいまし方まで嗅いでいた、消毒薬と死臭が入り混じったような臭いが蘇る。自分はやはり、このような場所で人生の最期を迎えたくはない。それならばまだ、一人静かな孤独死の方がいい。

「帰りの新幹線は何時だったかな」

片倉が、歩きながら訊いた。

「午後三時一二分ですね……」

今日はもう、最終日だ。だが、まだ時間はある。

「その辺で喫茶店でも探すか……」

しばらく病院の周辺を歩き、『リオ』という古い造りの喫茶店を見つけた。ドアを開けると、鐘のドアベルが鳴った。まだ朝の九時にもなっていないのに、ビニール張りのソファーの席は半分以上が埋まっていた。

窓際の小さな席に座り、コーヒーのモーニングセットを二つ注文する。店に置いてあった新聞を広げて待つと、間もなく店員がトレイを二枚運んできた。目の前に置かれたセットの朝食の量を見て驚いた。トーストが二枚にボイルドエッグがひとつ、ソーセージが三本とハムが二枚。他に別盛りのサラダとなぜか小さな鉢にアンコまで入っていた。

「凄いですね……」

柳井が、目を丸くしていった。

「こんなのは、名古屋ではいい方さ。もっと凄い店もあるらしい。さあ、食おう……」

そういったはいいが、食欲はなかった。ここ数日は、少しずつ食べる量が減ってきている。考えすぎと神経の使いすぎで、胃が荒れてきているのかもしれない。

片倉はコーヒーを飲み、トーストを齧りながらまた考える。

昭和三九年当時、まだ一七歳の少女だった小切間恵子と篠田幹司というチンピラの間に、何があったのか――。

片倉は、今朝早くに所轄から入ってきた情報を頭の中で反芻(はんすう)する。

そうだ。

篠田幹司は、観光の町、鳥羽市の〝赤線〟でちょっとは名を知られた〝チンピラ〟だった。所轄の鳥羽警察署の記録によると、篠田は地元の鳥羽市浦村(当時)の出身で、昭和八年四月生まれ。年齢は恵子よりも、一三歳上になる。

どこかの店に〝上玉〟がいると、それを手練で引き抜いて他の店に売る。いわゆる〝スカウト〟のようなことをやって凌いでいた。その篠田が、当時まだ一七歳だった小切間恵子に目を付けた。いや、それとも野呂恭子がいうように、恵子の方が篠田を〝そそのかした〟のか……。

そしてその年、二人の運命を決める出来事があった。

昭和三九年一月六日、まだ松の内も明けぬ鳥羽市内で、ひとつの殺人事件が起きた。殺されたのは同市安楽島町に住む和田庄兵衛、当時七六歳。地元では有名な元網元兼大地主の資産家で、子供たちは独立して妻には先立たれ、安楽島町内の豪邸で独り暮しをしていた。

事件が発覚したのが六日朝の八時少し前で、通いの家事手伝いの森島ナミが遺体の第一発見者となった。和田庄兵衛は居間の炬燵の上に突っ伏すように倒れ、後頭部が鈍器で殴られたように割られていた。目の前には和田が晩酌していたのか徳利と猪口が倒れ、御節の残り物などが載った皿や重箱も置かれていた。

他に、その向かい側にもうひとつ猪口と箸が置かれていた。これは誰か来客があったことを示しているが、猪口と箸は使った後で拭われたことを示すように指紋は残っていなかった。

家事手伝いの森島ナミによると、前日に自分が帰ったのは晩酌の仕度を終えた午後六時頃だったという。一杯、付き合って行けといわれたが、家で主人が待っているのでといって誘いを断った。その時はまだ和田はいつもと変わらず、これから来客のあることなどもいっていなかった。

地方の小さな町には珍しい凄惨な事件ではあったが、反面、警察としてはありきたりな〝強殺〟だった。事件の発覚当初は、捜査もそれほど難航するとは思えなかった。凶器は和田の部屋にあった銅製の布袋(ほてい)の置物で、付着していた血液の型も傷口の形も一致した。奇妙なことにその布袋の置物は、血が付いたまま元からそこにあったように、床の間に置かれていた。

室内は、それほど荒らされた様子はなかった。ただ一カ所、明治時代に作られた船簞笥の鍵が開けられて抽出しが出され、中が空(から)になっていた。和田は銀行をあまり信用しない男で、家のどこかに莫大な簞笥預金を隠していることは周知の事実だった。つまり、犯人は、家探しして物色するまでもなく、その簞笥預金が古い船簞笥の中に隠されているのを知っていたことになる。事実、事件後に親族の者が家の中を探してみたが、小銭と多少の貴金属以外は何も出てこなかった。

事件の容疑者は間もなく、篠田幹司——当時三〇歳——に絞り込まれた。理由は、いくつかあった。篠田は和田と親戚関係にあり、面識もあったこと。以前から和田の家に日常的に出入りし、部屋の様子などに詳しかったこと。和田が〝赤線〟に遊びに繰り出す時には、よく篠田が案内を買って出ていたこと。さらに事件が発覚する前日の一月五日の夜、和田の家の近くで篠田らしい男が目撃されていたことなどが挙げられる。

篠田幹司は、その日の内に重要参考人として手配された。他に、篠田の手下の石飛幸男(いしとびゆきお)という男が一人。この男は年齢が篠田よりも二つ下で、地元の小浜で漁師をやっており、小さな船も持っていた。二人は事件発覚前日の五日の夜から、船と共に町から姿を消していた。

事件が起きた夜から翌日にかけては雪が舞うほどの荒天で、海も時化ていた。篠田と石飛の二人は、その時化で遭難して死んだという噂が立った。そしてその二カ月後の昭和三九年三月、まだ一七歳だった小切間恵子もまた町から姿を消した。

以来、現在に至るまで、篠田幹司、石飛幸男の二人の消息はわかっていない。

昭和五四年一月六日、公訴時効――。

「片倉さん、食べないんですか」

柳井にいわれ、トーストを手に持ったままぼんやりしている自分に気付く。

「ああ……あまり食欲がない。お前、食うか」

トレイを差し出すと、柳井がその中からボイルドエッグを取った。

「いただきます……」

殻を剝き、それをひと口で口の中に放り込む。やはり柳井は、若い。

片倉はミルクだけを入れたコーヒーをすすり、また考える。

篠田と一緒に姿を消した石飛幸男というのは、木崎幸太郎と同一人物なのだろうか。名前の中に同じ〝幸〟という一文字が入っていることも、妙に暗示めいている。それに柳ケ瀬の今井田という男は、木崎を「もっと珍しい名字だった」といっていた。木崎幸太郎という戸籍をどこで手に入れたのかはわからないが、おそらく推理は外れていないだろう。

二人は、昭和五四年以降に一度、小切間恵子と共に鳥羽に戻ってきている。そして小浜漁港の堤防の灯台の前で、あの写真を撮った。時効を迎えたのが昭和五四年の一月だとすれば、時系列は矛盾していない。

だが、奇妙だ……。

ただ時効を迎えたという安心感だけで、故郷——事件現場でもある——に殺人犯が不用意に戻るようなことをするものだろうか。顔を見られたくはない相手もいるだろう。何か、理由があったはずだ……。

「片倉さん、ちょっといいですか」

二人分のモーニングをほぼ食い終え、柳井がいった。

「何だ」

「もし野呂正浩を殺したのが、篠田幹司だとしたら……。動機は何だったんでしょうね……」

片倉は一瞬、考えた。だが、すぐにいった。

「柳ケ瀬で、自分の顔を見られたからだろう。だから、殺した。それ以外には、考えられないだろう」

旅役者の檜山京ノ介――野呂正浩――は、殺された平成二年二月当時、出演していた芝居小屋の『アポロ座』の経営者今井田圭次から一〇万円ほどの金を借りていた。だがその金の半分を返し、残りも「街を出る前にきれいにしていく……」といっていた。その金も、たまたま街で出会った篠田幹司から口止め料としてせびり取っていたとすれば、辻褄は合っている。

「しかし、おかしいと思いませんか」

「なぜだ」

「だって顔を見られたくらいで口封じのために人を殺すほどの人間が、なぜ時効の直後に故郷に帰ったりするんですか。同じ人間のやることとは思えないんですよね……」

確かに、そうなのだ。片倉も、まったく同じ疑問を持っていた。奴らが故郷に戻ったのは、時効以外に何か絶対的な理由があったはずなのだ。

そしてもうひとつ。和田庄兵衛の殺害と野呂正浩の殺害の間には、明らかな共通点があるということだ。和田は、背後から鈍器で後頭部を殴られて殺された。野呂も、背後から心臓を刺されて殺された。つまり二人共、〝背後から襲われて殺された〟という点で一致している。

警察官ならば、誰でもこの点に注目するだろう。鈍器にしろ刃物にしろ銃器にしろ、背後から一撃での殺人が意外と少ないケースであることを知っているからだ。つまり、これだけを見ても、二つの犯行が〝同一人物によるもの〟である可能性が高いという直感が働く。

そして、もうひとつ……。

この犯人は和田からも野呂からも、容易に背後に立てるほど信用されていたことになる。もしくは、相手を油断させる〝何か〟があったといってもいい。だが、色町の〝チンピラ〟という篠田の実像と、どうもそのあたりのイメージが重ならない。

「そろそろ、時間ですね……」

柳井がいった。時計を見ると、もう一〇時半を過ぎていた。

「そうだな。そろそろ行くか」

片倉が冷めたコーヒーを飲み干し、テーブルの上の伝票を取った。

2

師長の上山信子（かみやまのぶこ）は、背は低いががっちりした体形の女だった。

最近では珍しくなったナースキャップの下にまとめられた髪には、かなり白いものがまざりはじめていた。どこか無愛想で、近寄り難い雰囲気を持っていた。

だが、片倉は、上山信子に付いて病室に向かいながら、世間話のように話し掛けた。

「小切間克巳さんは、三重県の鳥羽の出身ですよね。それがなぜ、名古屋の病院に入院してるんですか」

「うちの病院は、県外からでも患者さんを受け入れますんでね」

師長は振り返らずに、無愛想に答える。

奇妙だった。小切間克巳は、末期の肺癌だと聞いていた。だがこの東区の郊外にある『名古屋厚生病院』は特に癌の治療に関して知られているわけではなく、どちらかといえば老人病院という様相が強い。

「ご家族の方は、よくお見舞いにいらっしゃるんですか」

片倉が、さりげなく訊いた。

「娘さんが時々、いらっしゃるみたいですよ」

小切間克巳は独り者だと聞いていたが、娘がいたのか……。

上山信子は、四人相部屋の小さな病室に入っていった。入口にネームプレートがあり、その中のひとつに〝小切間克巳〟という名前が書いてあった。

部屋の奥の、窓側のベッドの方に進んでいく。淡い黄色のカーテンを開けると、その中のベッドの上に、白髪の小柄な老人が横になっていた。老人は鼻に酸素を送る管を差し込み、土色の痩せた肌の中で、白濁した双眸(そうぼう)だけを動かして三人の顔を見つめていた。

「小切間さん、だいじょうぶ。さっきいった、お客さんが来ましたよ」

師長にいわれ、老人が小さく頷く。震える手で蒲団をどかし、ベッドの上に半身を起こそうと体を支える。かすかな死臭が、鼻をかすめた。

「寝てていいから。私が起こしてあげるから」師長がそういって、スイッチを操作してベッドの背もたれを起こす。そして片倉と柳井の方を振り向き、いった。「いいですか。お話は三〇分だけですよ。私が戻ってくるまでには、終わって帰っててくださいね」

そういって、病室を出ていった。

「小切間克巳さん?」

師長がいなくなるのを待って、片倉が訊いた。

「……ああ……。そうだがね……」

小切間の声はかすれ、いまにも消え入りそうだった。

「小切間恵子さんのことで、ちょっと訊きたいことがあるんです」

背もたれに体を預けた小切間が、白濁した目で片倉を見つめている。

「……恵子は……死んだ……。死んだん……やろ……」

小さな声でいった。

片倉は時々、こんなことを思う。

人間の心ほど、不思議なものはない。それは他人の心だけでなく、自分と親しい者の心も、自分自身の心も、すべて同じだ。

〝小切間恵子〟という一人の女の存在を知ってから、片倉はよく自分の心の小さな変化や動揺に気付き、戸惑いを覚えていた。彼女の白骨死体から復顔した顔を見ては高揚し、彼女が舞台に立つ姿を想像しては魅せられ、彼女の両親が伊勢湾台風で亡くなったことを知って悲しんだ。そしてまだ一三歳の少女だった彼女が何人もの男たちに襲われたことを知って心が痛み、オート三輪の荷台に揺られて遠い親戚にもらわれていったことを知って哀れんだ。

なぜなのだろう、と思う。

片倉は、小切間恵子という女に会ったことはない。一度も、声を交わしたこともない。あの写真の中の笑顔にも、あの飛島村の風を見つめる瞳にも、女優として舞台の上で輝くその姿にも一度も出会ったことはない。それなのになぜ彼女のことを想うと、切なさを覚え、いたたまれなくなるのか。

小切間克巳の話もそうだった。彼の話はあやふやで、すでに記憶のあちこちが抜け落ち、その弱々しい声はすべてを聞き取ることさえ不可能だった。だがその断片的な話に耳を傾けているうちに、片倉の心はいつものように動揺しはじめていた。

いずれ彼女の姿は鮮烈な像を結び、片倉の脳裏に現れる。そしてその美しい瞳で片倉を見つめ、話し掛けてくる。だが、その声は、片倉には届かない。永遠に、聞こえることはない。

やがて彼女は、片倉から遠ざかる。背を向けて、また元の闇の中へと帰っていく。かすかな微笑みだけを残して。

片倉は、静かに心を閉ざす。いつもと同じように。そして自分の心の中の、彼女が消えてくれるのを待つ。

だが、彼女は消えない。残像だけが、いつまでも心の中で微笑み続けている。

もう、いい。

すべては、終わったのだ。小切間克巳の話を聞き終えれば、恵子の呪縛から解き放たれる。

これ以上、何も知らなくてすむ……。

レンタカーを返し、名古屋駅に向かった。

駅前の『山本屋本店』という店で味噌煮込みうどんの遅い昼食を食べ、駅で署に持っていく簡単な土産物を買った。人間は正直なもので、すべてから解放されたと思った瞬間に食欲が戻ってくるから不思議だ。

新幹線のホームに立った時には、まだ発車まで一五分ほどの時間があった。売店で乾き物とビールでも買ってこようか。ふと、そんなことを考える。

そうだ。これで本当に、終わったのだ。

結局、小切間克巳からは大したことは聞き出せなかった。だが、小切間恵子という女の人生の空白を、また少し埋めることができた。そしてやはり、石神井公園のあのマンションで死んだのは篠田幹司という男だったのだろうという確証も得られた。

やれることは、すべてやった。いまはもうそれだけでいいような気がした。

駅のホームから見上げるビルとビルの間の狭い空が、午後の斜光に色付きはじめていた。やがて黄昏があたりを包み、日が落ちる頃には東京に着いている。そして、すべての幕が下りる。

「片倉さん、なぜなんでしょうね……。なぜ恵子は、自分から店に出るようになったのか

「……」

柳井が、片倉と同じ狭い空を見上げながらいった。

「なぜなんだろうなぁ……。早く大人になりたかったのか。それとも、早くあの街を出ていきたかったからなのか……」

片倉は、小切間克巳から聞いた恵子の少女時代の話を思い浮かべる。

彼女は最初、南伊勢町の親族の家に引き取られた。おそらくそれは、片倉も電話で話した『小切間医院』の院長、小切間友之の父親の家だった。親族が集まって話し合い、最も裕福なその家にもらわれることが決まったのだった。

だが恵子は、それから一年もしないうちにその家を飛び出した。堅苦しい医者の家が、性に合わなかったのだろう。そしてひょっこりと、恵子は鳥羽二丁目の小切間勘助という伯父の元に姿を現した。

小切間克巳は、このあたりの事情をあまりよく覚えていなかった。当時、克巳の父親の勘助は元女郎の後妻と共に、料理旅館のような店をやっていた。だが〝旅館〟とは名ばかりで、二階の部屋を〝ちょんの間〟にした娼館だった。

恵子は最初、この旅館で下女として働いていた。だが、若く美しい恵子は、自ずと人の目を引いた。気が付くと一端(いっぱし)の仲居になり、そのうちに自分から客を取るようになっていた。それが原因だったのかどうか、小切間勘助と後妻が何度か喧嘩になったことがある。克巳が覚えていたのは、それだけだ。

「篠田幹司は、本当に恵子に惚れてたんでしょうか……」

柳井が、独り言のように呟く。

「どうだろうな。しかし、死ぬまであのマンションの部屋で〝一緒〟だったんだから、そう信じたいじゃないか……」

街の地回りの篠田幹司という男が恵子の周辺をうろつくようになったのは、彼女が客を取りはじめてしばらく経った頃からだった。篠田は最初、客として恵子に付き、やがて街で二人が飲み歩く姿をよく見かけるようになった。だが、篠田は、恵子を他の店に売ったりはしなかった。

小切間克巳は恵子と歳は離れていたが、従兄妹(いとこ)同士ということもあり、家の中では最もよく話し合える存在だった。その頃、克巳は、恵子からこんな話を聞いた。篠田幹司は〝自分のオトコ〟であり、いつかは〝駆落ち〟するつもりだと。鳥羽を出たら二人で名古屋か東京に住み、〝自分は女優になる〟のだと――。

そして昭和三九年一月六日にあの事件が起き、篠田の後を追うように恵子も街から姿を消した。

「しかし二人は、なぜ昭和五四年に鳥羽に戻ってきたんだろう……」

柳井が、首を傾げる。

「恵子が、子供を産むためだろう」

「しかし、いくら事件が時効になったとはいえ、篠田や石飛まで一緒に帰郷する理由にはならないと思うんですよね……」

小切間克巳がいうには、恵子が十数年振りに帰郷したのは昭和五四年の秋頃ではなかったかという。その年の春先には、伯父の小切間勘助は卒中で亡くなっていた。後妻もすでに認知症が進み、寝たきりになっていた。

恵子は一人でふらりと街に現れて、しばらく世話になりたいといった。克巳はすでに結婚し、子供もいた。断ろうと思ったのだが、恵子はかなりの大金を持っていた。結局、その半年後くらいに恵子は女の赤ん坊を産み、また何カ月かすると街をふらりと出ていってしまった。

それきりだった。克巳は恵子から篠田のことは何も聞かなかったし、子供の父親が誰なのかも知らなかった。もちろん、鳥羽に篠田が帰ったという話も耳にしたことはない。

小切間克巳が知っているのは、それだけだった。以来、恵子からは日本各地の消印で年賀状くらいは届いていた。だがそれも、二〇年ほど前に途絶えていた。

「恵子の娘は、いま、どこで、どうしてるんでしょうね……。母親が死んだことを、知っているのか……」

小切間克巳は、恵子の娘の消息は知らないという。

「昭和五五年の生まれか……。もう、三〇を過ぎてるんだな……」

その時、唐突に、片倉の脳裏にひとつの記憶が像を結んだ。

あの、柳ケ瀬の夜だ。ブルーのドレスを着て傘をさしながら振り返った、あのナイトクラブの女……。

「そういえば、小切間克巳にも娘がいるといっていましたね」

そうだ。小切間克巳にも、週に一度は見舞いに来る娘がいる。だが、克巳に問い質すと、「娘のことはそっとしといてやってくれ」といった……。

いつの間にか片倉と柳井の後ろに、乗客の長い列ができていた。ホームに、一五時一二分発の東京行き〝のぞみ130号〟がゆっくりと入ってくる。

その時、片倉がいった。

「新幹線の最終は、何時だ……」

「最終って、一〇時過ぎまではあると思いますが、なぜですか」

柳井が首を傾げて、片倉の顔色を見る。

「お前、一人で帰れ。おれはもう一カ所、行かなくちゃならない所を思い出した」

片倉はそういって列を離れ、階段の方に向かって歩き出した。

「片倉さん、ちょっと待ってください。ぼくも一緒に行きます」

柳井が、その後を追った。

3

夕刻から、雨が降りはじめた。

あの日と同じように霙まじりの、心の芯まで冷えるような冷たい雨だった。

アーケードの中に入っても、雨の冷たさが後ろから忍び寄るように追ってくる。人通りの少ない商店街にシャッターの降りる音が響き、ひとつ、またひとつと街の灯が消えていく。柳ケ瀬は、あの日と同じように、時代に忘れられたような淋しい街だった。

途中で、レンガ通りを通った。片倉は道を逸れて路地に入り、奥へと進んでいく。そしてあの日と同じように、スナック『ミモザ』の前に立った。

片倉は、平成二年二月のこの路地裏の風景を想い浮かべる。いまは廃墟と化した『ミモザ』には、まだネオンが灯っていた。この暗く饐えた臭いのする路地裏には、旅役者の檜山京ノ介――本名野呂正浩――が立っていた。そして何者かがその背後から忍び寄り、背中を刃物でひと突きに刺した。

殺ったのは本当に、篠田幹司だったのか……。

「あの日、なぜ野呂は、篠田に呼び出されて一人でここに出てきたんでしょうね……」

柳井が、自分に問い掛けるようにいった。

「わからんな。話を付けようといわれたのかもしれないし、金を払うといわれたのかもしれない……」

たったひとつ、これだけは確かだ。あの日、檜山は、誰にも行き先を告げずに一人で店を出ている。すぐに、戻るつもりだったのだろう。まさか、自分が刺されるなどと思ってもいなかったに違いない。

「行こうか」

「はい……」

路地を出て、レンガ通りに戻る。

もう、商店街のシャッターはほとんど閉まっていた。がらんとした日ノ出町通りからアーケードを出て、傘を広げた。信号が変わるのを待ち、金華橋通りを渡り、西柳ケ瀬といわれる一角に入っていく。

かつては歓楽街として知られ、ナイトクラブやピンクサロンのネオンが輝いていた西柳ケ瀬も、あの日と同じように暗く静かだった。ただ冷たい雨だけが、街を濡らしている。

「時間が、早いのかもしれませんね……」

柳井がなぜか、声をひそめるようにいった。

時計を見ると、まだ六時半にもなっていなかった。

「そうだな……。クラブが店を開けるには、早すぎるのかもしれないな……」

雨の中を歩きながら、角の『ムーランルージュ』というナイトクラブの前まできた。だが、やはり店にはネオンが灯っていなかった。

「どうしますか。ここで待ちますか」

柳井が訊いた。

「いや、雨も降っているしどこかの店に入って時間を潰そう。また一時間くらいしたら、来てみよう」

以前と同じ路地に入っていき、以前と同じ『飛騨』と書かれた暖簾を潜った。カウンターに座ると主人と女将の老夫婦は二人の顔を覚えていて、笑顔で迎えてくれた。まだあれから一カ月半しか経っていないのに、すでに遠い過去のことのように懐かしさを感じた。

「人捜しは、うまくいきましたか」

主人がカウンターの中から突き出しを出しながら、訊いた。

「ええ、まあ何とか……。写真の二人は、見付かりました。あと、もう一人。もしかしたら今夜にも、その人に会えるかもしれなくてね……」

片倉がお絞りで手を拭いながら、世間話のように答える。

以前と同じように生ビールを二杯と、何品か簡単な肴を頼んだ。

「しかし、あの女は本当に小切間恵子の娘なんですかね。確かに、似てはいますが……」

店主と女将が離れるのを待って、柳井が小さな声でいった。

「そうだ。そうだと思う……」

根拠はない。ただの勘だ。

だが、片倉は、そう信じ込んでいた。思い返してみれば、最初からそうだったのだ。あれ以来、片倉の頭の中に現れる小切間恵子は、常にあの雨の中で振り返るブルーのドレスを着た女に入れ替わっていた。

「でも、恵子の娘だとして、名前は……」

片倉がその言葉に、小さく頷く。

「小切間〝アリサ〟だ……」

柳井が、怪訝そうに、片倉を見る。

「〝アリサ〟って……。小切間というのはわかりますが、〝アリサ〟というのはなぜなんですか」

女将が料理を運んできて、ころ煮の器を二人の前に置いた。

「女将さん……前に見せた写真の女の人、覚えてますか」

片倉が、女将に訊いた。

「ええ、覚えてますよ。あの綺麗な人ね。〝ムーランルージュ〟の、アリサちゃんに似ている人でしょう」

「そう、その人ですよ……」

女将が行ってしまってから、片倉がいった。

「そうなんだ。その〝アリサ〟なんだよ。おそらく、彼女は、自分の本名で店に出ているはずだ……」

なぜ、彼女は柳ケ瀬にいるのか。それは彼女の母親もまた、柳ケ瀬にいたからではないのか。もし彼女が母親の消息に触れることを期待して柳ケ瀬のナイトクラブに勤めているのなら、源氏名ではなく、本名で店に出ているはずだ。

七時半を過ぎるのを待って、『飛騨』を出た。

冷雨の中を歩き、柳ケ瀬通りまで戻ると、街が先ほどよりは少し明るくなったような気がした。交差点の近くまでくると、ナイトクラブ『ムーランルージュ』にもネオンが灯っていた。

　小さな噴水のある石積みの壁のネオンの裏に回り、傘を閉じる。厚いガラスの自動ドアが開き、その向こうに虚飾の、一見して豪華な、それでいて安っぽい世界が広がった。片倉と柳井が肩の雨粒を払いながら入っていくと、両側から黒服の男が現れて傘と荷物、そして脱いだコートを受け取った。

「いらっしゃいませ……」

　後から出てきた少し年輩の、やはり黒服を着たマネージャーらしき男が頭を下げる。片倉と柳井は、ただ黙ってその男の後ろに付いていった。

　店内は広く、ビロードの布を張ったソファーのボックス席が一〇席ほど仕切られていた。その中央の正面に、楽器やアンプを置いた舞台がひとつ。薄暗い光の中で見ても、すべてがすり切れ、色褪せていた。

　案内された席に座り、片倉は店内を見渡した。時間が早いからなのか、それともそれがいまの柳ケ瀬なのか、他に客はいなかった。ただ、奥のボックス席の一角に、ドレスを着たホステスたちが五人ほど座って暇を潰していた。その中に、ブルーのドレスの女の後ろ姿も見えた。

「いらっしゃいませ。誰か御指名の女の子はおりますか」

マネージャーらしき男が、熱いお絞りを手渡す。それを受け取りながら、片倉が低い声でいった。

「この店に、小切間アリサという娘はいるかな」

名字までいったからか、男が怪訝そうな顔をした。

「どのようなご用で……」

男が訊いた。

片倉が、上着の内ポケットから警察手帳を出して見せた。

「別に、事件という訳じゃない。この店に、迷惑を掛けるつもりもない。ただ我々は、小切間恵子という一人の女性の身元を確認したいだけだ。彼女は、その娘かもしれない。それだけだよ」

男は、しばらく考えていた。だが、やがて、小さく頷いた。そして、いった。

「少々、お待ちを」

男が片倉の座っている席を離れ、女たちの席に向かった。片倉は、息を吞んで成り行きを見守った。

男が、ブルーのドレスの女に声を掛ける。女が振り返り、男の説明を聞きながらこちらを見ている。

やはり、彼女だ。彼女が、〝K〟だ……。

女が男に頷き、ソファーから立った。小さなバッグをひとつ手に抱え、こちらに向かってくる。片倉を、正面から見つめながら。

彼女は小柄だった。華やかであり、静謐（せいひつ）だった。常に、何ものにも臆することなく。時空を超えて降臨した女神のように、凛として美しかった。

そして、片倉の前に立つ。片倉と柳井も、席を立って彼女を迎えた。

彼女が二人を見つめ、静かにいった。

「私が、小切間有沙（ありさ）です……」

片倉はしばらく、その美しさに見とれていた。

彼女は、写真を見つめていた。

もう長いこと、そうしている。細く白い指で愛おしそうに写真を包み込みながら、まるで何かを話し掛けるように目を細める。

その表情には戸惑いと憂いが入りまじり、どこか近寄り難くもあり、それでいて穏やかでもあった。彼女の目は優しく、まるで自分の子供の写真を見つめる母親のようでもあった。片倉は、その様子を静かに見守った。

やがて彼女は、何かに納得したかのように視線を上げた。

「そうです……。確かに、これは私の母です……。母の、小切間恵子に間違いありません……」

彼女の目から大粒の涙がこぼれ落ち、頬を伝った。

「やはり、そうでしたか……」

遠回りをしたものだ。もしあの時、振り返った彼女に声を掛けていたとしたら。もっと早く〝K〟の身元が判明していたはずだ。

だが、そうだったとしたら……。

小切間恵子の少女時代の人生にも、鳥羽時代の人生にも、そして紅子としての人生にも触れることはできなかったに違いない。

「母は、亡くなったんですね……」

小切間有沙が自らに頷き、涙を拭った。

「はい、亡くなりました。昨年の一一月に、東京で白骨遺体が発見されました……」

片倉は、何も隠すつもりはなかった。

「もう、二〇年以上も前から、母とは連絡が取れなかったんです……。覚悟はしていましたから……」

彼女がまた頷き、涙を拭う。

「写真のもう一人の方、その男の人は誰だかわかりますか」

片倉が訊いた。彼女は写真を見つめ、しばらく考えた後で、ゆっくりと頷く。

「父……だと思います……」

やはり、そうだったのか。

「名前を、知っていますか」

彼女が首を傾げ、少し考えた。そして、いった。

「篠田……確か、篠田幹司といったと思います……」

片倉は柳井と目を合わせ、お互いに頷き合った。これで、やっと、すべてが解決したような気がした。

小切間有沙は、自分の人生を振り返るように淡々と話しはじめた。

彼女は鳥羽の赤線地帯に生まれた。

彼女を育ててくれたのは伯父——正確には母の従兄弟——の小切間克巳夫婦で、物心が付いた頃には母の恵子はすでにいなかった。

母は年に一度か二度、家に戻ってきて、人形などの玩具や高価な洋服、お金を置いていく。いつも派手な服を着て、有沙は子供心にも綺麗な人だと思っていた。母が帰っている時には毎日、美味しい物を食べさせてもらえた。遊びにも連れていってもらえた。しかしまた一週間か二週間が経つと、母は「お仕事がある……」といってどこかに行ってしまう。

母がいなくても、有沙は淋しくはなかった。伯父夫婦が優しくしてくれたし、ちょうど同い歳くらいの従兄弟たちもいたからだ。だが、有沙が小学校の二年の時に伯父夫婦が離婚。それまで一緒だった従兄弟たちとも離ればなれになった。以来、有沙は、伯父の克巳に実の一人娘のように育てられてきた。

有沙が父親の篠田幹司と初めて会ったのも、その頃だった。当時、母の恵子は、柳ケ瀬に住んでいたような記憶がある。夏休みのある日、母が急に鳥羽に戻ってきて、これから遊びに行こうと連れ出された。何度も電車を乗り継ぎ、行った先が、名古屋と岐阜の柳ケ瀬だった。

名古屋では名古屋城を見て、動物園にも行った。大きなホテルに泊まり、温泉にも行った。柳ケ瀬では、母が出演した舞台の芝居も見た。その時に、ずっと一緒だったのが篠田幹司だった。

「名古屋で、初めて会ったんです。母に、私のお父さんだと紹介されて……。その何年後かにも、もう一度会いましたけれど……」

「しかし、なぜこの男の名を篠田幹司だと知っているんですか」

当時、篠田は〝小切間清〟という名前を使って逃げていた。母親の恵子が、自分の小学生の娘にその本名を教えるとは思えない。

「大人になってから、〝伯父〟から聞いたんです。お前の父親は、本当は篠田幹司という男だと……」

そういうことか。

「どんな男でしたか、その……篠田幹司は……」

片倉が訊いた。

「どうでしょう……。子供の私には、一応は優しく接してくれていましたが……。でも、人を殺した男なんでしょう。それも、伯父から聞いていますし……」

小切間恵子は鳥羽に帰れない時も、よく手紙や葉書、お菓子の入った小包みなどを送ってきていた。消印はほとんどが名古屋、柳ケ瀬、東京のものだったが、ほぼ全国に及んでいた。現地の写真の入った、絵葉書も多かった。

そして平成三年の一月、栃木県の那須町の消印の年賀状が来たのが恵子からの最後の連絡となった。すでにその頃は、小切間恵子は東京の石神井公園に住んでいたはずだ。自分たちの居場所を娘にも隠すために、わざわざ出先から年賀状を送ったのだろうか。

「父が……あの男が、母を殺したのでしょうか……」

有沙は自分の父親を、あえて〝あの男〟といい直した。

「わかりません。お母さんの死因は、特定されていないんです。すでに死後、二〇年以上も経っていますので……」

「そうですか……。あの男はいま、どうしているんですか……」

有沙が訊いた。

「篠田も、亡くなりました。やはり昨年の一一月に、お母さんと同じ部屋で遺体が発見されました」

片倉がいうと、有沙が納得したように頷く。

「そうでしたか……。しかし、あの男が死んだと聞いても、悲しくはないんです……」

「なぜですか」

「母は、苦労したんだと思います。おそらく、私を捨てたのも……。父が、〝あのような男〟でしたから……」

〝あのような男〟という部分に、これまで以上の何か特別な意味が含まれているような気がした。

「どういうことです」

片倉が訊くと、有沙が静かに頷いた。

「あの男、背中一面に入れ墨が入っていたんです。私、母の家でそれを見てるんです。だから名前を変えていくら逃げても、結局は母も安住の地が見つからなかったんだと思うんです……」

篠田幹司の背中に、入れ墨があった……。

片倉はその言葉を、呆然と聞いていた。

あのマンションの部屋で無縁死した男の背中には、入れ墨などはなかった……。

あの男は、篠田幹司ではなかった――。

4

いつの頃からか、時の流れを速く感じるようになった。

それが四十代の頃だったのか、五十代になってからのことだったのかは思い出せない。いずれにしても、警察官になったばかりの頃といまとでは、確実に時が過ぎていく速度が違ってきたような気がする。

片倉康孝が東京に戻ってから、二カ月が過ぎた。その間、片倉は、この四月から刑事課に配属される新人刑事の教育係として雑務に忙殺されていた。一方で柳井は管内で発生した連続の〝強盗（タタキ）事件〟の担当に回されて、〝地取り〟で外を回っている。最近は、ほとんど署内で顔を見かけることもない。

たまに署内で顔を合わせれば、挨拶くらいは交わす。そのような時の柳井の表情は疲れが溜まっていそうでありながら、どこかいっぱしの刑事としての生気と自信に満ちていた。つい四カ月ほど前に死体を見て青い顔をしていた〝新入り（アンコ）〟が、嘘のようだ。時の流れと同じように、若者が成長するのも早い。かつては自分にも、現場で走り回っていた時代があった。そう思うと、つい最近まで子供のようだった柳井の顔が、少し眩しく見えてくる。

雑務に忙殺されながらも、片倉は少しずつ小切間恵子の件を追っていた。けっして、諦めたわけではない。

あのマンションの一室で発見された男の遺体は、いったい誰だったのか……。

三月中旬のある日、片倉は久し振りに鑑識の得丸と飲んだ。

得丸も、片倉とはほとんど同期だ。最近は現場に出る機会も少なくなり、いまは片倉と同じように新人の鑑識課員の教育係に回されている。お互いに、午後六時になれば体が空く。

署を出た所で、得丸と顔を合わせた。それならば軽く一杯やるかということになり、春の気配を含む黄昏の中を歩きだした。どこかに落ち着ける店はないかと得丸に訊かれ、片倉は行きつけの『吉岡』に誘った。

得丸は、この小ぢんまりとした店を気に入ったようだった。この日はカウンターではなく、小上がりに上がり、刺身や煮物など何品かの肴を注文した。

最初はビールに始まり、途中で片倉の焼酎のボトルに酒を変えた。飲みながら、最近の若い者はどうだこうだと、つい歳相応の言葉が口をついて出る。

「ところで得さん……」

少し酔いが回ってきたところで、片倉が切り出した。

「何だい。康さんまた例の話か」

得丸に、いわれるまでもない。この二カ月間、二人で酒を飲むと、いつもこの話になる。

「あの〝仏さん〟の背中には、本当に〝刺青(モンモン)〟は入ってなかったのか……」

片倉がいうと、得丸が少し呆れたように苦笑を浮かべた。

「〝仏さん〟て、例の小切間清だろう。康さん、何年〝刑事(デカ)〟やってんだい。〝モンモン〟があるかどうかを確かめるのは、鑑識の基本中の基本じゃないか」

「だけどさ、得さん。あの〝仏さん〟はもうミイラ化してたし……」

だが得丸は、また苦笑いを浮かべた。

「なあ、康さん、考えてみてくれよ。おれはあの仏さんを丸裸にして、引っ繰り返して尻（けつ）の穴まで見てるんだぜ。背中一面に入ってたような〝モンモン〟を、おれが見落とすわけがないだろう。だいたい康さんだって、検死に立ち会ったじゃないか」

そうなのだ。片倉は自分でも、あの死体の背中を見ているのだ。いくらミイラ化しても、肌が残っているうちは刺青は消えない。まして捜査のプロの鑑識や刑事が、そんなに重要な手懸りを見落とすわけがない。

「〝モンモン〟てのは、消せないんだよな……」

片倉が焼酎を口に含み、呟く。

「それだって、何度もいったじゃないか。小さな〝モンモン〟ならばレーザーか手術で何とかなるだろう。しかし、背中一面の大きなやつなんて絶対に無理だ。消す方法なんて、有り得ないよ」

「それじゃあ、あの〝仏さん〟はいったい誰なんだ……」

小切間清本人は、昭和三四年に伊勢湾台風で死んだ。その戸籍に入れ替わった篠田幹司は、背中一面に刺青が入っていた。

唯一の可能性は、篠田と一緒に鳥羽から姿を消した石飛幸男という男だった。もしかしたら石飛が小切間で、篠田が木崎幸太郎ではなかったのか。

だが石飛幸男に関しては、その後ある情報が入ってきた。昭和三九年一月当時の鳥羽警察署の記録によると、石飛は十代の時に出漁中の事故により左足の小指を欠損。この特徴が、二〇〇八年八月に練馬区練馬のアパートで孤独死した木崎幸太郎の検死報告書と一致した。

木崎幸太郎は、石飛幸男だった。それならばあのマンションにあった死体は、誰だったのか——。

「なあ、康さん」

得丸が、片倉のグラスに焼酎を注ぎながらいった。

「何だい、得さん……」

片倉はグラスを受け取り、その透明な液体に浮く氷を見つめる。

「あんたと柳井は、よくやったと思うよ。自腹を切ってまで出張して、あのマンションにあった女の〝仏さん〟が小切間恵子であることを確かめた。その遺骨を、娘に返してやることもできた。それだけじゃない。昭和三九年に三重県の鳥羽で起きた〝強殺〟の〝犯人〟まで掴んだんだ。たいしたもんだよ」

「まあな……」

片倉は、グラスの冷たい液体を口に含む。

「それで、十分じゃないか。篠田幹司という男は、まだこの世のどこかで生きてるのかもしれない。それとも、とっくの昔に、どこかで野垂れ死んでるのかもしれない。あのマンションで死んでたのは、おれたちの知らない別の男さ。最初から、名前も顔もなかったんだよ。おれたちみたいな稼業をやってれば、別に珍しいことじゃないだろう」

「そうだな……。わかってはいるんだけどね……」

片倉は、手の中のグラスを見つめる。

透明な液体の中で、顔のない誰かが笑っていた。

5

小切間恵子の人生に関しては、その後も少しずつ明らかになっていった。

発端は娘の有沙の手元に残っていた、足掛け一〇年以上に及ぶ総計二九二通もの葉書や手紙だった。有沙はそのすべてを年代別に整理し、保存していた。

片倉はこのファイルを借り受け、すべての内容を分析した。内容とはいっても母親が幼い娘に宛てたものなので、たわいもないことばかりが書いてある。だが、その中の些細(ささい)な情報を繋ぎ合わせていくと、小切間恵子の人生の空白の部分が埋まり、全体像が浮かび上がってくる。

ひとつは、消印の日付と場所だ。以前、有沙がいっていたとおり、消印の場所はほぼ日本全国にわたっている。北海道や東北、四国などの地方のものはほとんどが写真入りの絵葉書で、封書は名古屋、岐阜の柳ケ瀬、東京の主に四谷大木戸(よつやおおきど)郵便局管内から投函されたものが多かった。どうやら小切間恵子は公演などの旅先からは葉書を出し、名古屋や東京に落ち着いた時に手紙を書くという習慣があったらしい。

ところがもう一カ所、小切間恵子が集中して封書を投函していた時期と場所があった。時期は、昭和六一年の六月から六三年の一二月まで。投函場所は、ほとんどが福岡県の中(なか)洲川端(すかわばた)郵便局の管内だった。

昭和六一年から六三年といえば、紅子——小切間恵子——が柳ケ瀬から遠ざかっていた時期だ。ライブハウス『コロニー』の元店主の天野秀伸は、当時紅子は「他に、〝生活〟があった……」といっていた。二カ月か三カ月ほど柳ケ瀬にいては、スーツケースを持ってふらりと出ていき、長い時は一年以上も帰ってこない。あの頃だ。

小切間恵子はその頃、福岡の博多に住んでいたのか。さらに調べてみると、中洲川端郵便局は、九州最大の歓楽街として知られる中洲に近いことがわかった。しかも博多周辺は、昔から演劇が盛んな街としても知られていた。

片倉は、博多で投函された手紙を一通一通、隅々まで読んだ。何か、手懸りはないか。ほとんどは母親の娘に対する近況報告だったが、だが、その中に一行だけ片倉の興味を引く記述があった。

〈――今度、九州の中洲という町でお店をやることになりました。そのお店の名前を、〝アリサ〟にしようと思ってます――〉

奇妙なことに小切間恵子の葉書や手紙には、娘に宛てたものにもかかわらず住所というものが書かれていない。犯罪者――篠田幹司――と共に逃げているという負い目と警戒心がそうさせたのだろうか。だが〝中洲〟というそれほど広くはない歓楽街と、『アリサ』という店――おそらくスナックか何かだろう――の名前、さらに昭和六一年から六三年という時期に絞り込めるならば十分に手懸りにはなる。

片倉は、所轄の博多警察署に問い合わせた。すると、生活安全課に当時の〝酒類提供飲食店営業の届出〟が残っていた。

提出の日付は昭和六一年六月二〇日。店舗の住所は福岡市博多区中洲三丁目〇〇〇番地。

営業責任者の名前はやはり〝小切間恵子〟になっていた。

他に保証人の名前が二人。これはどちらも、これまでに一度も出てきていない名前だった。さらに、小切間恵子の住民票が一通。住所はやはり、福岡市博多区店屋町六番〇〇コーポラス土居二〇二号になっていた。

やはり小切間恵子は、博多の中洲でスナックをやっていたことがあったのだ。理由はわからないが、おそらく、その店を昭和六三年の年末までには畳んだ。そしてまた、柳ケ瀬に舞い戻ってきた。

紅子――小切間恵子――はその頃、『コロニー』の経営者に意味深なひと言を残している。自分はやはり、殺される役が好きだと。その心境の変化の裏に、何があったのか。原因は、博多での生活の中にあったのか――。

わかったのはそれだけだった。博多署の生活安全課は、周辺の古いスナックなどに一応は聞き込みをやってくれた。だが、昭和六〇年代に『アリサ』というスナックがあったことも、その店のママが小切間恵子だったことも、誰もはっきりとは覚えていなかった。

もうひとつ、小切間恵子に関しては有力な情報が入ってきた。東京に戻ってからも柳井が、片倉には何もいわず、少ない休みや僅かな時間を割いて新宿の芝居小屋に出ていた頃の小切間恵子の消息を追っていたのだ。三丁目の『どん底』やゴールデン街の『深夜プラス1』などの演劇関係者が集まる古い店を当たっているうちに、〝紅子〟という役者を知っている者が何人か現れた。その中の一人が、昭和四七年に新宿御苑の『シアター・ロメオ』という劇場の『猫』という芝居と主演の紅子、そして演出家の大門流水という男のことも覚えていた。

大門流水は、まだ生きていた。本名は大西圭一（おおにしけいいち）。現在、六九歳。世間は狭いもので、柳井が地取りで歩き回っていたゴールデン街の片隅で、『紅子』という小さなバーをやっていた。

片倉は一度、柳井と二人でそのバーを訪ねたことがある。大西は白髪だがどこか粋な雰囲気を持った老人で、歳よりはかなり若く見えた。〝紅子〟の名前を出すと、ふと息が抜けたように苦笑し、持っていたマールボロにマッチで火をつけた。そして紅子が死んだことを伝えると一瞬、空間に漂うタバコの煙を見つめ、自分を納得させるように頷いた。

大西は昭和四九年の柳ケ瀬の『コロニー』の公演の後、一年程で演劇の世界からはきっぱりと足を洗ったという。原因は、紅子だった。

当時、大西と紅子は、演出家と役者である以前に男と女の関係だった。その紅子を主演女優として売り出すために考えたのが、あの『猫』という芝居だった。大西自身が脚本を書き、演出も手掛けた。だが、『猫』の舞台を何回もやるうちに、紅子と助演男優の野呂正浩がデキていることを知った。

大西は、劇団を解散した。以来、一度も紅子には会っていない。それから一五年ほど経ってからこのバーを始めたが、店名を『紅子』にしたのはもしかしたら彼女が訪ねてくるかもしれないというほのかな期待があったからだった。

片倉は試しに、大西に篠田幹司の写真を見せてみた。だが大西は、篠田の顔は見たことはないという。大西が知っているのは、それだけだった。

紅子——小切間恵子——とは、いったいどのような女だったのだろう。それを大西に訊ねると、しばらく考えた後で、たったひと言「魔性の女だった……」といった。使い古された言葉だが、それが妙に紅子——小切間恵子——には相応しいように思えた。

彼女は十代で自ら進んで女郎になり、一八になる前にひと回り以上も歳上のヤクザと駆落ちをした。そのヤクザの愛人でありながら演劇という世界に身を投じ、演出家や役者仲間など次々と男の元を渡り歩いた。他にも、博多やその他の土地で何人もの男に抱かれたことだろう。そしてやがて最初の愛人の子供を産み落とし、歳と共に華やかさを失い、身を俏していった。そして、おそらく、あのマンションの一室で、何らかの理由によりあまりにも早い死を迎えたのだ。

それが、彼女の望んだ人生だったのだろうか。いや、それは違う。もし彼女の人生を狂わせたものがあるとすれば、あの昭和三四年の伊勢湾台風ではなかったのか。両親と兄に死に別れ、浸水した家の屋根裏で餓えに凍えながら、何人もの男たちに犯されたあの年の出来事が一人の少女の人生を狂わしてしまったのではなかったのか。

片倉は、思う。

彼女は……小切間恵子は、どのような死に方をしたのだろう。彼女の死を、誰が看取ったのだろう。おそらくそれは、あのマンションの部屋で死んでいた男だった。だが、その男の正体も含めて、すべては永遠の謎だ。

もう、終わりだ。これが、本当に最後だ。そうでないと片倉自身も、あの『コロニー』の天野や演出家の大門流水のように一生、紅子の影を追い続けなければならなくなる。

そう思った矢先だった。

〝事件〟は意外な展開を見せることになった。

6

三月一七日――。

東京にもこの週に桜の開花宣言が出され、石神井公園のボート池の周辺にもちらほらと花がほころびはじめていた。

片倉はこの日、ちょうど一週間振りの休みを取った。日曜日だった。新人刑事の教育係という退屈な役を押し付けられてから、少なくとも週に一度は定期的に休めるようになった。

だが、朝起きても、休みの日にはいつものことながら何もやることがない。天気が良いので散歩にでも出ようかと思ったが、昨夜の酒がまだ残っていて体が重い。結局、毎度のように、二LDKのマンションの一室でテレビを眺めながら時間を潰すことになる。

ちょうど日曜の朝の、ワイドショー番組をやっていた。片倉は安物のソファーに座りながら、二杯目のインスタントコーヒーを片手にぼんやりと画面を眺めていた。中国の海洋監視船がまた尖閣諸島の日本海域に侵入……広島のカキ養殖水産会社で中国人実習生が刃物を持って暴れ、二人死亡……内縁の妻の連れ子を殴り、重傷を負わせた男を逮捕……。

この一週間のニュースを総括するようなコーナーだったが、いつもと変わり映えしない。

だが、その中で、ひとつだけ気になるニュースがあった。

〈――今週の木曜日、東京都杉並区阿佐谷に住む自称医師、渡辺洋介(わたなべようすけ)六四歳が、医師法違反の容疑で逮捕されました。渡辺は自分で病院を経営していましたが、二〇〇七年に医師

免許を失効。その後も他人名義の医師免許を使って医療行為を続けており――〉

渡辺という名字の医師……。

六四歳という年齢……。

杉並区阿佐谷という住所……。

片倉の頭の中で、三つのキーワードが重なった。

まさか……。

智子の再婚相手は、医師だと聞いていた。年齢は今年、五一歳になる智子とひと回り以上離れていると聞いた覚えもある。六四歳ならば、ちょうど合っている。

しかも昨年の末に届いた入籍を知らせる葉書では、智子の名字は再婚相手の〝渡辺〟になっていた……。

片倉はマグカップを置き、コーヒーテーブルの抽出しを開けた。中からホルダーを出し、智子からの葉書を抜き取った。

裏を見る。〝渡辺智子〟という署名に、奇妙な違和感を覚えた。決別の意志を表すように、住所は書かれていない。

だが、消印が残っていた。掠れてはいたが、読めなくはない。老眼鏡を掛けると、〝阿佐谷南三……〟という印字が見えた。

やはり、阿佐谷だ……。

間違いない。逮捕された渡辺洋介という偽医師は、智子の亭主だ……。

片倉は、携帯を手にした。アドレス帳で智子の携帯の番号を探し、掛けた。

呼び出し音が鳴った。番号は、変わっていない。だが、次の瞬間に留守番電話に切り換わった。

片倉は、音声の案内が終わる前に電話を切った。そして、息を吐く。

いったい自分は、何をやってるのか。

智子はもう、自分の妻ではないのだ。


翌朝、出署すると、刑事課の自分の席に柳井がいた。

「お早(は)よう。この時間に署にいるなんて珍しいじゃないか」

片倉が自分のデスクにショルダーバッグを置き、声を掛けた。

「あ、お早ようございます」柳井が振り返る。「先週末に、例の〝強殺(タタキ)〟の件が片付いたものですから」

〝タタキ〟などという刑事の隠語を使う様子も、様(さま)になってきた。

「そうだったな。〝挙げた〟（逮捕した）んだったな。おめでとう」

土曜日の帰り際に署内で聞いて知ってはいたのだが、そんなことも忘れていた。

「でも、何だかほっとしましたよ。捜査本部に参加して、地取りや張り込みをやって、〝犯人〟を挙げたのは初めてですからね……」

柳井の表情は、一人前の刑事として満足そうだった。

片倉は、椅子を引いて座った。すぐにデスクの上のコンピューターの電源を入れ、立ち上げる。警視庁内の公開情報一覧にアクセスし、自分のＩＤを入れ、〝渡辺洋介〟で検索する。

やはり、情報がヒットした。元来は他の警察関係者に情報提供を呼び掛けるものだが、事件の概要を知るにはこれで十分だ。もちろん、マスコミに公表されている情報と内容は異なる。容疑者をはじめその周辺の関係者の個人情報や、捜査上の公表できない内部情報にまで及んでいる。

片倉はまず、渡辺という医師の個人情報を見た。

〈――渡辺洋介・昭和二三年九月九日、山梨県甲府市生まれ。現在六四歳。

現住所・東京都杉並区阿佐谷南一丁目〇〇〇――

職業・『渡辺整形外科病院』代表取締役。
長男・渡辺慶介、三三歳（別居）。
長女・小川由美子、三一歳（既婚・別居）。
妻・渡辺智子、五一歳。平成二四年一二月二四日入籍、再婚（同居）――〉

やはり、そうだったのか。逮捕された渡辺洋介という偽医師は、智子の再婚相手だったのだ……。

だが、片倉は自分のやっていることに気付き、思わず苦笑した。まるで、ストーカーまがいだ。

片倉は、さらに捜査報告書を読み進めた。それにしてもなぜ、医師免許を持たない偽医師が病院の院長などになれたのか。

捜査資料によると、渡辺洋介は旧姓を徳良といった。昭和四二年に上京し、慶応大学医学部に入学。四八年三月に同大学を卒業し、その年の九月に医師免許を取得――。

渡辺は、かつては医師免許を持っていたのだ……。

その後、都内の病院などに勤務した後、昭和五三年に『渡辺整形外科病院』に就職。五四年六月に同病院の渡辺洋一院長（当時）の長女、頼子と結婚。養子として渡辺姓に入籍。

だが妻の頼子は、平成一四年三月に病死——。

実はこの妻の病死についても、当時は他殺の疑いが掛けられていた。だが証拠不十分で、所轄の杉並署が追及を断念したという経緯があった。もしこの一件が所轄の読みどおり〝クロ〟だとしたら、この渡辺という偽医師はかなりの悪だ。

片倉は改めて、資料に添付されている容疑者の顔写真を見た。端整で、年齢よりもかなり若くは見えるが、どことなく酷薄な印象があった。

それにしても、なぜ智子は、このような男と再婚したのか……。

資料によると、渡辺は前妻に二億四〇〇〇万円の生命保険を掛けていた。それも、〝他殺〟と疑われた要因だった。

資料はここから、事件の本題へと入っていく。その記述を読みながら、片倉は溜息をついた。

渡辺は平成一九年の五月、生活保護受給者の診療報酬に関連する詐欺罪で有罪判決（懲役一年六月、執行猶予四年）を受け、医師免許を剝奪。だが、ちょうどその事件の二カ月後に死亡した義父の医師免許を使い、そのまま同病院の院長として診療を続けていた。ちなみに義父の本名は渡辺洋一で、渡辺洋介とは偶然に一字違いだった——。

つまり、義父と入れ替わったわけか……。

どこか、小切間清の一件と似ているような気がした。どこにでも、同じようなことを考える奴はいるものだ。

だが、もし目の前で誰かが死に、その人間が自分が最も必要とするものを持っていたとしたら……。

それが医師免許であれ、戸籍であれ、金であれ、目の前にそれがあれば死んだ人間と人生を入れ替わろうとするのはむしろ自然の衝動なのかもしれない。

目の前で死んだ人間と、人生を入れ替わる……。

片倉は、自分の頭に思い浮かべたその言葉を、反芻した。もし一度うまくいけば、人間は二度、三度と繰り返す。

まさか……。

何かが、閃いた。頭の中に瞬時に、様々な仮説が疾り回る。だが、自分の仮説がすべての面において矛盾していないという結論に達するまでに、それほどの時間は掛からなかった。

篠田幹司に、一杯喰わされた……。

「くそ、やられた！」

片倉が両拳でデスクを叩き、突然、椅子から立った。

「どうしたんですか……」

柳井が片倉の声と音に驚き、振り返る。

「だから、やられたんだよ。篠田幹司に、まんまと騙されてたんだ」

「騙されてたって、いったいどういうことですか」

「いいから、来い。おれたちは、とんでもないことを見落としていたんだ」

片倉が上着を取り、刑事課の部屋を出ていく。

「ちょっと……ちょっと待ってください……」

柳井は何が何だかわからないといった顔で、その後を追った。

7

石神井警察の裏口を出て、住宅街の道に出た。

目映い春の陽光の中を、足早に歩く。静かな住宅地の沿道の桜は、もう五分咲きほどに花が開いていた。だが、片倉は何も目に入らなかった。

「片倉さん……どこに行くんですか……」

後を追う柳井が訊いた。

「例のマンションだ。確かめてみたいことがある」

片倉は立ち止まることなく、歩き続ける。

垣根のある家の角を、曲がる。公園のボート池に向かうなだらかな坂を下っていく。間もなく右手に、鉄筋コンクリートの二階建ての古いマンションが見えてきた。

入口の、三段ほどの階段を上って暗いエントランスに入る。左手に、ステンレスの郵便受けが並んでいる。その前で白髪の老人が一人、ホウキで床を掃除していた。

老人が顔を上げ、怪訝そうな表情で片倉を見た。

「加藤さん……でしたね」

「はあ……」

加藤茂夫が、小さく頭を下げる。

「石神井警察の片倉です。例の部屋……一〇五号室の鍵を開けてもらえませんか。もう一度、中を見てみたいので」

「ああ、はい。ちょっと待ってくださいね……」

加藤がどこか安心したような表情でホウキを立て掛け、エントランスから一〇一号室の自分の部屋に入っていく。片倉の横で、柳井が不思議そうに首を傾げる。

「いったい……どうして……」

柳井が、小声でいった。

「いいから、黙って見ていろ」

片倉も、小声で返す。

加藤が、鍵の束を持って部屋から出てきた。

「どうぞ、こちらへ」

「すみません」

片倉と柳井も、加藤の後ろに付いて北側のコンクリートの廊下を歩いた。奥の、一〇五号室のドアの前に立つ。加藤が、ドアの鍵を開けた。

「どうぞ……。私は向こうで掃除をしてますので、用が済んだら声を掛けて下さい……」

加藤がそういって、コンクリートの廊下を戻っていった。

その時、片倉が声を掛けた。

「〝小切間〟さん、すみません。もうひとつ……」

〝小切間〟と呼ばれ、老人が立ち止まった。

「いや……」片倉が続ける。「小切間さんじゃなくて、〝篠田幹司〟だね……」

柳井が驚いたような顔で、片倉を見た。

老人の肩が、かすかに震えている。ゆっくりと、振り返った。片倉を見る目が、怯えていた。

――なぜ――。

唇が動き、そういったように見えた。

片倉は、老人に歩み寄った。肩に手を置き、いった。

「背中を見せてもらうよ」

老人は、拒まなかった。ただ怯えた目で片倉を見つめ、小さく頷く。片倉は老人の背後に回り、上着とシャツを捲った。

北側の壁の上から差し込む淡い光の中に、老いた背中一面〝毘沙門天〟の刺青が浮かび上がった。

片倉は、もう一度訊いた。

「篠田幹司だな」

「はい……」

老人は震えながら、力なく肩を落とした。

柳井が本署に連絡を入れ、車を呼んだ。

パトロールカーではなく、目立たないように白いワゴン車をよこすようにいった。もちろん赤灯は点灯せず、サイレンを鳴らす必要もなかった。

車がマンションの前に横付けされると、篠田幹司はおとなしく後部座席に乗り込んだ。平日の午前中ということもあり、マンションに他の住人はいなかった。だが、それでもどこからか騒ぎを聞きつけてきたのか、住宅街の静かな路地には近所の主婦などの人集りがしていた。

柳井との間に篠田を挟み、最後に片倉が乗り込む。運転席と助手席にも、刑事課の刑事が二人。片倉がドアを閉めると、ワゴン車がゆっくりと走り出した。

署まで僅か数分の道程の途中で、片倉が訊いた。

「一〇五号室にあった遺体は、加藤茂夫のものだな」

「そうです……」

篠田が、答える。

「あの部屋にあった女の白骨死体は、小切間恵子だな」

片倉が訊くと、篠田は一瞬、息を呑むような間を置き、そして頷いた。

「そうです……。恵子です……」

片倉が、篠田の横顔を見る。

「しかし、なぜなんだ。お前が加藤に成り代わろうとしたのはわかる。その時になぜ、小切間恵子を一緒に連れていってやらなかったんだ。なぜ、あの部屋に置き去りにしたんだ」

篠田は、しばらく黙っていた。ただ、虚空を見つめていた。だが、やがて何かがふっ切れたように頷いた。

「ねえ、刑事さん……。どんなに惚れた女だって、どんなに長年連れ添った女だって、もう終わりにしたいと思うことがあるもんなんですよ……。私は、恵子と別れたかった。別れるなら、これが最後のチャンスだと思った。男と女ってのは、そんなもんじゃないですかね……」

篠田の口元に、かすかに笑いが浮かんだように見えた。

車がゆっくりと、石神井警察の駐車場に滑り込んだ。

8

翌週の週末になっても、まだ桜は花が残っていた。

早い開花の後で、ちょうどよく花冷えの寒が戻ったからだろうか。四月まではとてももたないと思っていたのだが、この分ならばもう少し楽しませてもらえそうだ。

日曜日の午後、片倉康孝は石神井公園のボート池のほとりを歩いていた。空は薄曇りで多少の風もあり、肌寒い。片倉はフリースの上着のジッパーを首まで上げ、両手をポケットの中に入れた。

桜を見ながら石神井公園を散歩するのは、何年振りのことだろう。確か前に来た時には、智子が横を歩いていたような記憶がある。いずれにしても、あと三年もして定年になれば、毎年一人でこのようなことをするのかもしれない。

曇ってはいても日曜日ということもあり、公園にはそこそこの人出があった。池にはボートが浮かび、桜の木の下のあちらこちらの花見客から話し声や笑い声が聞こえてくる。その声がまだ冷たい春風に乗って、遠くへと流れ去っていく。

片倉は池のほとりを離れ、緩やかな丘へと登っていく。花見客の間を通り、森の中を吹き抜ける冷たい風の中を歩く。野外ステージの裏へと回り、コンクリートの客席に腰を降ろす。

ステージの上ではどこかの高校の吹奏楽部の生徒なのか、トロンボーンやトランペットの練習に興じている。その管楽器の澄んだ音色と、学生たちの笑声が、高い空に昇って消えていく。

観客席には、ほとんど人はいなかった。片倉の横に、杖を持った老人が一人。恋人同士のような、カップルが二組。あとは学生たちが何人かいるくらいだった。

片倉はポケットから手を出し、時計を見た。間もなく、三時になる。寒さと風の冷たさに耐えかねたのか、老人が杖を持って立ち、なだらかな丘を下っていった。

片倉は、老人の後ろ姿を見つめた。冷たい風の中を歩き去るその背中が、自然と篠田幹司の姿と重なった。

篠田が逮捕されてから、様々な事実が判明した。まず最初に、『ハイツ長谷川』の一〇五号室――篠田の部屋――で、管理人の加藤茂夫が死んでいたことの経緯だ。すでに事件発生当時の検死で急性心臓死――自然死――であることが確認されていたが、なぜ加藤の遺体が篠田の部屋にあったのかも含めて、その前後の事実関係がすべて明らかになった。

篠田と加藤はお互いに独り者で、年齢も近かったことから懇意にしていたようだ。外で飲むだけでなく、よくお互いの部屋を行き来もしていた。

〝事故〟が起きたのは、昨年の七月中旬だった。篠田はその日を〝七月一六日か一七日〟だと記憶していたが、確かなことはわからない。その日も加藤が焼酎を手土産に篠田の部屋を訪れ、二人で飯を食いながら飲んでいた。だが、途中で加藤が心臓発作を起こして倒れ、間もなく死亡した。

加藤の死を確認した直後には、篠田は〝入れ替わる〟ことを思い付いたという。理由は、簡単だった。篠田は一時、二〇〇〇万円以上もの蓄えがあったが、その貯金が底を突きかけていたこと。加藤と入れ替われば、月に二〇万円以上の厚生年金が手に入ること。今回の篠田の逮捕送検も、この厚生年金横領による詐欺容疑だった。

過去にも篠田は、恵子の兄の小切間清の戸籍を乗っ取った経験があった。そんなこともあって、加藤と入れ替わることに何の抵抗もなかったようだ。

幸い、篠田は、外見が加藤と似ていた。同じマンションの住人も、二人の顔を正確には認識していない。さらに加藤には近しい親族もなく、独り暮しの老人の常としてほとんど人付き合いもしていなかった。実際にマンションで遺体が発見された時、身元の確認をできたのは篠田一人だった。

篠田は若い頃に、自分の顔を変えるために何度か整形手術を受けていた。歳が近いので加藤に健康保険証を借りて通院したこともあったが、一度も疑われたことはなかった。話の中から、二人の血液型が同じB型であることも知っていた。

もし加藤の遺体が一カ月以上発見されず、人相がわからなくなれば、この計画は絶対にうまくいく自信があった。加藤の身元がわからないように、口から入れ歯も外して捨てた。そして実際に、うまくいっていたのだ。もし片倉が捜査を担当しなければ、永久に誰も気付かなかっただろう。

片倉はポケットから手を出し、また時計を見た。いつの間にか、三時半を回っていた。

すでに体は冷えきっていた。だが、もう少し待ってみよう。そう思った。

篠田の証言により、紅子——小切間恵子——についてもさらに空白の部分が埋まり、また新たな謎も生まれた。

初めて篠田が恵子に会ったのは、まだ彼女が一七になったばかりの時だった。鳥羽二丁目の『小浜』という旅館にとんでもない上玉がいるというので、冷やかしに店に上がってみた。その時の恵子の人形のような美しさを目の当りにした時の衝撃が、いまも忘れられないという。

篠田は、恵子に惚れた。それは単に男が商売女を好きになるといった生やさしいものではなく、純粋な恋であり、愛でもあり、そのためならば何を失ってもいいというほどの狂愛でもあった。おそらく恵子も、篠田を同じように思っていたのだろう。

二人で鳥羽を出るためには、金が必要だった。その夢と目的のために、資産家の老人を殺した。そして恵子の兄の小切間清の戸籍を使い、逃亡生活を送った。

片倉は、時計を見る。もう午後四時を過ぎ、四時半に近くなっていた。薄曇りの空に、日は西に大きく傾いていた。だが、もう少し待ってみるつもりだった。

小切間恵子について語る時の、篠田の目を思い出す。優しげで、穏やかでありながら、どこか愁(うれ)いにも似た物悲しさを含んでいた。いまも恵子の幻を見続けているような、そんな果無（はかな）さも感じさせた。

だが、小切間恵子は、奔放だった。鳥羽を出て、名古屋に身を潜めたが、常に女優になるために東京に出るといい続けていた。そして三年もしないうちに、姿を消した。

再会したのは、それから数年後だった。昭和四九年、恵子が〝紅子〟という名前で柳ケ瀬の『コロニー』で『猫』という芝居の公演をやっていた時だ。篠田はその時、まだ名古屋に住んでいた。

たまたま見た『岐阜新聞』に、劇団Rの『猫』の記事が載っていた。その中に、〝紅子〟の名前を見つけた。〝紅子〟は、恵子を名古屋の置屋で芸者として働かせていた時の源氏名だった。

だが、その時は恵子に、鳥羽の同郷の野呂正浩という新しい男がいた。野呂と別れさせても、すぐにまた男ができた。そのうちに篠田とも縒（よ）りを戻したが、また他の男と出ていってしまう。そしてまたどこかの街で再会したり、恵子の方から連絡をしてきたりと、そんなことが何年も続いた。

篠田は、いう。自分たちが鳥羽の和田庄兵衛から奪った金は、新聞に書かれていたような数千万円などという大金ではなかったと。せいぜい、一千万円を少し超える程度の金額だったのだと。

それでも昭和三九年当時はかなりの大金で、これで一生遊んで暮らせるなどと浮かれていたものだった。その内の三〇〇万円は、篠田、恵子、協力した石飛幸男の三人で分けた。残りは時効まで隠しておこうと、石飛の郷里の坂手島の洞窟に隠した。昭和五四年、時効成立の直後に鳥羽に帰省したのは、残りの金を掘り出すためだった。

篠田は、素直に聴取に応じた。だが、いくつかのことに関しては、頑なに口を閉ざし続けた。

ひとつは、和田庄兵衛を殺したのは誰かということだ。篠田は、自分は殺っていないという。それならば誰が殺したのかと追及しても、知らないというばかりだった。

もうひとつは、野呂正浩の一件だ。篠田は野呂に正体を知られ、金を強請られていた。自分が、野呂が殺された現場にいたことも認めた。だが、誰が野呂を刺したのかと問い詰めても、絶対にいわなかった。

篠田が口を割らなければ、真相は闇の中だ。そして、その頑さは、自分の最も大切なものを命懸けで守ろうとする老いた男の俠気のようにも感じられた。

平成二年当時に預金した二二五〇万円という大金は、大半は恵子が博多時代に貯めた金と、店の権利を売った代金だった。晩年の恵子は、娘に残すつもりだったのか、金に対する執着が強かったともいった。

小切間有沙が恵子との間にできた自分の娘であることも、篠田は認めた。有沙がいまは柳ヶ瀬のナイトクラブで働いていることを教えると、目に涙を溜めて頷いた。片倉には経験はないが、篠田ほどの男でも、娘を持った父親とはそんなものなのかもしれなかった。

篠田は自分と恵子との半生を、淡々と、まるで御伽噺のように語り続けた。だが、あるひとつのことについて語る時だけは、感情を隠すことができなかった。

平成二年二月――。

柳ヶ瀬から逃げるように上京した直後のことだった。放浪の旅の疲れのせいで、お互いに苛立っていたのかもしれない。まだ落ち着き先も決まらない場末のホテルの一室で、篠田と恵子は些細なことで喧嘩になった。

篠田はなぜ諍いになったのか、いまはもうその理由すら思い出せないという。二人が喧嘩をするのは珍しくもなかったし、一度火がつくと殴るまで収まらないのもいつものことだった。その時も篠田は恵子の頬を張り、それでも叫くので腕で首を押え、一方の手で口を塞いだ。

やっと大人しくなったので力を緩めると、恵子は篠田の腕の中でぐったりとしていた。目を開けていたが、名前を呼んでも返事をしなかった。恵子は呆気なく、死んだ。

篠田は恵子を、自分が殺したのだといった。殺す気はなかったのだともいった。恵子の遺体は捨てる気にもならず、埋めることもできず、以来二十年以上も共に暮らすことになった。

片倉は、二十数年来の付き合いの男に殺された、恵子のことを思う。演出家の天野に恵子がいった、自分はやはり殺される役が好きなんだという言葉の意味を思う。あの伊勢湾台風以来、常に何かに追われるように生きてきた恵子にとって、女としての輝きを完全に失う前の死は自らが望んだ人生の結末であったのかもしれなかった。

篠田の話が、すべて事実であるのかどうかはわからない。だが、そんなことはどうでもいいことのように思えた。いずれにしても、何十年も前の話だ。事実は長い時の流れの中に風化し、真実は人の心の中にだけ残る。

片倉は、最後に訊いた。小切間恵子の白骨死体の表面に付いた傷は、何だったのか。篠田はそれを、自分が刃物で肉を削ぎ落とした跡だといった。なぜそんなことをしたのかと訊いても、それ以上のことは、何もいわなかった。

時計を見た。すでに、午後五時を過ぎていた。野外ステージで管楽器に興じていた学生たちも、いつの間にかいなくなっていた。いまは遠くの木の下に、花見客がひと組、残っているだけだ。

片倉は、智子のことを思った。

彼女から電話が掛かってきたのは、四日前のことだった。主人のことが少し落ち着き、片倉からの着信履歴を見たから電話をしたのだと言い訳をした。

しばらくは、近況を報告し合った。だが、智子の亭主の件に関しては、ほとんど話さなかった。渡辺の病院は経営者と医師を失い、閉鎖されるということだけは聞いた。

もし医師法違反だけならば、実刑になったとしても数年だろう。だが、警察は、前妻の死についても再捜査をはじめた。もし立件されれば、智子は亭主も住む家も失い、路頭に迷うことになる。

一度、会って話そうと誘った。今日の日曜日が、その日だった。場所は、智子が学生の頃に待ち合わせたのと同じこの公園の野外ステージにした。智子は迷っていたが、来られたらでいいといって電話を切った。

約束の時間は、午後三時だった。その時間を、もう二時間以上も過ぎていた。

片倉は、携帯を開く。智子からのメールも、着信記録も残っていなかった。どうやら今日は、来ないらしい。

皮肉なことにいつの間にか雲が流れ、西から日が差しはじめた。光は空を燃えるように染め上げ、やがて少しずつその色を奪っていく。そして寒々しい風景を、黄昏の光と影に包み込んでいく。

片倉は、黄昏の光が嫌いだった。それに、いまは体も心も、凍えていた。

これ以上は、一人でここにいられない。そう思って、コンクリートの冷たい椅子から立った。

先ほどの杖を持った老人の影を追うように、片倉は丘を下った。

どこかで、熱燗でも引っかけるか。

ふと、そんなことを思った。

解説——只者ではない一冊

村上貴史（ミステリ書評家）

■片倉康孝

骨っぽい一冊だ。

片倉康孝というベテラン刑事の執念が、奇妙な事件の奥に深く深く眠っていた真実を掘り起こす。

派手な動きで読者を魅了するタイプの作品ではないが、一頁一頁が、そこに描かれた人々の歴史が、読み手の心を強烈に捉える。

そして最後に、きっちりとミステリに〝化ける〟。思わず最初に戻って読み直したくなるような衝撃が、読み手を襲うのである。

そう、只者ではない小説なのだ。

■K

東京は練馬区、石神井町に、ハイツ長谷川という老朽化したマンションがある。その一〇五号室に住む小切間清という七十九歳の老人の家賃支払いが滞っていた。物件を管理する不動産会社が〝始末屋〟に現場確認を依頼したところ、室内で遺体となった老人を発見した。二〇一二年一月の暖かい日のことである。

石神井署の刑事である片倉康孝――三十五年以上の経験を持つ警部補だ――は、この署に配属されたばかりの若手の柳井と共に現場を確認するが、事件性を示す痕跡はなかった。第一発見者である〝始末屋〟などへの聞き込みを終えた片倉は、柳井に鑑識の応援を頼んで先に署に戻った。その柳井から片倉に電話が入る――現場にはもう一つ死体があったというのだ。

その死体は、白骨化した状態で一〇五号室のスーツケースのなかから発見された。鑑識の結果、三十歳から五十歳程度の女性であることが判明した。死後二十年以上が経過しているという。しかも、骨の表面に刃物で肉を削ぎ落としたような痕跡があったという。つまりは死体遺棄事件、もしくは殺人事件の可能性が出てきたのだ。死体の身元の手掛かりとなるのは、小切間清らしき人物と二人で写った写真が一枚あるのみだった。

一方で、老人の死因には事件性がなく、食事中の急性心臓死であることが鑑識によっても確認された。死後およそ三カ月から五カ月。家賃の滞納状況とも符合する。だが、年齢からして身体はだいぶくたびれているはずで、実際に歯の状態も劣悪だったのだが、彼が医者にかかったような形跡が一切なかった。医者にかかれないような特別な理由があったのか……。

単純な病死で決着するかと思われた老人の死に、二十年以上前の事件性のある死が絡みついてきたのだ。片倉は柳井とともに捜査を始めた。本書は、このコンビの捜査行をじっくりと描いた小説なのである。

その捜査行がとにかく読ませる。一〇五号室の遺留品を吟味し、想像力を働かせ、そして調べる。足を使うことを惜しんだりはしない。そうやって片倉と柳井は、小切間清という男の人生に思いを寄せ、そして白骨死体となった女の人生に思いを寄せるのである。彼等はどう生きてきた結果、あのような死を迎えることになったのか。

例えば白骨死体が入れられていた赤いスーツケースについて、製造販売された時期を調べ、死体を入れるために買われたものではないことを確認する。その上で、色や使い込んだ形跡から、女が使っていたものであろうと読む。さらに、スーツケースを使い込むような暮らしとはどのようなものだったかを考える。片倉と柳井は、遺留品の一つ一つについてこうした議論を重ねていく。柳ヶ瀬に足を運び、さらに別の土地へも足を運ぶ。現地でもこまめに歩き回り、人の話を聞き続ける。時間の壁に阻(はば)まれつつも、そうした丹念な捜査によって、新たな発見を得ていくのである。

　そうした、いわば〝アナログ〟な手法に加え、テクノロジーを活かした捜査も彼等は行う。例えば科学警察研究所に依頼し、スーパーインポーズ法を用いて白骨が写真の女性であるかを探り、また、複顔法を駆使して頭蓋骨から生前の顔をたぐり寄せる。

　とにかく彼等はあらゆる手を尽くして二人の正体を追い、何があったのかを探ろうとするのだ。それこそ、自分の休暇まで利用して。

　その執念が読者の心をがっちりと摑(つか)むのである。

　また、二人の調査が師弟関係という構図を活かしたものである点にも注目しておきたい。片倉は柳井に考えさせ、それによって成長を促(うなが)すのだが、その柳井への問いかけが、そのまま読者の興味を搔(か)き立てる台詞(せりふ)として機能しているのだ。知らず知らずのうちに、柴田哲孝にいいように導かれているのである。それもまた安心感といえよう。同時に、柳井が捜査の進展を体感し、達成感や充実感を味わう場面では、読者もまた同じような感覚を堪能することが出来る。これもまた本書を読む愉(たの)しさだ。隅々まで柴田哲孝の筆が行き届いているからこその面白味である。

そうやって彼等が捜査を進め、次第に情報が集まってくると、今度は死体が読者を惹（ひ）きつける。特に、白骨死体となった女性——片倉は複顔技師がつけた〝K〟という名前で彼女を呼んでいた——が、存在感を示し始めるのだ。一体〝K〟がどんな人生を歩んできたのかは本文で読んでいただくとして、その生き方はとにかく鮮烈である。多くの人の人生に影響を与えて生きてきた〝K〟の姿が徐々に浮き彫りになり、そしてそういう女として生きてこざるを得なかった彼女の過去が紐解（ひもと）かれ、死んで肉を剝（は）ぎ取られるに至る事情が洗い出されていく。柴田哲孝がしっかりと練り上げ、その見せ方もきちんと考えて生み出した〝K〟の人生、それもまた本書の大きな柱の一つである。

そして冒頭に記したように、最後の一発のパンチが何とも強烈だ。ある人物のたったの一言が、まさに大どんでん返しとして機能するのだ。その瞬間の戦慄（せんりつ）は、ミステリを読む醍醐味（だいごみ）以外の何物でもない。

刑事の執念、〝K〟という女の人生、そしてどんでん返し。いくつもの魅力が、部品の寄せ集めではなく、実になめらかに一体化した小説である。小切間と〝K〟を追う片倉と柳井の捜査行は緊迫感に満ちているし、巧みな場面展開によりスピード感も持続している。派手な仕掛けに頼らずにこうした作品を成立させた柴田哲孝の力量には感服するしかない。

■片倉再び

嬉しいことに、本書には続篇がある。「小説宝石」の二〇一五年一月号から一六年一月号にかけて連載された「砂丘の蛙」だ。

小切間の事件から約二年後のこと。片倉が九年前に上げた殺人事件の〝犯人(ホシ)〟が千葉の刑務所から出所してきた。だが、その男は三日後に神戸湾で死体として発見された。刺殺だった。そしてその数日後、今度は片倉自身が刺されてしまう……。

本書と共通した味わいを持つミステリである。片倉自身が事件の当事者になるという相違点はあるものの、基本的には神戸で死んだ崎津(さきつ)という男の過去を探り、事件の真相を追究していく物語だ。

この作品で片倉は、本作同様地方都市に足を運び、人々に質問を重ね、手がかりを丹念に吟味し、そしてその結果として本作とはまた異なる闇を掘り起こしてしまうことになる。人がその深くどす黒い闇に転落する様を、柴田哲孝は、特別なものとして描いてはいない。周囲にある条件が揃(そろ)えば、自分もそこに落ちてしまうかもしれないと感じさせる身近さで語っているのだ。背中を押すのは、欲や悪意ばかりではない。自然の力が後押しする場合もある。そうした圧力に人が抗えないことは、片倉を主役としたこの二つの作品を読めば、きっちりと体感できるだろう。

ちなみにこの「砂丘の蛙」だが、本書の続篇としての愉しみもいくつも備えている。例えば、若手刑事だった柳井の成長した姿を愉しむことも出来るし、片倉に教えられた験担ぎを、柳井がそのまま継続している姿も愉しめる。あるいは、片倉の別れた妻のその後を知ることも出来る。近々本にまとまるというので、本書の読者には是非読んでいただきたい一冊だ。

■柴田哲孝

一九五七年に生まれた柴田哲孝は、九一年に『小説　KAPPA』で小説家としてデビューし、その後、二〇〇七年には『TENGU』で大藪春彦賞を獲得するなど、活躍を続けてきた。その一方で彼はノンフィクション作家の顔も持ち、〇六年には『下山事件　最後の証言』で日本推理作家協会賞評論その他の部門や、日本冒険小説協会大賞実録賞を獲得しているのである。

小説家としては、それこそカッパのような未確認生物を扱った作品でデビューし、『R

YU』『WOLF』（いずれもルポライター有賀雄二郎を主役としたシリーズ）などで様々な生物を題材にしてきたが、それだけが彼の持ち味ではない。あまりに作中で語られるデータが生々しくて怖ろしくなる『GEQ』（文庫化の際に『GEQ（グレート・アース・クエイク）大地震』と改題）や『中国毒』の様な社会を意識したサスペンスも描けば、追う者と追われる者、襲う者と襲われる者などを描いてスリル満点のドラマ（『デッドエンド』『クズリ』）も描く。『下山事件　最後の証言』を小説の形に仕立て、新たに事件を掘り下げた『下山事件 暗殺者たちの夏』も発表した。警察の人間を中心に据えた小説としては、片倉の二作品に加えて、戦後の混乱を背景に一人の刑事の魂を描いた『銀座ブルース』もある。プロファイリングを得意とする元FBI捜査官をヒロインに据え、そのパートナーとして刑事を配置した『悪魔は天使の胸の中に』（文庫化に際して『The Profiler 悪魔は天使の胸の中に』と改題）も、この流れに属する一冊だ。

それほどまでに多様な作品を発表してきた柴田哲孝が、本書で（そして「砂丘の蛙」で）描いたのは、人を探す物語だった。人を探して人を知る物語だったのである。

柴田哲孝が、本書をここまで純粋に人を探す物語に仕上げたのは、それに先行して発表した作品の影響もあったのではないかと推測する。それが、『漂流者たち』だ。私立探偵・神山健介を主人公としたシリーズの第五作である。

このシリーズは二〇〇八年の『渇いた夏』に始まり、春、冬、秋と続くのだが、柴田哲孝は、一三年に発表した『漂流者たち』において、神山健介を東日本大震災と真正面から向き合わせた。六〇〇〇万円を持ち去った政治家秘書を神山健介に探させるなかで、自然災害と人を、柴田はこの作品で徹底的に語ったのだ。

その経験を経て柴田哲孝は、本書で、日常のなかでの人を描いた。様々な過去を抱え込んだ人物を日常のなかに置き、そしてそれを片倉に追わせた。極限を経験したからこその日常での凄味(すごみ)なのである。

思えば柴田哲孝が初めて世に送り出した著作『私のサンタよ　オーストラリア大砂漠4WDの旅』(一九八四年)は、彼自身がオーストラリアで祖父の友人を探した経験を記した一冊であった。手がかりもろくにないなか、柴田哲孝は執念と愛車を頼りに調査を続けたのだ。本書は、そんな人物が描いた執念の物語なのである。迫力に満ちるのも当然である。

※この作品はフィクションであり、実在する人物・団体・事件などには一切関係がありません。

この作品は二〇一四年一月に光文社より刊行されました。

光文社文庫

黄昏の光と影

著　者　柴田哲孝

2016年2月20日　初版1刷発行

発行者　鈴木広和
印　刷　堀内印刷
製　本　関川製本

発行所　株式会社　光文社
〒112-8011　東京都文京区音羽1-16-6
電話　(03)5395-8149　編集部
8116　書籍販売部
8125　業務部

落丁本・乱丁本は業務部にご連絡くだされば、お取替えいたします。
ISBN978-4-334-77236-9　Printed in Japan

組版　萩原印刷

お願い　光文社文庫をお読みになって、いかがでございましたか。「読後の感想」を編集部あてに、ぜひお送りください。

このほか光文社文庫では、どんな本をお読みになりましたか。これから、どういう本をご希望ですか。

どの本も、誤植がないようつとめていますが、もしお気づきの点がございましたら、お教えください。ご職業、ご年齢などもお書きそえいただければ幸いです。当社の規定により本来の目的以外に使用せず、大切に扱わせていただきます。

光文社文庫編集部

猫は密室でジャンプする　柴田よしき
猫は聖夜に推理する　柴田よしき
猫はこたつで丸くなる　柴田よしき
猫は引っ越しで顔あらう　柴田よしき
風精の棲む場所（新装版）　柴田よしき
異端力のススメ　島地勝彦
北の夕鶴2/3の殺人　島田荘司
奇想、天を動かす　島田荘司
涙流れるままに（上・下）　島田荘司
見えない女　島田荘司
天に昇った男　島田荘司
漱石と倫敦ミイラ殺人事件（完全改訂総ルビ版）　島田荘司
天国からの銃弾　島田荘司
龍臥亭事件（上・下）　島田荘司
龍臥亭幻想（上・下）　島田荘司
エデンの命題　島田荘司
犬坊里美の冒険　島田荘司

やっとかめ探偵団　清水義範
本日、サービスデー　朱川湊人
ウルトラマンメビウス　朱川湊人
僕のなかの壊れていない部分　白石一文
草にすわる　白石一文
見えないドアと鶴の空　白石一文
もしも、私があなただったら　白石一文
鳴くかウグイス　不知火京介
人生余熱あり　城山三郎
終末の鳥人間　雀野日名子
俺はどしゃぶり　須藤靖貴
どしゃぶりが好き　須藤靖貴
孤独を生きる　瀬戸内寂聴
寂聴ほとけ径①　瀬戸内寂聴
寂聴ほとけ径②　瀬戸内寂聴
生きることば あなたへ　瀬戸内寂聴
大切なひとへ生きることば　瀬戸内寂聴